尾形明子

華やかな孤独

作家 林芙美子

藤原書店

林芙美子　1903-51

詩集『蒼馬を見たり』出版記念会　1929 年 7 月 7 日

後列左より石川三四郎，西村陽吉，長谷川時雨，小池みどり，熱田優子，素川絹子，八木秋子。前列左から 1 人おいて溝口稠，百瀬晋，中本たか子，望月百合子，宇野千代，林芙美子，平林たい子，1 人おいて友谷静栄，生田花世，今井邦子（「前川」にて）

1932 年秋，下落合の西洋館
2 階ベランダで

一九三一年十二月、パリの本屋の前で

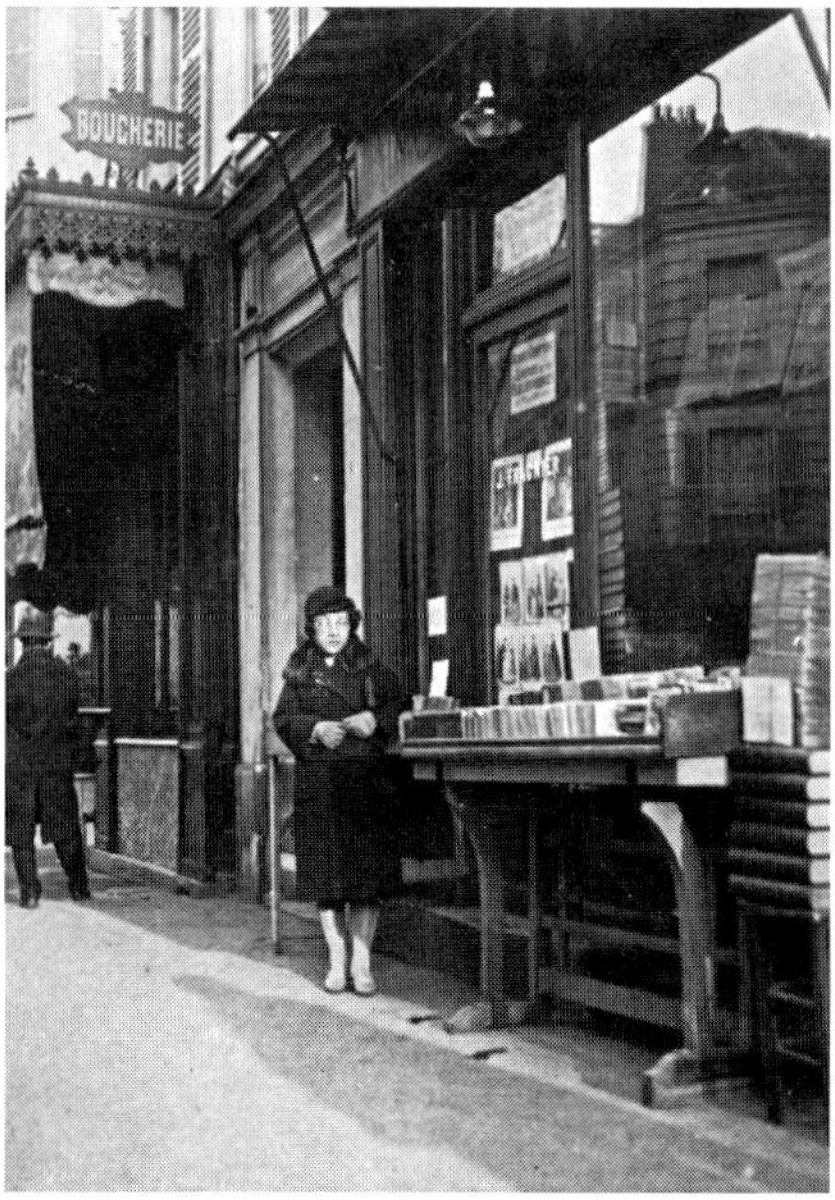

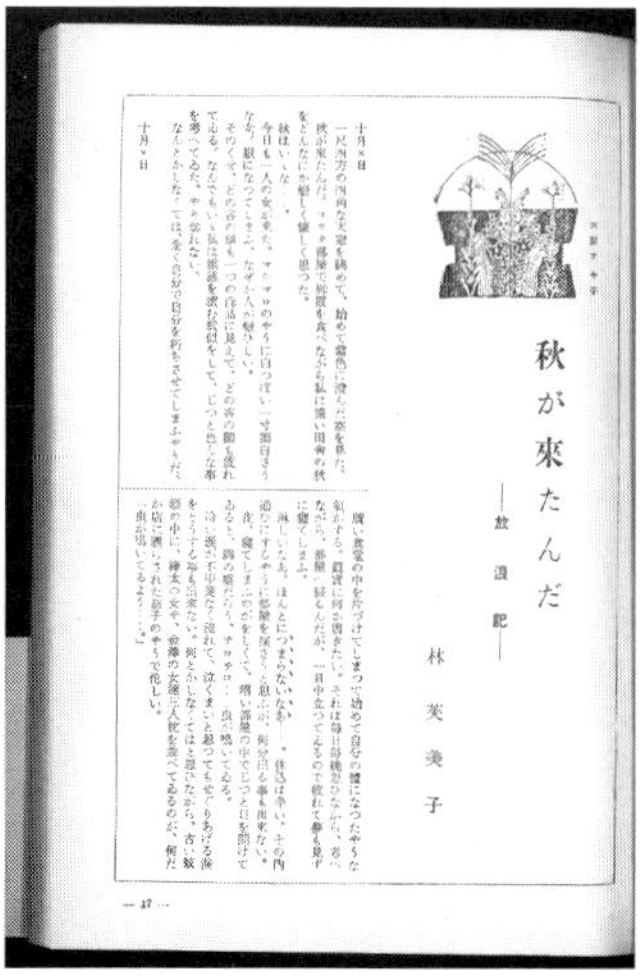
秋が來たんだ

——放浪記——

林芙美子

『女人藝術』1928 年 10 月

短篇集『牡蠣』出版記念会　1935 年 11 月 14 日
左より宇野浩二，佐藤春夫，徳田秋声，広津和郎，長谷川時雨，林芙美子，保高徳蔵
（丸ノ内明治生命の地階「マーブル・レインボー・グリル」）

「船で黄泥湖を横切り蘄水攻略戦に従軍する著者」
（『戦線』口絵より。『北岸部隊』表紙にも使われた）

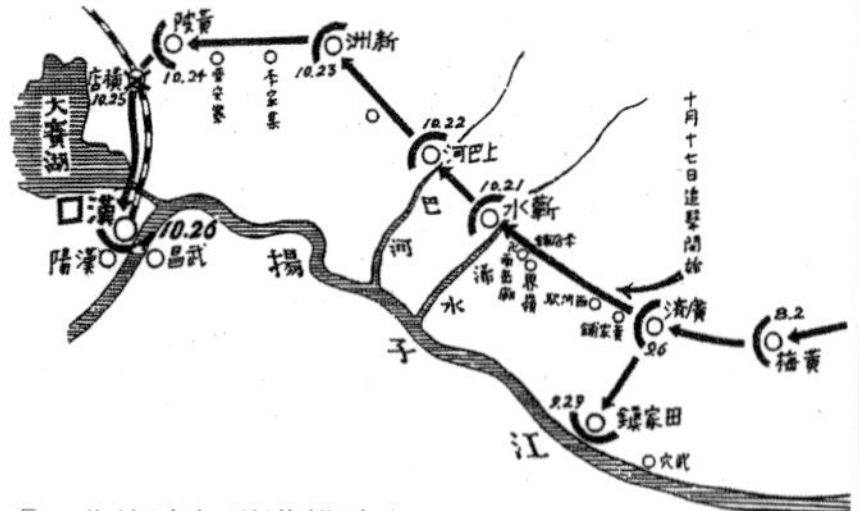

「江北快速部隊進撃路」
（『戦線』朝日新聞社，1938 年，巻頭地図より）

林芙美子のスケッチ（『戦線』所収）

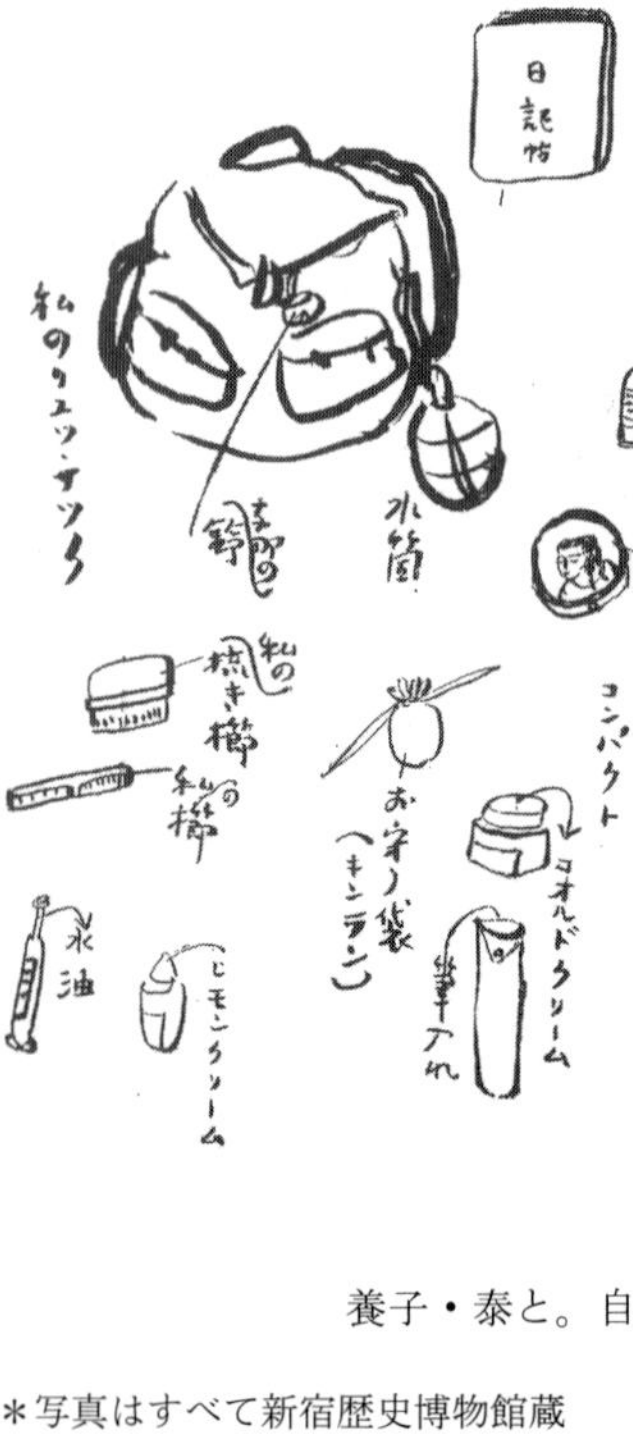

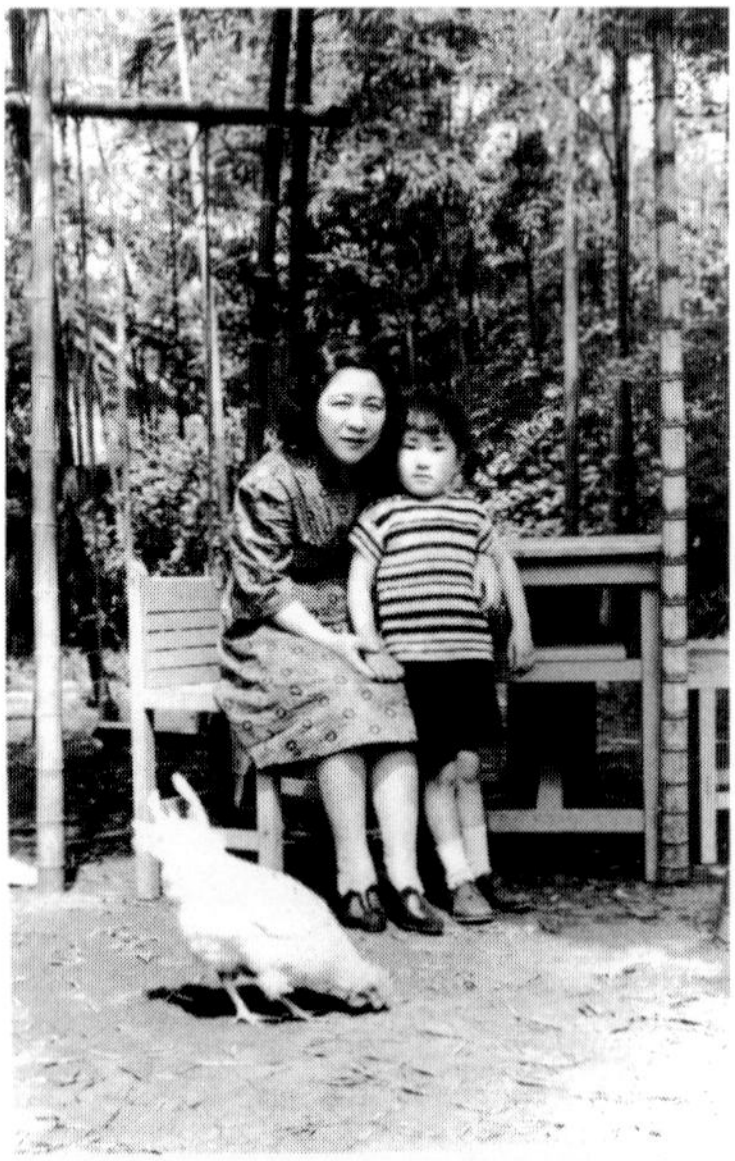

養子・泰と。自宅庭にて

＊写真はすべて新宿歴史博物館蔵

華やかな孤独・作家 林芙美子

目次

写真・新宿歴史博物館
装丁・作間順子

華やかな孤独

作家　林芙美子

序章　葬儀

一　一九五一年六月二八日

平林たい子が林芙美子の急逝を知らされたのは、一九五一（昭和二六）年六月二八日の未明だった。新聞社からの電話で叩き起こされた。まもなく、川端康成からの電報が届いた。信じられないという気持といっしょに、訳のわからない怒りが込みあげた。とにかく駆けつけなくては。昨夜、脱ぎ捨てたままの着物を着直した。中野区沼袋の自宅から下落合の芙美子の家まで、車で一五分ほどの距離である。

数十メートルにわたって張り廻らされた大谷石の部厚い塀の上に、豊かな樹木の影が広がっている。林邸はまだ静まり返っていた。「東西南北の風が吹き抜ける家」。芙美子の注文どおりに設計された数寄屋風のつくりに、平林はいつ来ても感心させられた。大正の終り頃、恋人と別れた芙美子が本郷三丁目の平林の下宿に転がり込んできたことがあった。二人でそのまましばらく、少女小説を書きながら、カ

フェの女給をして暮した。酒屋の二階三畳間だった。林邸の豪勢な塀はその貧しかった時代を想い起こさせた。芙美子二三歳、平林二一歳だった。

芙美子は書斎に横たわっていた。娘のように可愛がっていた秘書の大泉淵《えん》が泣きじゃくりながら芙美子の髪を撫で、そばに端座した川端康成が腕組をしたまま目を閉じている。隣の部屋では夫の緑敏が電話の応対に追われていた。母親のキクは入浴中だった。いつも身ぎれいに整えているキクとはいえ、娘が急死した朝までも、と平林は驚かされた。九州から出てきて間もない姪の福江が、養子の泰《たい》に付き添っていた。学習院初等科の二年生になったばかりの泰が、「おかあちゃま、まだ起きないの」と平林に甘えてきた。「心臓麻痺だそうだ」と、目を閉じたまま川端がつぶやいた。

■急逝

秘書の大泉淵によると、芙美子は午前中、いつものように執筆を終えると、『主婦之友』の連載「名物食べ歩き」の取材のために、女性記者と写真部員とを伴って銀座「いわしや」に出かけた。それから深川の老舗「宮川」でうなぎを食べ、記者に送られて夜九時半に帰宅した。ふと思いついたように、昼間、植木屋に出した残りのお汁粉を食べようと台所に立った。先に寝ていた緑敏を起こして、福江、淵の四人で食卓を囲んだ。

そのあと長火鉢の横に寝そべって、いつものように全身を福江に指圧してもらいながら「ちっとも効かないわねえ、どうしたんだろう」と呟いた。夜中に起きて仕事をするために、芙美子の寝具は書斎に敷かれていた。気分が悪いというので淵が芙美子に洗面器とガラスコップを渡した。が、嘔吐物はなかった。苦しみだしたのは就寝後まもなく、あわてて医者が呼ばれた。が、その甲斐なく、午前一時、急逝した。

「連載四本でしょ、そのうえ信州まで選挙応援に行くんだから、自分から死んだようなものだ。むちゃですよ。誰も止めなかったのか」

芙美子の死顔は綺麗だった。川端が押し殺した声で言った。平林は川端の目に涙を見た。平林の中でなにかが爆発した。

「何で死んだのよ、私たちの人生、こんなことじゃなかったでしょ。もっともっとやることがあったじゃないの。あんたが死んだら、わたしどうするのよ。いっしょにまた暮そうっていったじゃないの」

嗚咽する平林の背に川端が手をあてた。

「芙美子さんとは長い付き合いだものねえ」

緑敏が部屋にはいってきた。

「新聞社、出版社はだいたい連絡が終わりました。まもなく集まってくるでしょう。みんなびっくり、呆然としていました」

とちいさなメモの紙片を川端に返した。

「とにかく葬儀の手順を決めましょう。私が葬儀委員長を引き受けますから、平林さん、あなたが弔辞を読んでください。あとは出版社のほうで手配してくれるでしょう。淵ちゃん、君は娘のようなものなんだから、ちゃんと付き添ってあげてね」

その場を仕切るように川端が言った。その声は淵に向かうときにだけ、やわらかく湿っていた。

売れない小説家だった大泉黒石《こくせき》の娘・淵が、初めて芙美子に出会ったのは一九三三年秋、まだ五歳のときだった。引越し先の隣のおばちゃまが芙美子だった。パリから帰国してまもなく、芙美子は下落合の西洋館に移っていた。亡命したロシア貴族を祖父にもつ大きな瞳《め》をした淵を、芙美子は可愛がり、どこに行くにも連れ歩いたから、川端にも幼い時から親しんでいた。成長してからは芙美子の家で暮した。

まもなく、編集者や記者たちが駆けつけてきた。芙美子の最後の銀座取材に同行した主婦之友社の高下益子は、私の責任ですと泣きじゃくった。が、持病の心臓弁膜症は、すでに前年から悪化しており、医師から静養を言い渡されていたのだ。毎月、一週間ほど、熱海の旅館桃山荘に滞在したが、その間も執筆に追われていた。憑かれたように書き続ける芙美子を誰も止めることはできなかった。

その晩に通夜、告別式を七月一日、ともに自宅でとりおこなうことに決めて、平林はいったん家にかえることにした。背後で、デス・マスクのデッサンを、安井曾太郎画伯が引き受けてくれた、と興奮して告げる緑敏の声がした。芙美子の書斎には安井の静物画が掛っていた。そういえば緑敏も画家だった、と平林は突然のように思い出した。

大勢の人間が芙美子を囲んでいたが、さほど親しい顔はなかった。女性作家たちにも連絡がいっているはずだったが、まだ誰も来ていない。とにかく家にもどって、円地文子に連絡しようと思った。円地は心許せるごく少ない友人だった。

■「女流作家座談会」

西武線中井駅に向かって歩きながら平林は、八日前に芙美子と会っていたのに、すっかり忘れていたことに気がついた。六月二〇日の夜、築地の割烹料理屋「錦水」で開かれた『婦人公論』主催の〈女流作家座談会〉の集まりには、佐多稲子、吉屋信子、林芙美子、宇野千代、平林が呼ばれていた。戦時下、紙不足で休刊していた文芸誌が終戦直後からぞくぞくと復刊され、戦前からの女性作家は堰を切ったように活躍の場をひろげていた。当日になって宇野千代は欠席し、芙美子はまだ来なかった。

「忙しい人だから」と吉屋が言い、「あんなに書いて、身体、大丈夫かしらね」と平林が言った時、仲居が芙美子の到着を知らせた。迎えに出た編集者がもどってきた。「今、階段の途中で休んでおられます。息が切れたとおっしゃって」と報告すると、笑いがひろがった。部屋に入ってくるなり芙美子は「私、煙草中毒よ、日に五〇本」と言いながら、〈光〉の赤い箱を出して口にくわえた。口調は伝法だったが、大きく息を衝き、顔色は蒼くむくんでいた。

「夜中の二時ごろ書き出すの——夕御飯食べるとすぐ八時には寝ちゃうんですよ、夜中に起きて濃いお茶飲んで、タバコ吸ってそれから始める、そのまま朝まで起きているのよ。それから子どもと朝ごはん食べて、送り出してね」

芙美子が言い訳のように言った。

一九三七（昭和一二）年の暮れ、夫のプロレタリア作家小堀甚二とともに逮捕された平林は、獄中で発病、瀕死の状態で釈放された。長い闘病生活の後、奇跡的に健康を取りもどした平林もまた、戦時下の空白を埋めるように、次々と作品を発表していた。が、芙美子にはとてもかなわないと思った。主要な文芸雑誌に林芙美子の名を見ない月はなかった。平林には時間が惜しく、夜の会合はセーブしていたのだが、でもあの日、芙美子に会えてほんとうによかったと、歩きながら、また涙をこぼした。

座談会での芙美子の声が甦った。

「いま死にたくないわねぇ。若い時にはいつ死んだっていいと、命を粗末に考えてたけど、いまは死ねない、だんだん世の中が面白くなってきたわね、だから身体のことがとっても心配になってきたの」

会が終ったあと、玄関で車を待っていた平林に、芙美子が近寄って呟くように言った。

「わたしね、このごろたい子さんのところにふーっといきたくなるのよ。ちっとも行かないけどね。また二人で暮らしたいなあ。たいさん、おふみさんのころに戻ってやり直したいな。なんだか虚しくてね、なにもかも」

平林は芙美子の小説「夢一夜」を思い出した。戦時下の芙美子の恋が書き込まれていた。その相手が毎日新聞社の海外特派員高松棟一郎だ、と平林に教えてくれたのは森田たまだった。

■弔辞

平林たい子が衣服を改めて出かけた通夜は人であふれていた。五〇〇坪を越える庭にはいく張りもテントが張られ、木陰の卓には酒やビール、鮨や天ぷら、煮物がいっぱいに並んでいた。木々の枝には電球がぶらさがり、イルミネーションのように光っている。「お祭りみたいね」と、来合わせた中里恒子が目を瞠って平林にいった。柩に納められた芙美子の枕辺を囲む人々はほとんどが知らない顔で、しかも文壇関係者は少なかった。それでも、井伏鱒二が駈けつけて川端康成と並んで奥座敷に坐っていた。

「まあ、二人の大作家に見守られて、林さん、満足でしょう。若いときから親しくしてもらっていたものねえ」

円地文子が驚いた表情で言った。

安井（誠一郎）都知事の葬儀よりも花輪の数が多いぞ、とどこかの編集者が軽口を飛ばし、笑い声が起こった。四七歳という年齢も、作家としても、まさに真盛りの死だったのに、悼む雰囲気は稀薄だった。こうした時に真っ先に駆けつけ、女性作家をまとめるはずの宇野千代は、自分が経営するスタイル社の仕事で京都だったし、〈女流文学者の会〉会長の吉屋信子は、父親の法事と取材をかねて山口県萩にいた。市の観光課の案内で秋芳の鍾乳洞に行き、昼食の最中、毎日新聞の記者がやってきて、芙美子の死を知らせた。茫然自失のまま、その場で夕刊の締め切りにあわせて追悼文を書いた。

告別式は盛大だった。吉川英治の弟で六興出版社長の吉川晋が、取り仕切った。「浮雲」を連載した雑誌『風雪』の出版社である六興出版は、『浮雲』を単行本で出したばかりだった。マスコミや文壇関係者に混ざって、小さな子どもの手を引いた近隣の人たちも多く、庭も道路も参列者で埋め尽くされた。弔問客は二〇〇〇人に達し、中井の駅から四坂《よんのさか》の林邸まで人波は尽きなかった。会葬者たちのざわめきが静まったのは、葬儀委員長の川端康成が挨拶をした時だった。

「故人は自分の文学的生命を保つため、他に対して、時にはひどいこともしたのでありますが、あと一、二時間もすれば林さんは骨になってしまいます。死は一切の罪悪を消滅させますから、どうか、この際、故人をゆるしてもらいたいと思います」

川端は頭を上げて、ふたたび「どうぞ許してやってください」と低くもう一度繰り返した。

芙美子を悼む思いが次第に強まっていた。円地文子がハンカチを目にあて、真杉静枝が鼻をすすった。久米正雄が首を振り、吉川英治が目を固く閉じた。昭和一〇年代に、毎日新聞文化部長として文壇の中心にいた久米と芙美子の確執はよく知られていた。女たちのすすり泣きが庭にひろがっていった。

日本文芸家協会を代表して、会長の青野季吉が弔辞を読み「林さんの文学的業績は日本の文学と共に不滅であり、歳月と共にさらに光彩を加えるでありましょう」と結んだ。〈日本女流文学者の会〉からは、真杉静枝が代表して弔辞を読んだ。

「その最後の瞬間まで、あなたがその血の一滴までをあげて、文学の彼岸にある人間最大の幸福をつかみ寄せ度いと願っておいでになった情熱の声は、私達にとって本日以降の永遠のものとならずにはおかないでしょう」

友人代表としての平林たい子の弔辞は、青春をともに歩んだ友への愛惜の情にみちていた。たわいない齟齬を繰り返し、いつのまにか疎遠になったが、林芙美子の文学を私以上に理解できる人間はいない、と弔辞を読みながら平林は思っていた。林芙美子ときちんと向き合い、その評伝を書く日がくると予感した。予感というよりどうしても書かなくてはならないという想いが、熱い塊になって身体の底から込み上げていた。

■萬昌院功運寺

芙美子の柩は落合火葬場で荼毘に付された。遺骨は大泉淵に抱かれて自宅にもどった。それが姪の福江でも緑敏でもなく、養子の泰でもなかったのは、川端康成の配慮だった。幼い日から芙美子が誰よりも愛した娘が、やがて林家から排除されることになるだろう、と川端は感じていた。穏やかで好人物なようでありながら、したたかな緑敏を川端はどこかで敬遠していた。

帰りの道すがら、青野季吉と並んで歩いていた広津和郎が、しみじみとした口調で言った。

「宮本百合子、林芙美子が死んで、あとは平林たい子が残るのみか。しかしながらこの三人が並び立った姿は、文壇における空前絶後の壮観だったなあ」

青野もまた同じことを考えていた。

「ほんとうだねえ、宮本百合子は知性的、林芙美子は情熱的、平林たい子は意思的といったらいいか。知・情・意――だね。それぞれ個性の翼を伸ばして、女流文学を盛り上げ、文壇に気を吐いていたんだからね、すごい時代だった、と後世が評価するさ」

前後して歩いていた壺井栄も夫の壺井繁治も、それを聞きながら頷いた。

「それにしても川端さんの挨拶、なんだか奇妙でしたね」

誰に向かって発したわけでもなかったのだが、壺井栄が呟いた言葉に応じるものはいなかった。大正末、世田谷太子堂に隣り合わせて住んでいた日々を栄は思い出していた。底なしの貧しさだったが、誰もが若くて助け合っていた。芙美子にどれだけ励まされたことだろう。

戒名「純徳院芙蓉清美大姉」。八月一五日、中野区上高田二丁目にある萬昌院功運寺に納骨され、一〇月五日、功運寺境内の墓地に、川端康成の揮毫になる墓碑が建てられた。「林芙美子墓」とだけ刻まれてシンプルである。新井白石の墓のある萬昌院と吉良家の菩提寺として知られる功運寺が統合された寺には、吉良上野介（吉良義央）の墓と並んで「吉良邸討死忠臣墓碑」があった。一五歳から六〇歳まで、三八名の氏名と年齢が列挙され、最後に「元禄一五年一二月一五日討死」と記されている。それらの墓の間に、芙美子の墓がある。ふと、平林たい子は、芙美子の声を聞いたような気がした。

「系譜は夢だ。系譜がなぜ大切か私には判らない。人間は只永遠に生れ出て来てゐる。私は戸籍では私生児だけれども、恥かしいと思つた事は一度もない。悩んだ事もない。只赤ん坊として生れてきたのだものそれだけだ。生れて来た以上は生きなければならない。私は天のぬぼこ(注・玉で飾った矛)のをかしみを深く信じるだけだ。」

(林芙美子「読書遍歴」)

二　黍畑

葬儀の帰りに、城夏子は新宿で降りて駅前の中村屋に寄った。そのまま帰るのは物足りなかった。葬儀場で、円地文子、佐多稲子、真杉静枝ら〈女流文学者の会〉の作家が、記者に取り囲まれてインタビューを受けていた。が、城には誰も声をかけてこなかった。遠くから井伏鱒二や菊池寛、尾崎一雄や芹沢光治良の顔を認めていた。久しぶりに見る懐かしい人たちだった。人波に押されるようにして中井の駅に向かっていたとき、小池みどりが、「これから中村屋に行くわよ」と耳打ちしてくれた。フランス文学者山内義雄夫人となったみどりは、どっしりと貫禄がついていたが、あいかわらずの人なつこい目は、『女人藝術』で親しんだ二〇年前そのままだった。

新宿中村屋は、『女人藝術』の編集をしていた時、主宰者の長谷川時雨に連れられてよく行った。仕事が一段落すると時雨が「さあ、カリーでも食べにいこうか。みどりのお腹が鳴っているよ」と言った。さっとレースのショールを羽織って外出の支度をする時雨は、すでに五〇歳に近かったが、舞台の上の女優のような美しさと貫禄があった。

■新宿中村屋

中村屋はもともとは相馬愛蔵と黒光が本郷に開いたパン屋だったが、一九〇九（明治四二）年、新宿の現在の地に移ってからは、レストランを兼ねた。「生業を通して文化国家に貢献したい」という相馬夫妻の理想に共鳴して、明治から大正期、若い芸術家たちが集まった。「黒光さんの魅力ね」と時雨はよく言っていた。三〇代半ば、劇作家としてすでに一世を風靡していた時雨は、小山内薫や秋田雨雀に連れられて出入りするようになっていた。

店内には無造作に中村彝《つね》や高村光太郎、中原悌二郎《ていじろう》の絵が掛けられ、荻原碌山《ろくざん》の女のブロンズ像が置かれていた。一九一五（大正四）年にはインド独立運動の志士ラス・ビハリ・ボースが匿われた。娘の俊子が彼と結婚した。翌年に、帝政ロシアから亡命してきた盲目の詩人エロシェンコが転がり込んだ。名物のインド式カリーやボルシチには、亡命の遠い記憶が沁み込んでいる。

時雨が若い女性を引き連れて行くと、愛蔵や黒光が顔を出し、会津八一や木下尚江ら常連客がいつのまにかテーブルを囲んだ。中村屋式サロンだった。そこには丸い眼鏡をかけおかっぱの髪を振るようにして、カリーを食べる芙美子の姿もあった。芙美子はよく肉まんやあんまんを土産に買った。懐に入れて、「宿六とお母さんが楽しみにしているのよ」と片目をつぶって笑った。中村屋の店舗と工場は空襲で焼失したが、木造二階建本館は戦火を免れて、四年前から営業を再開していた。

城夏子がドアーを押して店内にはいると、中央のテーブルを囲んで、熱田優子、若林つや、山内（小池）みどり、内田生枝《いくえ》がいた。瞬間的に城は眼で時雨の姿を探していた。『女人藝術』の時代からもう二〇年の歳月が流れていたのだ。熱田優子が手を挙げて城を迎えた。

「あら、城さんみたいに偉い方が、あたしたちと一緒でいいのかしら」

新進作家の内田生枝の言葉には、ひとかけらの皮肉も込められていなかったのだが、城はひどく傷ついた。大正から昭和にかけて、城夏子は〈城しづか〉の名で知られた人気作家だった。竹久夢二の装幀、挿絵で、宝文館から出版された短編集『薔薇の小径』はベストセラーとなって、芙美子に初めて会ったとき、「憧れていたのよ」とサインを求められた。しかしその後は、たいした仕事もしないままに、文壇の片隅にいた。

■長谷川時雨と芙美子

「もちろんカリーでいいわね。でもその前に献杯しないと」とみどりが言い、「今ね、川端さんの挨拶についてしゃべっていたのよ」と熱田優子がとりなすように、城に顔を向けた。

「『女人藝術』の名前で、花輪くらい出してもって思ったのだけど、ひどかったものね、林さんの時雨先生への仕打ち。お日柄だか方角だかが悪いからって、先生のお葬式にも来なかったじゃないの。弔辞だって、急遽、村岡花子さんに代理を頼むことになったたし。私忘れないわよ、林さんに、あんた泣いたんだってね、甘ちゃんだねって言われたこと」

怒りが込み上げてきた口調で熱田が言った。

「そうよ、花輪なんてとんでもない。川端さんが何といおうと、私、林さんを絶対に許しませんよ」

若林つやが、熱田の言葉にかぶせるように力をこめて言い、自分の言葉にむせかえって水を飲んだ。

「追悼号の原稿貰いに行った時のことが込み上げてきてね、悔しくて涙が出そうだった。さんざん先生の悪口を言って、その挙句に書いてきたのがあの詩でしょ。『勇ましくたいこを鳴らし笛を吹き、長谷川さんは何処へゆかれたのでせうか。私は生きて巷のなかでかぼちやを食べてゐます――』だなんて。私が原稿を待っているときに、女中さんが笹の葉におむすびとゆで卵を運んできてくれてね。あの時代にはどこにもない、鬼の牙みたいに白く光ったお米なの。それなのに、かぼちゃを食べてますなんて。あの詩は載せなければよかった」

「先生の『旧聞日本橋』、改造社から出るのを邪魔したって話、ほんとうかしら」

みどりが聞いた。

「どうかしらね、平林たい子さんが、先生から聞いたって言ってたけど、まさかそこまではねえ。それに先生は平林さんに愚痴を言うような人でもないし。でもそれにしても『女人藝術』に「放浪記」が載らなかったら、今みたいになっていなかったのはたしかなのよ。あのころだってルンペン文学って、軽くいう人が多かったんだから。『牡蠣』の出版記念会を先生がひらいてあげた時だって、翌日、立て替えていただいた費用です、って東大生にお金もたせてきたり、先生も一度くらいパリにいらしたらいいですよ、たいしてかかりませんからだって。パリになんか何度も行けるくらい、あたしは『女人藝術』や『輝ク』にお金遣っているよって、先生、苦笑してたけど」

長谷川時雨の話をするときだけ、都会人のクールさを持った熱田の表情がゆるむのを、城は久しぶりに見たと思った。

城夏子は『女人藝術』の最初の編集者だった。新聞のゴシップ欄で、女性だけの女性のための雑誌が出ることを知って、城は生田花世に紹介を頼んだ。市谷左内町の急な坂を上ったところに長谷川邸があった。庭に面した二階の二間続きの座敷が、編集室兼応接間だった。「まあ、しばらく編集しながら小説修業してね」と時雨は言い、そのたおやかな美しさと、時おり見せる伝法なもの言いに「これが江戸っ子というものか」と城はたちまちにして魅せられた。

■「黍畑」

芙美子が生田花世に連れられて編集室に姿を見せたのは、『女人藝術』創刊号が印刷所から届いて、大騒ぎをしていたときだったから、一九二八（昭和三）年六月の末のこと。いつもは留守がちな時雨の一二歳年下の夫、三上於菟吉も珍しく編集室にいて機嫌のいい笑い声を響かせていた。三上がいる時、時雨の声は一オクターブも高くなり、台所との行き来で忙しくなる。

芙美子は懐から「黍畑《きびばたけ》」と題した詩の原稿を時雨に差し出し、時雨はそれを妹の春子に渡した。すぐに目を通した春子が「いい詩ねえ、心にしみる」と言った。

「黍畑」は、画家の春子がカットを描き、次の八月号に載せられた。

あゝ二十五の女心の痛みかな！

細々と海の色透きて見ゆる
黍畑に立ちたり二十五の女は
玉蜀黍よ玉蜀黍！
かくばかり胸の痛むかな
廿五の女は海を眺めて
只呆然となり果てぬ。

一ツ二ツ三ツ四ツ
玉蜀黍の粒々は二十五の女の
侘しくも物ほしげなる片言なり
蒼い海風も
黄いろなる黍畑の風も
黒い土の吐息も
二十五の女心を濡らすかな。

海ぞひの黍畑に
何の願ひぞも

固き葉の颯々と吹き荒れて
二十五の女は
真実命を切りたき思ひなり
真実死にたき思ひなり。

延びあがり、延びあがりたる
玉蜀黍ははかなや実が一ッ
こゝまでたどりつきたる
二十五の女の心は
真実男の子はいらぬもの
そは悲しくむつかしき玩具ゆえ
真実世帯に疲れる時
生きようか死なうか
さても侘しきあきらめかや
真実友はなつかしけれど
一人一人の心故……
黍の葉のみんな気ぜはしい

やけなそぶりよ
二十五の女心は
一切を捨て走りたき思ひなり
片瞳をつむり
片瞳を開らき
あゝ術もなし
男の子も欲しや旅もなつかし

あゝもせよう
かうもせよう
おだまきの糸つれづれに
二十五の呆然と生き果てし女は
黍畑のあぜくろに寝ころび
いつそ深々と眠りたき思ひなり

あゝかくばかり
二十五の女心の迷ひかな。

—一九二八、六、五—
（『女人藝術』一巻二号）

今でも暗誦できるほどに、城はこの詩が好きだった。時雨も、三上於菟吉も、編集長の素川絹子も、手伝いの女の子までもが、なにかにつけて「二十五の女心の痛みかな」と口にし、芙美子はいつ来ても歓迎された。まもなく、読売新聞の文芸担当記者に預けたままになっていた芙美子の「歌日記」のノートが、三上から時雨に渡された。たまたま目にした三上がもち帰ったことになっているが、芙美子が三上に頼み込んだのだと、城は聞いたことがある。

夫の浮気封じのために家に若い女性を集めているとか、時雨をとりまくつまらない噂がいろいろあった。城自身、そうした噂に振り回されて時雨のもとを飛び出したのだが、今にして思えば、時雨は作品を読むたしかな目をもっていた。才能も野心もあるのに若くて恵まれない女性作家を、自分の手で発掘して育てたいという意気込みがあった。三上の芙美子への度を越した肩入れをも、許容する度量があった。芙美子だけでなく、円地文子、大田洋子、松田解子、佐多稲子、矢田津世子――どれだけの女性作家が、時雨によって見出され育てられたことだろう。『女人藝術』は、昭和期女性文学のまさに揺籃だった。

「歌日記」は、林芙美子のごく日常的な日記だった。灰色の表紙の、どこにでもあるような横罫のノートを縦に使って、丸い小さな鉛筆文字で埋め尽くされていた。編集室の机に向かって、「歌日記」に目を通していた三上が「季節にあわせて連載しよう」と言い、赤丸で囲んだ第一回目の頁の余白に「秋が来たんだ――放浪記」と大きな字で書きつけた。「すごい作家になるぞ、林芙美子は」と、三上が時雨にむかって決然と言い、一〇月号から「放浪記」の連載が始まった。

毎回、三上によって口語体のタイトルをつけられた「放浪記」は、たちまち評判となり、翌一九二九年七月、改造社の新鋭文学叢書の一冊として出版され、ベストセラーとなった。

城夏子が八木秋子、望月百合子、高群逸枝、平塚らいてう、竹内てるよ、伊福部敬子ら七名とともに『女人藝術』を脱退したのは、そのころだった。

■毀誉褒貶

『女人藝術』誌上で繰り広げられたアナ・ボル論争に破れた形で、アナーキスト側が退いたのだが、城にはアナもボルもたいした問題ではなかった。林芙美子と親しむにつれて、自分も作家として再出発をしたかったし、編集室には熱田優子が入ってきて、城の居場所がなくなっていた。

お茶の水高等女学校を卒業し、画家を志していた熱田優子を『女人藝術』に連れてきたのは、長谷川春子だった。絵の勉強にフランスへ行くことを決めた自分の後任としてだった。大病院を経営する父親とバイオリストの母親をもつ熱田は時雨に気に入られて、生田花世に「時雨さんの女書生」とからかわれていた。ろくな原稿も書かず、夫がいながら他の男に夢中になっていた城に、時雨は露骨に冷たかった。

脱退した七名を中心に、八月、アナーキスト系文芸雑誌『婦人戦線』が『女人藝術』に対抗して創刊された。城は短篇小説「職業婦人倶楽部」を発表する。『女人藝術』と長谷川時雨をモデルにして、その内幕を描いた作品は、あまりに暴露的で、誰よりも城自身が、そのことに気がついていた。

女性作家の会合があった時、城は時雨に会った。脱会したメンバーの誰にも時雨は愛想良く話しかけていたが、城は自分だけが完全に無視されていることを知った。「城さんは艶《いろ》っぽいからね。時雨さん、妬いてるのよ」と芙美子がとりなしたが、城には時雨の冷たい無視が胸に応《こた》えた。

城がカリーライスを食べ終わっても、芙美子をめぐる噂話は続いていた。

「それにしても春子さん、なんで親族席にいたのかしら。悔しくないのかしら」

春子が遺族席に座っていたことに、城も気付いていた。泰の肩を抱きかかえるようにしていたのだ。

「緑敏さんと画家仲間で親しかったみたいよ。時雨先生とは、切り離しているんでしょ。よく出入りしているらしいから」

不満そうにいう若林つやに、熱田優子が応えた。

「林さん、戦後も若い作家に、ずいぶんひどいことしたみたいね」とみどりが言った。

「新人作家の原稿、みんな預かったまま抽出しに突っ込んでおくって聞いたけど」

「自分以外の作家が世に出るなんて許せなかったのよ。マスコミは怖い、手のひら返したみたいになるからねって、林さん、よく言っていたもの。睡眠時間を削って、からだ張って、いのちを粗末にして、そうやってトップの座を守り続けたのよ。マスコミに殺されたって誰か言ってたけれど、とんでもない。自分が望んだことですからね」

若林の言葉は辛辣《しんらつ》だった。

「あたしね」と打ち明け話をするように、内田生枝が低い声で言った。「熱田さんに連れられて、林さんのところに原稿見せに行ったの。そしたら預かっておくわって言ってくれて。でもそのままになって、しばらくして『浮雲』読んだら、私の書いたのとよく似た場面が出てくるじゃない。ゆき子が、復員してきた富岡と池袋のうらぶれた宿屋で会う場面。ほとんどそのまま使われていたのよ。びっくりして雑誌つかんだまま、中井の家にすっ飛んでったの。そしたら、あら連絡しようと思ってたところよって、けろっとして、ずいぶん手を入れたけど、こうして使うとあなたの文章も生きてくるでしょって。帰るとき封筒渡されて、中にいくらだったか、お金が入ってたの」

内田の話が続いていたが、「次の約束があるから」と言って城は立ち上がった。これ以上、あけすけな芙美子の悪口に付き合う気にはなれなかった。城にとって、芙美子はもっと切実な存在だった。

■放浪生活

一九〇二（明治三五）年五月に和歌山で生まれた城夏子は、佐藤春夫の詩に感動し、吉屋信子に憧れ、『令女界』に詩や小説を投稿する文学少女だった。女学校卒業後、上京して『令女界』の編集者になった。竹久夢二と親しんだのもその頃だ。

城が神楽坂の洋菓子屋「紅谷」の二階喫茶室で、芙美子と初めて会ったのは一九二六（大正一四）年の暮れだったから、二五年も前になる。文芸中心の夕刊新聞『毎夕新聞』の記者だった軽部清子の呼びかけで、女性作家の集まりがあった。城は作家の若杉鳥子に連れられ、芙美子は平林たい子に連れられて参加した。望月百合子、山本和子、北川千代、葵イツ子がいた。その夜の会合の中身はとっくに忘れたが、ひとりずつ立ち上がっての自己紹介は新鮮で、城は今でもはっきりと覚えている。

「平林たい子です。飯田徳太郎と別れて林芙美子さんとふたり、カフェで働きながら書いてます」

「わたし、山本和子です。大宅壮一と別れて、今は――」

「わたしは葵イツ子です。高津正道と別れたばかりです」

「わたし林芙美子です。野村吉哉と別れて――」

「北川千代です。ご存知のような次第で江口渙と別れまして」

江口渙と北川千代の離婚騒動は、それぞれが『改造』と『女性改造』に手記を発表してにぎやかだったので、ドッと笑いがひろがり、周囲の客たちが怪訝《けげん》そうな顔を、断髪や洋服姿がまざる奇妙な女性集団に向けた。城は結婚して間もなかったが、すでに夫の愛人問題や姑との関係で悩んでいたから、あっけらかんと語る女性作家たちの話に目を丸くした。芙美子はまもなく画学生の手塚緑敏と出会い、同棲生活に入るが、尾道の女学校時代から親しんだ岡野軍一、俳優の田辺若男、詩人の野村吉哉、そのほか何人もの男たちと恋愛・同棲をくりかえしていた。恋多き女の代表格だった。

『女人藝術』に「放浪記」が連載された当時、芙美子は杉並の和田・堀の内にある妙法寺境内の浅加園に住んでいた。五、六〇本の低い松の植え込みがあり、その向こうに広い原っぱがあった。中央のヒマラヤスギのまわりには花や苗木が植えられていた。はじめ遊園地にする予定だったらしい。その頃、妙法寺が作業員の住まいとして建てた家は、今では崩れそうなぼろ家になって、六畳が三間、細長く並んでいた。手塚緑敏は、女優の恋人がいた田辺若男や、詩が書けないことも貧乏も、すべて芙美子のせいにして殴る蹴るの乱暴を繰り返した「肺病やみ」の野村吉哉ともまったくちがって、おおらかでやさしい男だった。

■ははの手紙

芙美子の放浪生活はここに終りを告げた。「清貧の書」には、浅加園での緑敏との生活がしみじみと歌うように書かれている。尾道に住んでいた芙美子の母は、結婚を報じた娘に、ひらがなだけの手紙を寄こした。

「おまえは、おかあさんでも、おとこうんがわるうて、くろうしてゐると、ふてくされてみえるが、よう、むねにてをあててかんがへてみい。しつかりものぢや、ゆふて、おまえを、しんようしてゐても、そうそう、おとこさんのなまえがちがうては、わしもくるしいけに、さつち五円おくつてくれとあつたが、ばばさがしんで、そうれんもだされんのを、しつてであろう。あんなひとぢやけに、おとうさんも、ほんのこて、しんぼうしなはつて、このごろは、めしのうゑに、しよおゆう《（しょうゆ）》かけた、べんたうだけもつて、かいへいだんに、せきたんはこびにいつておんなはる、五円なおくれんけん、二円ばいれとく、しんぼうしなはい。てがみかくのも、いちんちがかりで、あたまがいたうなる。かへろうごとあつたら、二人でもどんなさい。

はは。」

城は「放浪記」の原稿をとりに、よく浅加園を訪ねた。同じような家が三、四軒並んでいて、隣家には大原アヤという画家が住んでいた。芙美子の紹介で、『女人藝術』にカットを描くようになった。芙美子はまたたく間に有名になった。一九三〇（昭和五）年一月、台湾総督府からの招待で、望月百合子、生田花世、北村兼子、堀江かど江とともに台湾に出かけ、さらに八月から九月、中国大陸を一人旅した。

「お金が入ると放浪の血が騒ぐのよ」と芙美子が打ち明けるように呟いたのを、城はよく覚えている。その年、『改造』一〇月号に「九州炭鉱放浪記」、同じく『女人藝術』一〇月号に「女アパッシュ——放浪記」を同時に掲載。二〇回に及ぶ「放浪記」の『女人藝術』連載はこれをもって終った。

題名の上には毎回、深沢紅子、大原アヤ、甲斐仁代ら新進画家による花のカットが添えられ、第三巻六号（昭和五年六月）から〈化粧用美顔水〉の指定広告がついた。

芙美子は、三上於菟吉と長谷川時雨によって世にでた作家にちがいなかった。その意味で熱田優子や若林つやといった『女人藝術』の人たちが、芙美子をすこし軽くみていたのは、城には理解できた。芙美子にとっても『女人藝術』が、さほど居心地のいい場所であったとは思われなかった。

それでも、芙美子は『女人藝術』の編集室でくつろいでいた。左内坂をのぼってくる芙美子の姿が見えると、時雨はすぐに酒の用意をさせた。「おっとっと」といって両手で押し頂くようにして飲む芙美子の格好がおかしいといって、手伝いの少女までが笑った。酔うほどにドジョウ掬いが期待された。芙美子が来たから、お酒とざるを用意してね――時雨の高く弾んだ声を、城はなんど耳にしたことだろう。

「私は宿命的に放浪者である。私は古里を持たない。父は四国の伊予の人間で、太物の行商人であつた。母は、九州の桜島の温泉宿の娘である。母は他国者と一緒になつたと云ふので、鹿児島を追放されて父と落ちつき場所を求めたところは、山口県の下関と云ふ処であつた。私が生れたのはその下関の町である。――故郷に入れられなかつた両親を持つ私は、したがつて旅が古里であつた。」

「放浪記」冒頭の一節である。最底辺の世界を生き延びた芙美子の、八方破れな生き方は、『女人藝術』に集まる、育ちの良い女性作家たちには想像もつかないものだった。一躍ベストセラー作家となった芙美子への関心には、いつでも嫉妬と軽いさげすみとが張りついていた。酔ってドジョウ掬いを踊りながらも、芙美子の目が冷たく醒めていたのに、城は気がついていた。彼女もまた、少女小説から抜け出すことができないために、『女人藝術』では一人前の作家として認められていなかった。失業した夫を手伝って、夜はおでん屋の屋台を引いていた。

■パリ行き

芙美子が浅加園から上落合三輪の二階家に引っ越したのは、一九三〇年五月だった。ごみごみとした路地の奥で落合川に面し、北側からは落合火葬場の高い煙突が見えた。かつて尾崎翠が暮した家である。この頃、上落合から東中野駅にかけて、多くの文士が住んでいた。東中野駅近くにはフランスから帰国した芹沢光治良がいたし、上落合には大田洋子、評論家の板垣鷹穂・直子夫妻、古谷綱吉、神近市子、すぐ近くには尾崎翠がいた。下落合には吉屋信子、矢田津世子らが住み、井伏鱒二の家も近かった。

城は、東中野駅裏のアパートから二〇分近い道のりを歩いて、よく芙美子の家に出かけて行った。芙美子は一歳年下だったが、あんなになんでも話すことのできる友人はいなかった、と、城は今にして思う。当時、夫は地方の国語教師と恋仲になって家を出て、城のほうも、彫刻家の島代作と恋におちた。島には家庭があった。

「ひとを泣かせた結婚はいいことないわよ。悪いこと言わないから忘れなさい」――しみじみと忠告してくれたのが芙美子だった。その頃、芙美子の家にはペッという名の茶色い大きな犬がいた。「絵描きの外山五郎がパリに行くの。それで引き取ってきちゃった」と芙美子が言った。

「私ね、五郎さんが好きで好きでたまらなくて、信玄袋に身のまわりのものつめて家を出て行こうとしたの。それでも一応断らなくちゃって、緑《ろく》さんに話したのよ。そしたらおまえがどうしてもって言うんなら行ってもいいよって。そういわれたらね、急に泣けてきちゃって、信玄袋開けて服や下着、引っ張り出しちゃった。長年連れ添った亭主がどんなにありがたいものかわかったってことかしら。なにしろ素っ裸でいたっていいからね。向こうにいったら、しょっちゅうコンパクト覗いていなくちゃならないもの。今じゃもうさっぱりして、胸の中で風鈴が五つも鳴っているって心境よ」

芙美子の言葉をありがたく聞いたが、城はまもなく島代作と所帯を持った。芙美子も結局、外山五郎のあとを追ってフランスに発った。五郎は美術評論家で詩人の外山卯三郎の弟である。大岡昇平『少年』（昭和五〇年　筑摩書房）に、青山学院時代の上級生として登場する。優雅な大邸宅に住み、アトリエで絵を描いたりセロを弾く長身の美青年だった。クリスマスのホームパーティに招待された主人公は、そこで初めてベートーベンを聞く。上品な西洋文化を大岡少年に教えてくれたのも、彼とその家族だった。

一九三〇年春、芙美子は洋画家の別府貫一郎に連れられて、銀座の画廊で個展を開いていた五郎に会った。政治家や実業家の広大な屋敷が並ぶ下落合の界隈でも、ひときわ目立つ洋館に家族と暮す五郎は、芙美子のまったく知らない世界の人間だった。待ち焦がれていた王子様に出会ったように、芙美子は恋に落ちた。が、一度キスを交わしたくらいで家出の決意をされて、さすがに五郎も困惑したようだ。芙美子を避けるためパリに行った、ともいわれている。

翌年の一一月、シベリア経由で、晩秋のパリにたどり着いた芙美子を出迎えたのは、留学間もない別府貫一郎だった。五郎は別府に自分の住所を芙美子には内緒にして欲しいと頼んでいたが、泣きつかれた別府は根負けして、芙美子に教えた。アルジャントゥーユのアトリエにあらわれた芙美子に、五郎は露骨に不機嫌な顔を見せた。芙美子は五郎にすがりつき、ストーブの上のやかんを投げつけられて、火傷をした。

その後、五郎はイタリアに移住した別府を訪ねてパリを脱出し、一九三二年六月、ナポリから帰国の途に着いた。偶然にも芙美子も同じ船だった。が、すでに芙美子の胸は、パリで出会った白井晟一《せいいち》の面影でいっぱいだった。後年、建築家として大成する白井は、ベルリン大学の学生で哲学を学んでいた。休暇で訪ねたパリで芙美子と出会い、芙美子の心を夢中にした。外山五郎と白井とは、その外見も容貌もどこか似ている。ノーブルな貴公子のような青年に、芙美子は弱かったのだ、と城はクスッと笑った。外山五郎は帰国後、キリスト教を学び、日本基督教団の岡山・蕃山教会の牧師となった。

■占領下の執筆

『女人藝術』の八木秋子や望月百合子、永嶋暢子《よね》、横田文子の消息を聞いておけばよかったと、城が思いついたのは、中村屋から成増の自宅にもどった後だった。四人とも満州から引き揚げているはずなのに会っていなかった。戦争を挟んで、だれの運命も大きく変わっていた。

戦後六年にしかならないのに、芙美子はいったいどれだけの作品を書いたのだろうか。まだGHQ（連合国軍総司令部）の占領下にあり、言論、表現活動はすべて検閲を受けている。そのなかをくぐり抜けるようにして、芙美子はひたすらに書き続けてきた。

城は芙美子の訃報を聞いた晩、古いアルバムから抜き出した一枚の写真を机の上に飾った。上落合の家に雑誌『文学時代』のインタビュアーとして訪ねた時、同行したカメラマンが写した写真だった。階下の茶の間、火鉢に寄りかかる着物姿の芙美子は、なんだかバランスを崩している。丸い縁の眼鏡をかけた知的な風貌と、膝を崩したややしどけない姿勢はまるで別人のようだった。お銚子が立っているから、インタビュー後、すぐに酒宴になったのだ。

写真の裏に、芙美子のペン字で「一九三一年　春　たつたこれだけ　ヘエ！　たつたそれだけ　何もねえや　わたしやまいまいつぶろ　芙美子」とある。「まいまいつぶろって、カタツムリのことよ」と芙美子がそのとき、教えてくれた。

パリからもどった後の芙美子について、城はほとんど知らない。芙美子はすでに流行作家になっていたし、城は生活に追われていた。一九五〇（昭和二五）年九月、〈女流文学者の会〉が林邸で開かれた。鎌倉文庫の解散にともなって東京に引き上げてきた〈女流文学者の会〉は、まだ正式に発足していなかったが、竣工したばかりの麹町の吉屋信子邸や銀座木挽町の宇野千代邸で、何度か集まりがもたれていた。

「たまには私のところに来てよ、宇野さんみたいな豪華なことはできないけれど」と、芙美子が半ば強引に会員たちを誘ったのだ。手入れの行き届いた広い邸宅は、粋で贅沢な宇野邸とは違った趣があった。芙美子が手づからつくった料理もおいしく、余興に落語家の桂文楽を招いて、にぎやかな会になった。城にとって一〇数年ぶりの再会だったが、もはや上落合の時のような、快活な芙美子の面影はなかった。

その後、何かの会合でたまたま出会った城に、芙美子は「男の作家って、肝っ玉が小さいくせに、ほんとに嫉妬深いからねえ」と吐き捨てるように言った。城も芙美子をめぐる文壇の噂話を知らないわけではなかったが、何かを言える立場ではなかった。ただ、そのあと芙美子が呟いた言葉が、城の骨身を突き刺した。

「城さん、作家は作品ですよ。作品だけが後世に残るのよ」

三　孤影

京都麩屋町の柊家《ひいらぎや》旅館の一室。朱塗りの卓には三人前の膳が整えられている。

杯には冷酒が注がれ、季節の小鉢がならび、鱧《はも》の洗《あら》いも運ばれてきた。宇野千代は箸を置いたまま、吉屋信子が電話室から戻ってくるのを待った。夏支度の終った部屋のすだれを透して、夕ぐれの坪庭が灯籠の明かりで浮き上がっている。仲居が団扇で風を送ってくれているのだが、宇野はいつものように愛想よい応対ができなかった。林芙美子の急逝を聞いてから、ずっと気分が滅入っていた。

京都には、来春に売り出す着物の染めの相談に来ていたのだが、せめて告別式には出たかった。しかし、いくら思っても二月から四月にかけてのパリ旅行のせいで、仕事が押し寄せていて身動きが取れなかった。だから山口からの帰路、京都で一泊するという吉屋信子とふたりで、せめて陰膳を据えて芙美子を送りたかった。鱧も鮎も、芙美子の好物だった。柊家は、川端康成に連れてこられて以来、三人とも京の定宿にしていた。芙美子用の膳の傍らには、上梓されたばかりの『浮雲』が置かれた。

宇野が『文学界』の四月号に掲載された「浮雲」最終回を目にしたのは、帰国してまもなくだった。夫の北原武夫は芙美子の文学を、その生き方をもふくめて認めていなかったが、宇野にとって芙美子はいつでも気になる作家だった。力量からいったら同世代の女性作家のトップだろうと宇野は思っていた。ことに戦後のおびただしい仕事量と「晩菊」「下町」「骨」「河沙魚《かわはぜ》」等々の短篇小説には圧倒された。

「浮雲」も雑誌『風雪』に連載されていたときから注目していた。だから「浮雲」結末の、いいようのない昏さと虚無感が胸に響いた。一冊になるのを待って、宇野は一気に読んだ。かなわないわと呻いた時から、まだひと月にもなっていない。

一八九七（明治三〇）年生れの宇野より六歳年下の芙美子が、「放浪記」で登場したときの鮮烈な衝撃を、宇野は今もはっきりと覚えている。宇野はすでに流行作家だったが、「放浪記」は彼女に、自分が文壇に出て行くために見捨てたものを、息苦しいほどに思い出させた。荒っぽいエネルギーとストレートな情感とは、手摑みにされてなお飛び跳ねる魚を思わせた。それにしても「放浪記」と「浮雲」の距離はなんと大きいのだろう。「放浪記」の主人公は、自らの意思でどん底を生きたのに、「浮雲」の主人公は時代に、社会に、男に、ただ流されていく。

タイピストを夢見て上京した少女を、無残に突き放して書く芙美子に、宇野は慄然としたが、農林技師の富岡兼吾に心惹かれた。友人の妻を奪って結婚し、仏印ダラットでは、タイピストの幸田ゆき子を恋人にした。敗戦日本に命からがら引き揚げたものの、ゆき子との関係を引きずったまま困窮の中で妻を死なせ、自分もまた死のうと伊香保温泉に出かけたのに、今度はそこで出会った人妻おせいと関係を持つ。上京し富岡と暮していたおせいは、逆上した夫に殺される。そして新たな出発を夢見て富岡と屋久島に渡ったゆき子までが、洞窟の中で生埋めにされるように、血を吐いて死ぬ。

富岡に関わる女のすべてを無残に殺して、芙美子はなにを書きたかったのか。主人公は、ゆき子ではなく、おそらく富岡なのだろう。稀代のドンファンであり、無意識の殺人者である富岡に、宇野は自分が共感していることを知った。富岡を覆う虚無が芙美子自身のものだとしたら、富岡に惹かれる自分と芙美子は意外に近いところにいたのかもしれない、と宇野はぼんやり思った。

■宇野千代と吉屋信子

あたふたと電話室から吉屋信子がもどってきて「林さんの告別式、大変な人だったって」といいながら坐り直した。電話は毎日新聞文芸部の記者からだった。

「文芸家協会の青野さんや友人代表の平林さんの弔辞はとてもよかったって。でもね、〈女流文学者の会〉の弔辞、なんで真杉さんにしたのかって聞かれたわ。こんなときには円地さんがしっかりしてくれないと。佐多稲子さんだって、中里恒子さん、網野菊さん、いくらだっていたのに」と続けた。

「まあ、あなたやあたしがいないんだから仕方ないでしょ。真杉さん、華やかだし、一生懸命やっているのだからいいじゃないの」と宇野がとりなすと、「あなたは真杉さんにいつだって甘いんだから」と吉屋が呆《あき》れたように言った。

一八九六（明治二九）年生れの吉屋信子は、戦前から女性作家のまとめ役だった。その意味で長谷川時雨のあとを継いでいる。大正期に書かれた吉屋の「花物語」「屋根裏の二処女」に夢中になって育った女性作家は多かった。秘書役の門馬千代と暮す吉屋の家は、物質的な豊かさと女所帯の気楽さがあって、心地よかった。そのうえ、多くの女性作家にとって、「中間小説作家」の吉屋信子は、決してライバルなどではなかった。だから下落合の家に女性作家が群がっていたのだ、と宇野はひそかに思っていた。

燃えたぎっている文学への情熱に、いつも揺さぶられているような芙美子にくらべて、吉屋にはだれもを安心させる生活者の落ち着きがあった。ふと目にした吉屋の財布に、きちんと折りたたんだ紙幣と市電の回数券が整理されて入っていたのに、宇野は驚かされた。吉屋は情熱のままに走り続ける宇野とは正反対の性格だったが、年齢が近いこともあって、文壇でも個人的にも親しかった。

吉屋が、記者から聞いた川端の挨拶を口真似して伝えた。

「故人は自分の文学的生命を保つため、他に対して、時にはひどいこともしたのでありますが、あと一、二時間もすれば林さんは骨になってしまいます。死は一切の罪悪を消滅させますから、どうか、この際、故人をゆるしてもらいたいと思います――川端さん、よく言ってくれたのねえ。みんな泣いていたって。これで林さんも浮かばれるでしょ。ほんとうにずいぶん恨まれていたから」と吉屋が言った。

「よくわからないわ。どういうことかしら。林さんが何をしたって言うの。川端さんが、なぜそんなことを言ったのか、私にはわからないわ」

宇野の口調は珍しく強くなった。川端の言葉にも、それに共鳴する吉屋にも違和感があった。「放浪記」の時代から芙美子には毀誉褒貶がつきまとっていた。その中を芙美子はひとり猛然と、群れることなく生きてきた。だれがあのような放浪の日々から、作家としての栄光をつかむことができるのか。

「そりゃあ、人の原稿を預かったまま、絶対に世話しないとか、いろいろ言われているけど、そんなことは可愛いものだわ。ジャーナリズムってのは、ほんとに薄情なんだから、いつ棄てられるか油断はできませんよって、林さん、いつも言ってたもの。彼女は文壇のスターとして君臨し続けたかったのよ。でもね、川端さんが許して下さいって言ったのは、久米正雄や菊池寛といった、文壇を、なんていうか、仕切っている人たちに向かってなのよ」

■ペン部隊

仲居の酌を手で制して、吉屋は手酌で杯を満たしながらいった。

「昭和一三年だったかしら、お国が、あたしたち作家や画家を戦争に利用しようって、ペン部隊をつくって、鳴り物入りでマスコミが書きたてたでしょ。そのはじめての従軍であたしは海軍班、林さんは陸軍班にいれられて中国へ行ったのよ。海軍班の団長は菊池さんで、陸軍班は久米さん。私は林さんとちがって臆病だから、いつでも菊池さんの後ろに隠れて怖がっていたけれど、林さんは、どんな場所でも平気な人だし、はじめから思うところがあったのね」

吉屋は宇野を説得するような口調になっていた。

「上海に着くとすぐに別行動をとって、そのうち朝日新聞社のトラックに乗って、林さんが前線に単独で行ったらしいって噂になったの。菊池さんから、林さんってそんな人なのかって聞かれたけど、あたしには答えようがなかった。海軍班が帰国して、まもなくだったわね、『林芙美子女史、漢口入城一番乗り』って、でかでかと新聞で書きたてられて、もう凱旋将軍だったでしょ。菊池さんが私に言ったものよ。林さんもダメだよ、あんなことをしちゃあ、久米の面目丸潰れじゃあないかって。久米さん、日の丸を持って、ペン部隊を引き連れて漢口に一番乗りしたかったって思うわ。日本軍がさんざん苦労してようやく陥落させた都市なんだから。あれ以来、久米さん、林さんと口きいていないんじゃあないかしら。怒り狂っていたから。あれは林さんのやりすぎでしたよ。みんなで行ったんだから、出し抜いちゃいけないわね」

すでに十余年の年月が経っているのに、吉屋の口調はさらに強いものになっていた。

「亡くなったばかりの人を悼む話じゃあないわね」と、宇野も醒めた調子で言った。あの頃、あなたもずいぶん戦地に行っていたじゃないの。勇ましい文章書いて——宇野は吉屋に言おうとして、言葉を呑み込んだ。戦時下のことは今さら口にしても詮方ないことなのだ。だれもが生きていかなくてはならなかったのだから。

■作家として

宇野千代は出版社を経営し、日本で最初のファッション雑誌『スタイル』を刊行した。そのうしろには、別れたとはいっても夫の尾崎士郎や東郷青児がいたし、川端康成、広津和郎、里見弴、谷崎潤一郎までもがいた。『スタイル』で儲けた金で、一二歳年下の夫・北原武夫を中心に、純文芸誌の『文體』を出した。宇野は、小林秀雄や河上徹太郎、大岡昇平、青山二郎——若手の評論家にサロンを提供し、彼等を援助する女主人《パトロン》でもあった。だからこそ、私は無傷でこの戦争を生きのびたのだ、と考えていた。

北原は南方に送られたが、宇野は行かなくてすんだ。文壇に群れなくても、文壇が宇野を無視することはできなかった。芙美子と同じく片田舎に生まれ、最底辺の日々を送って生きてきた宇野には、生れながらの美貌とあわせて、自分を豊かに開花させていく才能があった。それにくらべて、男の選び方ひとつにしても、芙美子は不器用だった。たったひとりで、文字通り身体を張って芙美子は生きていた。その芙美子を批判する文壇の男たちも、そこにするっと入り込んで生きる吉屋信子も、今夜の宇野には疎ましかった。酒は好きではなかったが、飲んで酔払って、芙美子を偲びたかった。

文藝春秋社主催の忘年会で、裾を端折り、赤い腰巻を見せて、アラエッサッサーと踊る芙美子の姿が脳裏に浮かぶ。〈お芙美《フミ》さん〉の愛称で、男の作家たちに人気があった。座持ちが上手く、宴席で酌をして廻る芙美子に、そんなことしなければいいのに、と宇野はしばしば思ったものだ。

「男の人たち、きっと林さんがいたら楽しいだろうと連れて行ったのよ。それなのに完璧にやられてしまったわけ。まあ、あのアラエッサッサーのうしろにどんなしたたかさが隠されているか、女の作家はみんな知っていたけどね」

「でも、あの人はひとりで生きた人なのよ。庇ってくれる人もいないから、精いっぱいだったんでしょ」

吉屋に言い返しながら宇野は、芙美子にとって男の作家に酌をしたり、ドジョウ掬いを踊ることなどは、ほんとうはどうでもいいことだったのだ、といまさらながら思った。あの人は、書くことにしか興味のない人だった。数寄屋造りの家を建て、贅沢な着物を着て、美味な料理を食べはしても、芙美子はいつまでも、「放浪記」の〈おフミさん〉だったのではないか。公園のベンチに腰掛けて空腹に耐えながら、とんかつを食べたい、男も欲しいと思う〈おフミさん〉だったのではないか。すべてを手に入れたのに、決して幸福そうではなかった、と宇野は思った。


宇野千代が最後に芙美子に会ったのは五月末、毎日新聞社の東紅会の催しで、千葉県木更津に簀立《すだ》て遊びに出かけたときだった。東紅会は、阿部真之助が『東京日日新聞』学芸部長のころにつくった、女性作家、評論家、画家の集まりである。吉屋信子、宇野千代、壺井栄、網野菊、芝木好子と〈女流文学者の会〉の作家たちが十数人参加した。

芙美子はあきらかに疲れていた。「大丈夫ですか」と心配する『サンデー毎日』編集長の辻一平に、「昨日も徹夜だったから。でも今日ね、うちの子も谷津海岸で潮干狩りなのよ。学習院の遠足」と答えた。木更津に着くと、おおかたが船を降りて浅瀬に簀立てした魚を掬うため、小舟で運ばれていったが、芙美子は残って船板にぐったりと横たわっていた。その後、とったばかりの魚や貝を焼いたり、揚げたりしての宴席でも、芙美子は大儀そうだった。宇野はそのときの光景を思い出した。

近くに坐っていた芝木好子が芙美子に「少し健康に注意しなくては」と遠慮がちに言うと、「あたしね、フランスへ行きたいんだけど、あっちでぽっくり死んでも困るしねえ。それに飛行時間が長いし」と、猪口を空けながら呟いた。

その声の調子があまりに淋しそうで、芝木は助けをもとめるように宇野をみた。宇野が声をかけるより早く、網野菊が「何を言っているんですか。泰ちゃん残して逝かれますか」と叱るように言った。

「そうね、網野さんにすっかりお世話になって。網野さんにご紹介いただけなかったら、あたしの子どもじゃ、学習院なんて入れなかったもの。志賀先生はお元気ですか。お目にかかってお礼申し上げたかったのだけど」

泰を学習院の初等科に入れたいという芙美子に頼まれて、網野が志賀直哉に頼み込んだことを宇野は覚えていた。志賀は学習院の卒業生だったし、網野は若いときから志賀に私淑していた。虎屋の羊羹と千疋屋の果物籠が、志賀のもとにも届けられたと〈女流文学者の会〉の折に、網野が宇野に囁いた。幼い養子を守って疎開し、学習院に入れるために奔走する芙美子の陰口をいう作家は多かったが、「林芙美子には作家魂がある」と志賀直哉は網野に言っていた。

「無理しちゃ駄目ですよ。長生きしなくては」と芙美子にむけた網野の声は、しみじみとしたものだった。数日後、宇野のもとに新聞社からその日の写真が送られてきた。船の上で輪になって談笑する女性作家の間で、芙美子はひとり疲れた表情で船縁《ふなべり》によりかかっていた。

その日の会合の中心は『毎日新聞』に「安宅家の人々」の連載が決まっていた吉屋信子だった。〈女流文学者の会〉の会長をつとめていただけでなく、『婦人公論』二月号に載った「鬼火」が、純文学へのみごとな転換と絶賛されていた。吉屋はエネルギーにみちて、薄手の白いコートがよく似合った。

■柊家旅館

柊家旅館は客の気配もなく静まり返っていた。対座しながら、宇野も吉屋もそれぞれの思いにとらわれて飲んだ。

吉屋は静かな声でいった。

「あたしはいつでも林さんとくらべられて、煽られてね。林さんのほうでも私をライバルみたいに意識していたのかなって思うの。同じころに選集が出たし、ペン部隊の従軍も紅一点。帰ってくれば、『朝日新聞』には林さんが『波濤』、あたしは『毎日新聞』に『女の教室』。今度だって『めし』と『安宅家の人々』が同時期に連載でしょ。そういえば、林さんのあの家ね、あたしの焼けてしまった市谷砂土原町の家によく似ているでしょ。林さん、家を建てるので参考にしたいからって、なんども見えて、一度はご主人もいっしょ。私のところは吉田五十八さんが建てたのだけど、林さんは山口文象さんに頼んだのよ。パリで親しかった建築家の坂倉準三さんや白井晟一さんの関係もあったんでしょ。山口さんも砂土原町の家にみえたわ。今の私の麹町の家も吉田さんに頼んで同じ感じで建ててもらったのだけど、来る人たちがみんな言うのよ。門のあたりも竹林も、林さんのお宅にそっくりですねって」

吉屋はおかしそうに笑った。

それを聞きながら宇野はふと吉屋の短篇「鬼火」を思い浮かべた。空襲の焼跡に取り残された一軒家を舞台に、病死した夫のあとを追って縊死する妻の悲惨な姿を、ガス集金人の目を通して描いた作品だった。集金人の誘惑に心を動かされながらも、妻には外出する着物も帯もなかった。梁《はり》から垂れ下がって揺れる女のむこうで、鬼火のようにガスコンロの火が燃えさかっている。

鬼気迫るとか、鬼火の結末が泉鏡花に似ているとか、評判は高かったが、宇野は吉屋がどこか無理をしているような気がした。「屋根裏の二処女」や「良人の貞操」のほうが、はるかに吉屋信子らしかったのだ。

吉屋に「鬼火」を書かせたのは、芙美子へのライバル意識だったのではないか。といって、「晩菊」「骨」「夜猿」「河沙魚」等、戦後の芙美子の作品を貫く強烈な意志も思想も、「鬼火」にはなかった。だとしたら、吉屋にとって芙美子の死は、その呪縛から逃れて、作家としての解放につながっていくのかもしれない、と宇野は思いあたった。質の高い中間小説の分野で、吉屋信子は群を抜いていた。

そして私は、と、宇野は呻くように思った。日常生活に埋没して、もはや作家とはいえない。「おはん」をとにかく完成させて、父親の生とも向き合わなくてはならない。少女時代に父親から受けた地獄のような虐待の日々が、なぜどこか甘美なのか、私はきちんと検証しなくてはいけない。北原武夫との生活は、自分が眼をつぶってさえいれば、破綻しながらも続いていくのだろう。結婚した当初から、北原にはいつも女の影があった。

「でも、林さん、交友記のなかに、あたしのこと親友って書いてくれてね、吉屋さんの家は、気がねがなくて、夜遅くまで仕事や家庭の話ができるって。『吉屋さんはおつきあいする程、味のあるひとで不思議なひとで、ごいっしょの門馬千代さんも立派な人で、あたたかな気持ちになる人です』って。下落合の家は、ほんとうににぎやかだったわね。あの中で一番健康そうだった林さんが、一番早くに逝くなんて」

酒がまわったせいか、吉屋の声はしめったものになっていた。その声の調子を気遣いながら、宇野は思った。これから吉屋の中で、林芙美子の影が揺れ動いていくのだろう、と。吉屋と門馬千代との関係はだれもが知っていたし、作家間でのレズビアンは、それほど特別なことではなかった。世間で糾弾され、村八分になりかねないことでも、文壇では通用し、文壇に守られることによって、マスコミも世間も認めた。だからこそ、吉屋信子は、久米正雄や菊池寛といった力ある人たちに忠実に従わなくてはならない。

吉屋は文壇の実力者たちの価値観、評価に追従し、庇護されることによって、作家としての場を確実なものにしてきた。それもひとつの生き方なのだ、と自分を納得させながらも、宇野はふと、文壇にも世間にもまったくの素手で切り込んでいった林芙美子の孤影を見た。

「さあ、お風呂にはいってくるわ。やっぱり生き延びなくちゃだめよ、私たちは」

宇野は涙をこらえて立ち上がると、そのますうっと湯殿に向かった。

第一章　芙美子、歩き始める

一　左内坂

一九二八（昭和三）年六月二五日の午後、雨の上がった外堀橋を渡って、林芙美子は牛込見附から入る左内坂を弾むように歩いて行った。歯がはぜ返った朴歯《ほおば》の下駄も、いく度も水を潜った浴衣も、赤いメリンスの古帯も気にならなかった。ただ一刻も早く左内町の長谷川時雨の家に着きたかった。何かとてつもないことが、自分の上に起りそうな予感で胸がはちきれそうだった。雨上がりの空に向って手にしていた紫陽花をぐるぐる回した。

「女だけの雑誌だって。新人を世に出してくれるなんてすごいや。もう嫌な思いをしなくてすむんだ。ザマアミロだ」

芙美子はもう一度、「ザマアミロ」と声に出して言った。

出版社の入口横の廊下で二時間も待たされたあげくに、やっと通された小部屋で、ベレー帽をかぶった不遜な男に深々と頭を下げながら、込み上げてくる怒りに耐える——本屋で立ち読みした月刊誌に、かつて突っ返されてきた自分の童話が、はじめと終りだけ少し変えられ、あとはそのままこの男の名前で出ていたのだ。それでも笑顔を見せなくてはならなかった。

男はそのことに触れることはおろか芙美子の顔を見ようともしない。「はいはい、いつもよく書くねえ。拝見しましょう」。うやうやしく差し出した原稿は、机の上に積み上げられて終り。交通費ももらえないまま、歩いて家に帰ったら、原稿が速達で戻っていた。そんなことの繰り返しだった。

■女人藝術社

芙美子の足が速まる。

「待ってちょうだい、若いのねえ」と後ろから言われて、芙美子は自分が生田花世と歩いていたことに気がついた。ぬかるみと急坂に難儀して花世は息を切らせていた。「ごめんなさい」と芙美子は立ち止まった。前のめりに坂をあがってくる花世は、四〇歳になったばかりなのに、六〇歳の母親よりも老けて見える。

「あたし、歩くことに慣れているから。いつも行商で歩いていたし、一日四、五里くらい平気なの」

芙美子は弁解するようにいった。今日も杉並の堀の内から歩いてきたのだ。途中で手折った紫陽花はもう萎れかかっていた。

「この頃、眠れないものだから」と花世が目を瞬きながら呟いた。芙美子のプチプチとはち切れそうなうしろ姿が眩しかった。朝まで夫の生田春月を待って、花世は一睡もしていない。あの女と泊まったのかもしれない――花世の仕事が忙しくなると、春月はとたんに不機嫌になり、手近な女と浮気する。別れて自分の仕事に専念する時期が来たのかもしれない、一五年の結婚生活は長すぎたのだ、と花世は突然に思った。色褪せた井桁模様の浴衣からでた芙美子の白い腕がまぶしかった。

坂を上りきる手前の右角に、外務大臣だった小村寿太郎の邸宅があり、長谷川時雨はその奥隣り、木立に囲まれた家に住んでいた。石の門柱に「三上　長谷川」の表札が掛けられ、その下に「女人藝術社」と、真新しい看板があった。しゃくなげやウツギ、ヒメシャラが白い花をつけている。石畳を進むと、玄関の引き戸が開いて、若い女性が顔を出した。

「ああ、花世さん、創刊号、今、秀英舎から届いたところ。お待ちしていました」

「絹子さん、こんにちは。こちら林芙美子さん」

素川絹子の知的で、都会的な顔立ちと純白のワンピース姿に圧倒されながら、芙美子はお辞儀をした。通されたのは玄関脇の庭に面した和室だった。中央の紫檀の座卓を囲んでいた人たちが、いっせいに顔を上げた。

「花世さん、待っていましたよ。さあさ、見てちょうだい。あなたのおかげよ」

和服の女性が弾んだ声で言って立ち上がった。無造作に結い上げた髪も、ゆったりとした着こなしも美しい風格があった。写真で見知っている長谷川時雨だ。

「あなたが林芙美子さんね。ようこそ。さあ、坐って。おふたりにおしぼりと麦茶、はやくね」

「すごい汗だな」

時雨の横で創刊号を繰っていた浴衣姿の男が笑顔を向けた。三上於菟吉だわ、芙美子はあわててお辞儀した。写真だけでなく、銀座通りで何度も見かけた顔――。時事通信社の臨時雇いに採用されて、カフェ・ライオンの前にテントを張って求人広告の受付をした時だった。カフェや未亡人サロンの女給、女中、花嫁まで、ありとあらゆる求人の申し込みを、三行にまとめることが芙美子の仕事だった。一件五〇銭だったが、夕方には大きな布袋がずっしりと重くなった。それを持って逃げ出したらどんなに楽しいだろうと何度夢想したか知れない。

三上はいつでも美しい女性を伴っていた。小指を立てて「あれがカフェ・ライオンのナンバーワン。仙台の出身でね、三上於菟吉の愛人だ」と芙美子に教えてくれたのは、集金に来る時事通信の社員だった。

インクの匂いのする雑誌を手に、芙美子は歓声をあげた。ブルーを基調にした静物画の表紙は爽やかだった。黒文字で「女人藝術」と記され、その下に赤で「創刊号」とあった。巻頭のグラビア写真には、パールのネックレスをかけた中條百合子が写っていた。

「この人が秋田雨雀さん、その隣が湯浅芳子さん、モスクワで撮った写真よ。秋田さんが持ってきて下さったの」

指差して教えてくれたのは旧知の城夏子だった。

「あたし、生田さんの紹介で編集のお手伝いしているのよ」

驚く芙美子に城が言い、それぞれが自己紹介をした。丸めがねの少し年配の女性が八木秋子、千鳥格子の簡易服を着た大柄な若い女性が小池みどり、玄関で迎えてくれたのは編集長の素川絹子だった。「そしてこちらが大家さんと社長」とみどりが、三上と時雨を指して言った。

「あら、私のこと忘れないでよ。あなたが芙美子さんね、私、長谷川春子、お宅のだんなと同じく絵描き」と言いながらワンピースを着たおかっぱの女性が入ってきた。「君を忘れる人はいないや」と三上がからかい、笑いが広がった。

■『女人藝術』の世界

芙美子は笑いの渦の中で自分があまりにもすんなり受け入れられたことに驚いていた。このような豊かな心地よさは、これまで知らない世界だった。が、目次を開いて芙美子は一瞬息を呑んだ。山川菊栄、神近市子、望月百合子の評論、岡田八千代、生田花世、若山喜志子らの随想、岡本かの子、柳原燁子、今井邦子の短歌、深尾須磨子の詩に続いて〈創作欄〉に、ささきふさ、真杉静枝、長谷川時雨、松村みね子と並んで平林たい子の名があったのだ。

一週間前、生田花世に連れられて参加した〈知名婦人〉による、コロンタイ『恋愛の道』の合評会で、芙美子は平林たい子に会っていた。理想郷ソビエトにおける新しい恋愛のありよう――母親の夫とも関係する娘の多角的恋愛について――をどのように評価するかに意見が分かれた。これは警告として読むべきだと山田わか、今井邦子、神近市子が眉をひそめて主張するなかで、額《ひたい》のまんなかで髪の毛を分け、そのために丸い顔がますます強調された平林たい子が、自然な成り行きです、と母の夫を奪った娘を堂々と擁護した。

訥々とした口調はそのままだったが、別人のように断定的にものをいうたい子に、芙美子は目を瞠った。芙美子にいつものようににっと笑いかけながらも、『女人藝術』創刊号に書いたことをたい子はひとことも言わなかったのだ。

「たい子さんって、以前あなたと暮らしていた人でしょ」

芙美子が繰ったページを覗き込みながら、城が言った。

「『文藝戦線』に近頃よく書いているけど、骨のあるいい作家ですよ。こうした若い人のものをどんどん載せていきたいわね。大家ばかりじゃつまらないし」

時雨の言葉に芙美子はおもわず懐《ふところ》から詩を取り出した。

「こんなのも出していただけるんでしょうか」

時雨の細いしなやかな指が、クシャクシャになった原稿用紙をのばし、芙美子ははじめて恥かしくなった。時雨はそれを春子に渡し、春子がゆっくりと目を通した。「黍畑《きびばたけ》」と題したその詩は、東京日日新聞の文芸記者から返されたばかりだった。

「あゝ二十五の女心の痛みかな！」

突然に春子が声に出して読み出した。頁を繰る音も、話し声もやんだ。

「あゝかくばかり　二十五の女心の迷ひかな。」

最後の連を読み終わると、「いい詩ねえ」と春子が呟き、拍手が響いた。「次の号に採用だな。新進詩人に乾杯しなくてはね」と三上が上機嫌で言い、「はいはい、麦酒《ビール》にしましょうか」と時雨が高い声で答えた。春子が「あたしがカット描いてあげる」と弾んだ声で言った。

まだ日が高かったが、麦酒が運ばれた。「ほんとのお祝いはこれからね。二八日のお披露目の会や創刊記念祭が無事に終って、創刊号が全部売れてから」という時雨の言葉にかぶせるように「そのころは次の号で大忙しですよ」と絹子が言った。

麦酒とつまみだけのささやかな祝いだったが、いつのまにか芙美子はその中にいた。幸福がコトコト音たてて込み上げてくる、こんな日が来たんだ——麦酒を飲みながら芙美子は歌うように思った。急に芙美子は、自分が三上にラブレターを出しかけたことを思い出した。

「あたし、じつは三上先生にラブレター書いたことがあったんです」

芙美子が口にし、三上に麦酒を注いでいた時雨の手が止まった。

「おやまあ、それで返事はあったのかしら」

「いいえ、結局出しませんでしたから」

あわてて芙美子がいった。

「いつだったか……あの頃、あたし、ものすごく貧乏で、一円の金で五日も六日も食べつないでいて、そのことに疲れちゃって、明日は自殺しようと、なぜだかありったけのぼろ屑を部屋にばら撒いたんです。そしたら古新聞の広告に三上先生と吉田絃二郎先生のお名前と写真が並んでいて、あたし、おふたりに同じ手紙を書いて、中にこの『黍畑』の詩を入れました。でも財布には三銭しかなくて、三上先生宛の手紙は破り捨てて、吉田先生にあてた手紙だけ新潮社気付けで送ったのだけど、返事がくるはずないですよね」

芙美子はいつになく饒舌になっている自分に驚いていた。

「どうして僕じゃなくて吉田だったのかなあ。僕の方がいい男なのに」と三上が大袈裟に言ったので、弾けたような笑いが広がった。「吉田先生のほうが優しそうに見えたんでしょ」と春子が言った。あのとき、おなかを空かせていたあたしは、ビフテキのような三上より、サラダのような吉田のほうが現実的だと思ったのかもしれない、と芙美子は思ったが黙っていた。

「やっぱり八木さんの木曾節が出ないとね」と三上が話題を変えるように言い、「はいはい」と時雨が小物入れから真新しい藍染の手ぬぐいを取り出した。

「なにしろこの人、木曾の産だっていうから、無理やり所望してね、そしたら実に上手い」

三上が手拍子を取った。三〇代の八木秋子は他の編集者より一〇歳ほども年上だった。断髪で丸いめがねをかけ、白いブラウスのボタンを一番上まできちんと止めて、実務家の雰囲気があった。頬を染めながら手ばやしに乗って踊る様子は楽しげで、芙美子は自分もドジョウすくいを踊りたくなった。

■新しい一歩

五時のドンが響き、それを合図にして、芙美子は城夏子と小池みどりといっしょに帰路についた。坂の突き当たりにある印刷工場の秀英社から、工員がおおぜい出てきた。朝八時と夕方五時にドンがなる。

「煙突の煙が上がってるでしょ。輪転機の止まる暇がないってこぼしてた。円本ブームで景気がいいのね。社員も工員も交代制だって。それにしても今日は楽しかったわ。時雨先生、三上先生がいる時はあたしたちを引き止めないの。このあといろいろ料理を作って差し向かい。一二歳も年下の夫だもの、いくら先生が美人で江戸っ子だって、やっぱりいろいろと辛いのよね」

城がしみじみといった。みどりが芙美子に寄りかかるように腕を組んできた。二〇歳になったばかりのみどりには、まだ少女の雰囲気があった。

「あの部屋は時雨先生のお部屋。奥に離れみたいになって三上先生の書斎と寝室があるの。編集室は二階の広い部屋。窓から庭の向こうに左内坂が見えて、誰が来たのかわかるのよ。あたしは新聞で見て、時雨先生に直談判して雇われたばかり。まだ見習いだけどね。ほんとうは文藝春秋で働きたかったの。でも母が男の人がいるところじゃ駄目って言うの、おかしいでしょ。八木さんは子ども置いて家出してきたんだって。東京日日新聞の記者していたときに先生と会って、編集を頼まれたのよ。絹子さんも以前は新潮社の編集者。三上先生の担当だったけど引き抜かれたの。すごくしっかりした人。城さんは生田さんの紹介よね」

「そう、新聞見てね、生田さんのお宅に行って紹介を頼んだの。すぐに連れて来てくれて。根っから世話好きで親切な人よ、生田さんは。時雨先生の片腕って言うより、もう中心になっている。それなのに出過ぎないし、謙虚だし。でも時々なんだかお気の毒になって。あんまりいい人なんだもの」

「あたしはあんまり好きじゃない。なんだか女の執念みたいのがあってこわいんだもの。時雨先生は怒るときはポンポンって感じだけど、花世さんは笑っているけどいつまでも根にもっているって感じ」

城の言葉をさえぎるようにみどりが言って、芙美子の腕をゆすった。芙美子は辻潤に連れられて訪ねた、牛込弁天町の花世の家を想い浮かべていた。路地の角にある古い二階家だったが、書斎から出てきた春月は、憂鬱そうに懐手をして辻に対していた。

「そうね。花世さん、あたしと話しているのに、春月さんの様子ばかり気にして、お茶を入れたり果物を運んだり、なんだか落ち着きがなかったわね」

たわいないおしゃべりを続けながら、芙美子は自分が新しい一歩を踏み出したことを確信していた。あの高踏的な雑誌に、自分の「黍畑」が出る。時雨も三上於菟吉もあたたかく迎えてくれた。帰り際、時雨が「少しだけれど、交通費。またいらっしゃい」と言って封筒を渡してくれたことも嬉しかった。

東京に出てきてすぐに子守として住み込んだ近松秋江とも、芙美子が敬愛している唯一人といっていい徳田秋声とも、あるいは菊富士ホテルの仕事場で、布団の上に腹ばいで原稿を書いていた宇野浩二とも、まるで違っていた。三上も時雨も作家というより、江戸の浮世絵にでも出てきそうな贅沢で粋な雰囲気があった。

近松秋江は落ち着きのない人だった。芙美子が子守している背中の娘が気になって「チャンチャンコイチャン、よく眠ったかい！」となんども覗き込んでいた。あの家での収穫は、書棚からチェーホフを引っ張り出して読んだだけ。それにしても二週間働いてたったの二円。大きな風呂敷包みを持って、新宿駅の線路に架った橋の上で、紙包みを開いたときの呆然とした気持は忘れられない。ざらざらとした心を抱えたまま木賃宿に向かうしかなかった。

森川町の徳田秋声の家は、芙美子にとってどこよりもなつかしい場所だった。彼は芙美子の詩に「僕には詩はわからないが、それでもあなたの魂の苦しみに触れるような気がする」と言って涙をこぼした。妻を亡くして六人の子どもを抱えた秋声はやさしかった。四〇円ものお金を貸してもらったこともある。山田順子が現れなかったら、あの家で先生や子どもたちの世話をしながら生きていこうと思っていたくらいだった。芙美子の膝で人形遊びをしていた桃子は、まだ六歳だった。宇野浩二は、小説の書きかたをたずねた芙美子に「話すように書けばいいのですよ」と静かに教えてくれた。

坂の向こうに夕焼けが広がっていた。ニイニイゼミが鳴き、白いドクダミの花が道端に群れて咲いていた。芙美子はみどりと城と連れ立って、思い出にひたりながらゆっくりと坂を下りた。途中に芙美子が投げ捨てた紫陽花がすっかり萎れて泥にまみれていた。

二　落合川

そのまま家に戻るには気持が昂ぶっていた。城はもっと話したそうだったが、家で夫と姑が待っている、と残念がった。みどりはボーイフレンドと映画見るの、と帰っていった。

ひとりになった芙美子は、緑敏の顔が浮かんだが、上落合に尾崎翠を訪ねることにした。創刊号の『女人藝術』を見せたかったし、無性に会いたかった。翠は日本女子大時代の友人松下文子と落合川に面した路地裏の家で暮らしていたのだが、数日前松下が結婚して旭川に去ると、すぐ近くの大工の家作の二階に移った。

芙美子が翠のもとを初めて訪ねたのは一年前だった。芙美子も時々載せてもらう雑誌『少女の友』で「少女ララよ」を読んで、じっとしていられなくなって、雑誌を持ったまま編集室を訪ねた。筆者の南条信子の名は『少女の友』の常連としてよく知っていた。

「銀の燭台」「赤いスリッパ」「アベマリア」「桜貝」「指輪」――それらの作品に芙美子はどれだけ惹かれてきただろう。幻想と現実とのあわいの中で、少女たちは成長することを拒み、永遠の生命を与えられていた。開花されないがためにいっそう匂い立つ少女のエロス。少女たちは女性へと移行する端境期にあるのではなく、すでに完結していた。

「南条信子さんの住所教えて。一度会ってみたいの」

芙美子がいうと、顔なじみの編集者が、

「知らないかな、この人、本名は尾崎翠といって『新潮』や『文章世界』にずいぶん書いている人ですよ。『無風帯から』、読みませんでしたか。もったいないんだけどね、少女小説書かせておくのは」

と言った。頭を殴られたような衝撃だった。一九二〇年一月号の『新潮』に掲載された尾崎翠の「無風帯から」を、尾道高等女学校の三年生だった芙美子は、担任の国語教師今井篤三郎から借りて読んでいた。芥川龍之介や志賀直哉、佐藤春夫らの新進作家の作品よりも、はるかに翠の「無風帯から」に惹かれた。

東京の大学に通う兄とその異母妹との心の交流が不思議な哀しさと明るさとで描かれていた。情熱を秘めながらも、不器用で孤独にしか生きられない妹に、兄は深い愛情を抱く。しかし彼女は友人Mを思慕していることを知る。作品はMに宛てて妹について語る兄の手紙の形式を取っていた。

それ以来、芙美子にとって尾崎翠は忘れられない作家になった。いわれてみればこの世のものとは思われない盲目の美少女ララに、心うばわれる吟遊詩人アントニオの物語「少女ララよ」には、無垢なるものへの怖れと哀惜の情が流れ、作風の透明な明るさは、「無風帯から」に似ていた。

芙美子は住所を書いた紙を握りしめて翠の家に向った。四角いしっかりとした顔立ちの翠も、丸いめがねの松下文子も、ピュアーで真っ直ぐな人たちだった。芙美子はうち解けてすぐに親しくなり、いつのまにか二人から頼られるようになった。

■尾崎翠

一八九六年、鳥取に生れた翠は鳥取高等女学校を卒業後、小学校の代用教員をしながら『文章世界』に投稿を続けていたが、本格的に文学に向うことを決意して上京する。日本女子大学国文学部に入学したのは一九一九年、二三歳の時だった。芙美子よりも七歳年上だが、不器用で、翠の作品の女主人公に似た雰囲気があった。旭川の大地主の娘である文子が経済的に支えているらしかった。その文子も信じられないほどに、世馴れしていないお嬢さんだった。路地奥の家は、いい木口を使った二階家で、文子の家から女中が一日おきに通っていた。

「無風帯から」が出た時、翠と文子は女子大の学生寮で親しくしていたが、翠は国語科の教師から、小説を書くなど学生にあるまじき行為、と叱責されて中退した。まもなく文子も病弱だったこともあって家政科を中退した。それ以来、鳥取と東京を翠は行き来し、東京では文子の家に滞在した。

翠との交流を警戒していた松下家だったが、難病にかかった文子を献身的に看病する翠に感動して、二人の生活を認めたのだ。といっても、すでに文子にはドイツ留学の決まった、若い学者を婿養子に迎える話が整っていて、それまでの約束だった。

文子が去って、慌しく引越してまだ一週間なのに、翠の部屋はきちんと片付けられていた。机を置いた窓際からは、合歓《ねむ》の木のふわふわとした赤い花が見え、柿の葉が深い緑をひろげている。その向うを小川が流れていた。夕闇の中にそれらはひとつに融けこんで、どこか高原にいるような気配だった。ときどき井戸のポンプをこぐ音がした。

「いいところね、旅の宿みたい。これならいくらでも書けるね」

ふところから『女人藝術』をだして、芙美子は翠に渡した。

「今日ね、生田花世さんに連れられて長谷川時雨さんの家に行って来たの。次の号にあたしの詩が載ることになったんだ。すごくいい人たちだったから、今度いっしょに行こうよ。翠さん紹介したいな、きっと大喜びするわ。たい子さんが創刊号に小説書いてるって、あなた知ってた？　あたしは知らなかった」

「あー、その話、春月さんから聞いていた。鳥取の人たちが集まった県人会があってね。このところなんだか慌しかったから、そのままになってたけど。いいわね、女の人ばかりの出版社なんて」

ページを繰りながら翠がしみじみと言い、芙美子は翠から以前に聞いた話を思い出した。「おたがい苦労してるものね、編集者には」と芙美子がためいきをつくと、「ほんと、『婦人公論』は忘れられない」と翠が笑って言った。

遠縁の中村武羅夫の紹介で原稿を持ち込んだときだった。社長は地下の食堂にいますからと教えられて、松下文子と食堂に行った。擂りガラスの衝立にまさにキスシーンが映っていた。ふたりの足音にシルエットはゆっくりと離れ、衝立から顔を出したのは嶋中雄作だった。その後から髪に手をあてて宇野千代が出てきた。嫣然と微笑みながら宇野は階段を上っていった。

「もう動悸が治まらないのよ。それなのに嶋中さんのほうは、原稿を平然と繰ってるの。おまけに私の足を何度も踏んで突っ付いて。いくら足を引っ込めても繰り返すんですもの。敬意を表して白羽二重の足袋を履いて行ったのに。腹を立てて帰ってきたら、原稿、戻ってきたわ」と翠が言った。

「もう大丈夫よ。『女人藝術』が出来たんだから。長谷川さんってなんだかお母さんみたいな人よ。

大きくてあたたかくて、きれいなのに、肝っ玉が据わっている感じ」

芙美子は二八日の創刊記念の会に誘われていた。引っ込み思案な翠を、松下文子に代わって今度は私が連れ出さなくてはと思った。縮れた茶色い髪をボブカットにした翠は、三〇歳を過ぎているのに生硬な部分を残していた。

「平林たい子さん、この頃活躍しているのね。私とは全然違うけれど、いいもの書いているし力があるね」

翠が雑誌から目をあげて言った。そうなのだ、昔のたい子とはもうちがうのだ、と芙美子は素直にうなずいた。目次に平林たい子の名前を見付けた時の衝撃は、いつのまにか鎮まっていた。

電車の中で読んだ「生活」は、おそらく近頃のたい子の日々を描いたものなのだろう。夫の小堀甚二が勤務先の印刷工場で労働争議を起こして、市ヶ谷の刑務所に入れられたことは聞いていた。たい子を思わせる妻は、面会に行くが会うことができない。借間代にも事欠いて職を求め、ともに捕まった印刷工の家族を心配し、自らも血痰を吐く。

厳しい生活を描きながらも、女主人公は鏡に映る自分の顔を見ながら「私は不幸の女だが幸にどこまでも、突き進んで行く勇気だけを持ち合わせて来た」と挫けない。強欲な社長にたいしてこそ金を要求すべきなのだ、と立ち上がる。飢えと渇きを癒す代りにせめて「高い梢に、白くたわたわと咲いてゐる花を見たい」と思い、自分の哄笑を「白い花の様に美しい」という女主人公に、芙美子はかつて親しくしていたころのたい子を見た。

いかなるときも平林たい子は嘆かず、歌わない。涙に溺れることを拒否して、傲然としていた。その性格が芙美子とは正反対だったから、かえって気が合ったのかもしれない。

■平林たい子

芙美子がたい子の下宿に転がり込んだのは、大正末年の暮だった。その頃芙美子は詩人の野村吉哉と暮らしていたが、たいがいは新宿のカフェの二階に寝泊りしていた。

その日、着替えが欲しくて、芙美子は世田谷瀬田のアパートに戻った。財布には少しばかり金が入っていた。自分の結核も詩が売れないことも、なにもかも芙美子のせいにしては殴る蹴るを繰り返す男だった。それでも、芙美子にはいとおしかった。「肺病じゃあなかとね」と上京してきた母親が心配したが、アバラ骨が浮き上がった胸も赤い唇も、その病気の特徴を示していた。たまには栄養をつけさせなくては、と芙美子は牛肉や葱を買った。昨夜は思いがけずにチップが多かったのだ。弾むようにドアを開けると、布団に野村と女がもつれあっていた。何もかも一瞬だった。芙美子は肉の包みと葱をふたりに投げつけて駆け出した。

新劇の田辺若男と暮らしていた時も、やはり同じだった、と走りながら思った。田辺は芙美子を詩人たちのグループに紹介してくれた男だが、芙美子をカフェで働かせながら、旗揚げのための金をトランクいっぱいに貯め込んでいた。すべてが芙美子には内緒で、その上に女優の恋人がいた。なんでそんな男ばかり好きになるんだろう。

最初の男は親の反対を押し切れなくて、郷里の因島で結婚した。あの男に捨てられて、私の放浪は始まったのだ。男たちが次々と浮かび消え、みんな同じ顔にしか見えなくなったころ、本郷の平林たい子の下宿に辿りついた。そこよりほかに行くところはなかった。芙美子よりも一歳年下だったが、信州諏訪に生まれ育ったたい子は色白で、男と貧乏にさんざん苦労しているのに、朴訥な雰囲気があった。少女小説や探偵小説を書きながら、カフェの女給をしていることも、ときどき男が金をせびりに店に顔を出すことも芙美子とよく似ていた。たい子も飯田徳太郎と別れたばかりだった。

飯田が仲間の集まりで言ったことがあった。「あいつ、満洲で前の男との間に子どもも産んで、すぐに死なせて、その骨を茶筒に入れて持ち歩いていてね。時々振ってんのさ。目が据わって、なんだか気味が悪くてね」

飯田の言葉には悪意が籠っていて、芙美子はたい子がその場にいないのにほっとした。

「それなのに、たいさん、お前さんと逃げたときには、その大切な茶筒を押入れの中に忘れていったんだからな」と壺井繁治がすぐにまぜっ返した。かつてアナーキストのグループで銚子に合宿に行き、そこでたい子は飯田に出会い、親しくなって出奔したのだという。

飯田との生活はどこか荒んで見えたが、死んだ子どもの父親である山本虎三が、満洲から帰国して、たい子にうるさく付きまとっていた。うんざりだわと言いながらも、たい子は飯田と山本の間で揺れ動き、疲れ果て、ようやく一人で生きることを決意したばかりだった。

本郷三丁目の酒屋の二階で、芙美子はたい子と暮らした。原稿を売りに歩くにも、カフェで着る矢絣の着物一枚しかなく、仕方なくたい子の羽織を着物に仕立て直して、二人で交互に着て原稿を売りに出かけた。無口で愛想のないたい子は、カフェのチップは芙美子よりも少なかったが、原稿は芙美子よりもよく売れた。重くて粗い手触りを持ったたい子の作品に、どこか人の心を粟立てるエロティシズムとグロティシズムとが潜んでいることに、芙美子は気がついていた。

「たい子さんは政治とか思想が好きだからね。世の中を変えられるって信じている」

芙美子は呟いて笑った。芙美子が平林たい子のもとを離れたのは、表向きはたい子が小堀甚二と所帯を持ったためだったが、ふたりともに別れて暮すきっかけを探していたような気がする。

■『文藝戦線』派

「芙美子さんは政治も革命も、労働運動も、なんにも信じないものね」

翠が言った。

「政治を信じるくらいなら、男を信じたほうがまし。ああ、それもちがうな、信じられるのは、男をいとおしいと思う自分の心だけかな」

芙美子は笑いながら言い、翠の机の上にあいかわらずミグレニンの薄茶色の瓶があることが気になった。「まだ飲んでるの」と芙美子が聞くと、「頭の中で小人が暴れるからね。飲んでると少し落ち着くの」と翠が答えた。頭痛薬だったが、その度を越した服用を松下文子がどれほど心配していたか知れない。この人はなにを信じていて、あんなにも透明な文章を書くのだろうかと芙美子は思った。

一日中、部屋に閉じこもって散歩すらしようとしない。旅ばかりではない、町を歩くことが無性に好きな芙美子は、机の前に根を下ろしたような翠の気持を理解できなかった。それでも、今の芙美子にとってはだれよりも親しい友人だったし、なによりも翠の書くものが大好きだった。

結局、芙美子がうどんを茹でて、葱と茗荷を刻んでのせ、それに醤油をかけて夕食にすることになった。芙美子はいつだって台所に立つことが好きだったし、翠は放っておいたら、一日食べなくても平気だった。そのくせ兄や文子が病気になると献身的に世話をした。

うどんを頬ばる翠を見ながら、芙美子はたい子を想っていた。小堀甚二はもう釈放されたのだろうか。昨年、大阪朝日新聞の懸賞小説にたい子の「喪章を売る」が入選した。酒屋の二階で、毎晩遅くまでちゃぶ台に向って書いたものだ。飯田徳太郎との日々のひとこまだった。次に『文藝戦線』に書いた「施療室にて」も、評判になっていた。山本虎三と暮らした満洲が舞台だった。

列車転覆を企てたという罪で夫が捕まり、その服役中に施療病院で出産し、子どもを死なせた若い女性が主人公だった。貧しい生活に女主人公はひどい脚気にかかっていた。脚気の乳を飲ませることはタブーだと知りながら、牛乳を手に入れることができないまま、生まれたばかりの子にその乳を与えた。子どもは死ぬ。彼女は怒りと悲しみをバネに社会の変革に向うことを決意する。

大震災後、特高警察によって、東京追放となった山本虎三とたい子は、山本の兄を頼って満洲に渡った。日雇い労働をして生きた日々を、芙美子はさんざん聞かされていたが、プロレタリア文学特有の悲惨の強調によってデフォルメされた作品に、芙美子の反発は強かった。なぜ死に至るとわかっているのに脚気の乳を子どもに飲ませなくてはならないのか。私だったら、盗んでも牛乳を手に入れただろう。

実際には同室の人たちによってミルクや果汁が与えられたのに、子どもには飲む力がなかったのだ。しかし、たい子にとって、自分が東京から追放され、満洲くんだりの施療病院で子どもを生まなくてはならなかったのは、国家のせいだった。だとしたら子どもは、弾圧的な強権国家に殺されたということになる。

それらの作品によって、たい子はプロレタリア文学の有望な新人として認められた。日本プロレタリア芸術連盟の分裂に際しては、青野季吉、蔵原惟人、葉山嘉樹らとともに労農芸術家連盟（文戦派）を結成し、いまや『文藝戦線』派の代表的作家として、ナップ（無産者芸術連盟）と対立しながら活躍していた。たい子に誘われ芙美子も文戦派に属してはいたが、彼女にとっては、思想も運動も革命もおよそ別世界のことだった。ただ『文藝戦線』に書く場所が欲しかっただけだった。「思想も理論もなくて、あれじゃあルンペンだ」と小堀甚二が言っていた、と芙美子は青野季吉から聞かされた。ずんぐりとして陽に焼けて逞しい小堀には、地に足をつけた堅実な労働者の臭いがあった。

■深夜の沐浴

『女人藝術』創刊の集いに行くことを約束して、翠の部屋を出たのは夜九時近かった。風呂屋のペンキ絵の仕事を終えて戻ったばかりの緑敏がお茶漬けをかきこんでいた。あわててお新香を切り、干物を焼きながら、芙美子は『女人藝術』や時雨と於菟吉、尾崎翠や平林たい子のことを夢中で話した。緑敏は、気のない返事をしていたが、時雨から貰った封筒を覗き込みながら「詩一篇で五円か。こっちは昼から夜までペンキ塗って三円なのに」と呟いた。茶を入れながら芙美子は下を向いたまま笑った。画学生に違いなかったが、緑敏の才能を信じたことはなかった。

彼の風景画にはいつでも手前に小さな道が描かれる。私は道のない絵が好きと言ったら、緑敏は「君なんかに絵がわかってたまるか」とめずらしく怒鳴った。それにしたって、もっと思い切り絵筆をたたきつけて描けばいいのに、この人には体の底から溢れ出るものがないのだろうか。モデルになってほしいといわれて二時間もじっとしていた時だって、キャンバスには、みすぼらしく不細工な女がちんまりと描かれていた。いつかあの絵を破いてやろうと芙美子はずっと思っている。

体を拭きたくなって、芙美子は井戸端に出た。梅雨の晴れ間が続くのか明日も天気がいいのだろう。満天の星が瞬いていた。馬蹄型の廃園に、同じように細長い崩れそうなぼろ家が五軒、離れて建っている。中央のヒマラヤ杉を囲んで桐や松、ウツギ、とっくに盛りを過ぎた躑躅《つつじ》が何百株も植えられていた。なにもかもが影絵のように闇の中に沈んでいる。

井戸をこぐと、しぶきを上げて水が迸った。手ぬぐいを濡らして体を拭くつもりだったが、芙美子はするっと浴衣を脱いで、水をバケツに受けると頭からかぶった。闇の中に白く浮かんだ芙美子の裸を水が光りながら流れていく。私も平林たい子に負けないで、今のこの生活を書こう。詩ではなく小説を書こう。音たてて水をかぶりながら、芙美子は自分の心も体もはちきれそうにエネルギーに充ちていることを思った。

三　銀座

八月の昼下がり、大手町の読売新聞社から銀座に向かうアスファルトの照り返しは強く、芙美子はしたたり落ちる汗を感じながら、懐からノートを取り出した。抽出しに無理やり押し込められていたのだろう。灰色の表紙が皺になっていた。それでも文芸部の平林譲治は、一応目を通してくれたのかもしれない。煙草の臭いがしみこんでいたし、頁がところどころ黒ずんでいた。

「あんたの詩、せっかく『女人藝術』に出たんだから、これも持ち込んだらいいよ。三上先生、ほめてたよ、あんたのこと」

そう言いながら平林が返してよこしたのだ。「歌日記」と記されたノートは六冊あったが、それを一冊にまとめて持ち込んでいた。

帯の間に挟んだ手拭で、ノートについた汗をていねいに拭いた。ここには私の青春が詰まっている。懐かしいことも、思い出したくないことも。でもここに集めたのはほんの上っ面だけ。もしもあたしのはらわたをそのまま見せたら、ぶったまげて逃げ出すのだろう、と芙美子は会ったばかりの上田文子をふと思い浮べた。

■『女人藝術』創刊の集い

結局、『女人藝術』創刊の集いに、尾崎翠は来なかった。銀座内幸町にある大阪ビル地階のレインボーグリル入口で、翠を待っている芙美子に、会場の中から平林たい子が手をふった。中に入ろうとして芙美子は突如、袖をつかまれた。

「ごめんあそばせ。ご一緒していただけるかしら。私こうしたところ初めてなの」

消え入りそうな声だった。絽の着物も胸高に締めた帯も、言葉遣いも大家の令嬢風だったが、大きな目が怯えていた。

「いいわよ、私もこうしたところ初めてだけど、知り合いもいるから。私、林芙美子」

「まあ、私もふみこ。上田文子」

同じ名前が嬉しいと文子は体を寄せてきた。かすかに香水の香がして、芙美子は自分があいかわらず色褪せたメリンスを着ていることを思った。

たい子を挟んで両側に芙美子と文子が坐った。各界を代表する女性たちが七、八〇名集まり、テーブルにはサンドイッチやケーキ、果実を盛った銀の盆がいくつも置かれていた。長谷川時雨と生田花世が主催者側として挨拶をし、三上於菟吉と菊池寛からの差し入れだという、シャンパーニュをボーイがそれぞれのグラスに注いだ。勢いよく立ち上がる微細な粒子の泡を芙美子は感動しながら見つめていた。なぜか新宿のカフェで、一本のウイスキーを水で薄めて七本に分け、客に出したことを思い出した。一〇杯飲んだら一〇円やるよ、客に言われて本当に一〇杯飲んで、翌朝、男にそのチップを届けたくてアパートに走ったら、あの時も男は女優の恋人と寝ていた。あれは二度目の男。

「きれいだわ、フランスのお酒」と横で上田文子がうっとりとした声で呟いた。

歌人の今井邦子の乾杯の発声に続いて、ひとりひとりが自己紹介をした。上田文子が消え入りそうな声で名前を言い、遠くから「聞えませんよ、もっとはっきり」と声が飛んだ。「上田万年博士のお嬢さんで、劇作家」と時雨が助け舟を出した。東京帝大教授の上田万年は、国語学の権威だった。

芙美子は上気した頬に手をあてながら「詩人」と自己紹介した。たい子ははっきりと響く声で「小説を書いています」と言った。望月百合子がシャンパングラスを挙げてみせて芙美子に微笑んだ。いたずらっ子のようなきらきらした目だった。創刊号を手に賑やかな感想が続いたあと、時雨がスッと立ち上がった。濃紺の夏お召に白い帯を締め、流れるような姿だった。

「あたしも人前で話すのは大の苦手です。役者さんにはずいぶんえらそうに口跡がいいとか悪いとか言ってきましたが、自分じゃあほんとうにだらしのないことです」

と言ったあと、ちょっと間をおいて、

「いい作品、いい作品、私が求めるのはそれだけです。あと何があるのでしょうか。私どもの『女人藝術』は、いい騎手のための駿馬となることをいつでも願っています」

と結んだ。われるような拍手が響き、芙美子は自分のための雑誌がようやく出たことを再び確信した。

■三上於菟吉

気づけば明治屋の前を通りすぎて、尾張町に、さしかかっていた。

掌の汗でじっとりと濡れたノートをもう一度そっと拭くと、芙美子はふところに戻し、ぐっと足に力を入れて踏み出した。

「芙美子さんじゃないか」と、道路の向こう側から声がした。着物姿の女性をともなった三上於菟吉だった。パナマ帽に右手をかけて笑っている。横断歩道まで行くのももどかしく、芙美子は道路を走って渡った。

「危ないなあ、若い人は乱暴なんだから」

芙美子の弾んだ体を抱きとめるようにして、於菟吉が言った。「ちょうどいい、お茶でも飲もうか」と三上が言うと、「あら、麦酒でしょ」と連れの女性が笑った。かなり年配だったが、上品できりっとした雰囲気を持っていた。

「八丁目までいけばプランタンもパウリスタもあるが」

三上が有名なカフェの名をあげた。「ライオンでもよろしいのよ」と女性がまたからかうように言った。レストランに入ると、三上は麦酒を注文し、女性はコンポートを注文した。

「あなたも召し上がる？　桃のコンポートかしら、今の季節だと」

はじめて聞く名前に芙美子は黙ってうなずいた。

「あなた林芙美子さんね。黍畑の詩、拝見しましたよ」と女性が芙美子を真正面から見つめた。あわてて三上が、「こちら片山廣子さん、歌人でアイルランド文学の大家」

「あ、松村みね子さん」と芙美子は片山のペンネームを言って立ち上がり、お辞儀をした。松村みね子訳のシング戯曲集もマクラオドの『悲しき女王』も、芙美子の愛読書だった。だから『女人藝術』創刊号に、松村みね子の翻訳「野にゐる牝豚」が出ていたのが嬉しかった。時雨と同じ年頃だったが、江戸の粋や情緒をそのままに持った時雨に対して、片山は硬質で都会的な雰囲気があった。

「若い恋人に死なれて、まさに『悲しき女王』だけどね」

三上が軽口を叩いた。

「あれは違いますよ。芥川さんは魅力的な人だったけれどね」

片山が呟くのを聞いて、芙美子は芥川龍之介の自殺後、女性の存在が噂されていたことを思い出した。

「シバの女王は美人ではなかった。のみならず彼よりも年をとっていた。しかし珍しい才女だった。ソロモンはかの女と問答をするたびに彼の心の飛躍を感じた」

芙美子は歌うように芥川龍之介の詩「相聞」の一節を口にし、片山が顔をあげた。

「おやおや、あなたも芥川さんのファンなのね。『黍畑』とは少し毛色が違うけど」

片山の顔に一瞬走った苛立ちを、芙美子は見逃さなかった。自分とは違った世界の住人なのだろう、憂愁の貴婦人なのだから。目の前の人は縮れ毛の茶色く染めた髪をうしろでまとめ、上目遣いに人を見る、柔かなところのまるでない女性だった。

「さあ、乾杯しよう。少しぐらいはいいでしょ。新人と大家の二人の女性に」

麦酒をふたりに注ぎながら、屈託なく三上が言った。果肉を透明になるまで煮込んだコンポートが運ばれてきた。

「私が子どものころね、裏庭に桃の木があったの。実をいっぱいつけるのだけど、固くてそのままではとても食べられない。でも実を削いで、砂糖で殺すと、そのうちじわって果汁が出て、しばらくするとおいしいおやつになったものだわ。父が大好きでね、このコンポートよりおいしかった」

「大森のお宅でご馳走になったことがあったなあ。それにしても砂糖で殺すってすごい言葉だね、あの頃も思ったけれど」

「ばあやが埼玉の在の人だったから。砂糖にはばい菌を殺す作用があるって信じてたのね、おなかが痛くなるといつも砂糖を飲まされていた」

三上と片山の親しげな様子は意外だったが、果実を削いで砂糖で殺すという女性に、芙美子はやはり親しめなかった。突然に片山が立ち上がった。

「私、今日はこれで失礼するわ。林さん、あなたの詩はアナーキーで面白いリズムがあるけれど、でも自分で溺れてはだめね。それと三上さんを誘惑しては駄目ですよ。時雨さん怖いわよ」

あっけにとられている芙美子と苦笑している三上を残して、片山廣子は出て行った。白いレースの日傘が硝子に映った。

「かなわないな、あの人は昔から不良マダムでね。病身の旦那や子どもたちを抱えて、いくら金があっても、いろいろ不満も多かったんだろう。彼女が『火の鳥』って文芸雑誌やっていることは知ってるよね。『女人藝術』より高尚かな。なにしろ伯爵夫人や有閑夫人が中心だからね。そのうち書かせてもらったらいいでしょう」

三上に会うのは二回目だったが、親しい小父さんのような雰囲気があった。片山廣子が自分に好意を持ってくれたとは思われなかったので、『火の鳥』に書くことはないのだろう。芙美子はふところからノートを取り出した。

「これ読んでいただけないでしょうか。ずいぶん長く読売新聞の平林さんに預けてたんですが、今、返してもらってきました。あたしの青春です。ここから出発したいんです」

芙美子は夢中で言った。

受け取ると、三上は手を拭いてからノートを広げた。自らを「紙くず製造業」と称し、蕩児のイメージが強い三上の思いがけない仕草に、芙美子はびっくりした。柱時計と扇風機のまわる音だけがする、客のいない店内で、三上はひたすらノートを繰り、芙美子は身じろぎもしないまま、その手元を見つめていた。

やがてノートを閉じて三上は目をつぶり、麦酒を音たてて飲むと芙美子の顔を真っ直ぐに見た。

「いいね、とてもいい。ここには詩があふれている。本物の文学が光っている。プロレタリア文学なんて狭苦しいものじゃあない。君の青春放浪記にちがいないが、君だけじゃあない。地方から東京に流れて仕事や住まいを転々として生きている今の時代の若者が、男や女が、君の向こうに見える。最底辺の世界なのに突き抜けていて明るいなあ。矢でも鉄砲でももってこいって尻まくって、腹をくりゃあ、人間、何でもできるからね。それにここには大震災から復興していく東京の姿がだぶっている。猥雑で粗野だが活気にあふれて、動いていく都市の記録でもある」

興奮して語る三上の言葉を、芙美子は目を瞠《みひら》いて聞いた。気がつくと涙がぼとぼとこぼれ落ちていた。

「さあ、これをどうやって出すかだ。『女人藝術』でいいね。まさか僕がこれをほかに持っていくわけにはいかない。歌日記じゃつまらないから、やっぱり放浪記だろうな。あとは一回ごとに口語体のタイトルをつけよう。いよいよ新人作家のデビューだ」

ノートを手にして三上が立ち上がった。勘定を済ませると、振返っていたずらっぽく言った。

「君と会ったことも片山女史のことも、オヤッちゃんには内緒ね、面倒だから」

時雨を三上はオヤッちゃんと呼んでいた。本名の康子でもなかった。芙美子は急におかしくなってくすっと笑った。

夕焼けがはじまっていた。銀座は新宿に比べて好きになれない街だったし、およそ詩のない街だと思っていたが、斜光を浴びてくっきりとシルエットを浮かびあがらせ、まもなく夕焼けに包まれていった。萎れたような街路樹が息を吹き返し、都会の一刻の瞬間の美しさに芙美子は息をのんだ。

芙美子も夕焼けの中にいた。

四　浅加園

城夏子が芙美子の住む浅加園を訪ねてきたのは、一週間後だった。白地に矢車草の花を描いた浴衣を着て、日傘をまわしながら、「いいところね。暑いけどせいせいする」と言って入ってきた。

「あなたの歌日記、一〇月号から連載が決まったわよ。時雨先生も大喜びだった。新人登竜門としての雑誌の、目玉ができたって。明日の午後来てくださいって」

城の笑顔を見ながら、芙美子は両手を上げて飛び上がった。ああ、これで私は出発なのだ。灰色のノートを、手を拭いてからていねいに読んでくれた三上を思った。どんなに感謝しても足りない。心の底から喜びが込み上げてくる。

「あたしも少し読んだけれど、あなた、ずいぶん苦労してきたのね。可哀そうで涙が出てしまった。でも偶然ってあるのね、三上先生が読売新聞社であなたのノートを目にしたなんて。なんでも担当者が留守で、待っているうちに煙草を吸いたくなって机の抽出しを開けたら、中にあのノートが入っていたんだって。暇つぶしに読んでいるうちに引き込まれてしまったって。なんだか興奮して時雨先生に渡したみたいよ。こんなことってあるのかしら」

芙美子はおかしかった。三上は芙美子に会ったことよりも、片山廣子と連れ立っていたことを時雨に知られたくなかったのだろう。それにしても何とへたな嘘をつく人なのか。時雨がそれを信じたとは、とうてい思われなかった。

■「放浪記――秋が来たんだ」

翌日、芙美子は左内坂をのぼっていた。八月の終りでも、日差しはきつかった。が、風にかすかな秋の気配があった。家の周りに咲いていたアザミやヒマワリ、百合を手当たり次第に切って花束にした。せめて時雨に渡したかった。生田花世に連れられてきた日からもう二月《ふたつき》になる。家事を手伝う少女が芙美子をみて笑った。

二階の編集室には長谷川春子と素川絹子がいた。一〇畳近い和室は広縁に囲まれ、窓に向かって机が三つと椅子が五脚置かれている。手前には大きな座卓があり、部屋の隅にゆったりとしたソファがあった。卓上に挿絵をひろげてカットの相談をしているらしかった。

「あら、芙美子さん、よかった、さっそくいらして下さって。連載が決まって、おめでとう」

絹子が顔を上げて言った。

「いいねえ、二十五の女心もよかったけれど、兄さん、すごく褒めていた。あの人、昔は純文学志望だったからね。『春光の下に――又はゼ・ボヘミアン・ハウスの人々』なんて難しい本を姉さんに捧げて、もう夢中で姉さん追い回して、結局つかまっちゃったのよね」

春子がそう言った時に、時雨と生田花世が入ってきた。

「芙美子さん、よろしくお願いしますよ。いよいよデビューね。三上がさっきまで読んでいて、一〇月号からスタートってことで、季節に合わせることにしたの。第一回のサブタイトルは『秋が来たんだ』。いいでしょ。二葉亭四迷の『狩人日記』の冒頭だって」

「放浪記――秋が来たんだ」――芙美子は口の中で繰り返した。これ以上の題名は考えられなかった。

「すばらしいです。ほんとうに三上先生になんてお礼を申しあげたらいいのか」

「連載を決めたのは私ですよ。言ったでしょ、『女人藝術』はいい騎手のための駿馬だって」

きりっと時雨が言い、

「芙美子さん、ほんとうによかったこと」

花世が笑顔を向けた。

「これからですよ、すべては。でもまあ、今日はおいしいものでも食べましょうか。花世さんを励ましてあげなくてはいけないしね」

時雨が言って階下に声をかけた。灰色のノートには色鉛筆でさまざまな線が引かれ、付箋が挟まれた頁の余白に「第一回　秋が来たんだ」と強い筆力で書き込まれていた。三上の顔が浮かび、芙美子は自分が三上於菟吉を恋しているような気がした。同時に「三上さんを誘惑しては駄目ですよ」という片山廣子の声が重なった。

くすぐったいような幸福感に芙美子は漂っていた。階下の居間には近くの仕出屋から取り寄せた料理が並び、外回りから戻ったばかりの小池みどりと八木秋子が汗を拭っていた。原稿を取りに出ていた城夏子も加わった。

麦酒が注がれ、時雨が「それじゃあ、新人作家林芙美子の未来を祝して。あ、それからライオンとにらめっこしてきた花世さんにも、乾杯」と言った。外泊を繰り返す生田春月に苛立って、その日、花世は上野動物園に行き、ながながと寝そべっているライオンを半日見て過ごしてきた、と時雨に訴えていたのだ。

芙美子は春月が訳した『ハイネ全集』三巻を、質屋に流したときの悔しさを覚えている。長編自伝小説『相寄る魂』を読んで、思想的彷徨の末に春月が到達した〈虚無的生命主義〉にも、芙美子は共鳴していた。縁無しの眼鏡をかけ、髪を七三に分けた才能溢れる詩人が、花世と生活していることが、芙美子には信じがたかった。花世は世話好きの小母さんの風情だったが、内側では焦燥と嫉妬と燃え滾《たぎ》る情念をもて余し、そのことにいつも疲れているように見えた。時雨にしても、一人でいれば、まだじゅうぶんに艶やかなのに、三上といると放蕩息子に気を遣う母親のようだった。

芙美子は自分が緑敏と結婚したのは正解だったと思った。激しい情熱も愛情もなかったが、一〇年後、二〇年後も緑敏となら安心して暮らせるような気がしていた。問題が起こるとすれば、きっと私のせいからだ、と思いながらひと口麦酒を飲んだ。

「でも、芙美子さん、あんな生活の中からよくここまで来れたわねえ。私だったらきっとどこかで妥協して、親切な男のおかみさんになっていたかもしれない」

感心したように城が言った。

「だからあなたはいい小説が書けないのよ」

かぶせるように時雨が言った。

「どんな生活だって、真っ暗闇だって、進もうと思えば進めるの。切り拓くことだってできる。甘ったれて泣いてたって、誰も助けてくれないんだよ。あたしは必死で生きようとしている女たちのために身銭切っているんだよ」

伝法な物言いだったが、時雨の声にはしみじみとしたものがあった。苦労してここまできた人なのかも知れない、とわずかな酒に上気した時雨を見ながら、芙美子は思った。

■母へ

その夜、芙美子は眠ることができなかった。緑敏がひとつしかない枕を抱えてしまったので、帯を畳んで枕にした。枕はいくついるかと母親のキクに聞かれて、遠慮してひとつと答えたのだ。

蕎麦殻のぎっしり入った枕を、男が変るたびに送ってもらっていたから、岡野軍一、田辺若男、野村吉哉、そして緑敏と四つ目。二五歳で四つの枕は多いのかしら。でも東洋大学の男や台湾の留学生のときには頼まなかったから、男の数だけ頼んだわけではない。枕を頼むのは、真面目に結婚を思った時だけだったわ、と芙美子は母親に甘えるように心の中で呟いた。あの人は今頃、お義父さんと抱き合って眠っているのだろう。母親が義父と駆け落ちをしたのは、芙美子が五歳の正月、雪の降る夜だった。

実父宮田麻太郎は下関の海岸近くで「軍人屋」という屋号の店を構えていた。質流れ品から古着、金屏風から懐中時計まで、なんでも売る店は日露戦争の景気にのって繁盛し、家はいつも大勢の人であふれていた。母はこまねずみのようにたち働き、芙美子は酒と煙草の臭いがする男たちに可愛がられた。父親が対馬出身の一八歳の芸者堺ハマと馴染み、店の奥で同居するようになったのは、その頃だ。

芙美子の髪を結ったりままごと遊びをしてくれるハマに、芙美子は親しんでいた。同情した二〇歳年下の店員・沢井喜三郎とともに、母親は家を出た。芙美子は父親に抱きあげられ、「どちらにつくか」と聞かれた。父親の胸は広くてあたたかかった。それなのになぜ母親と行くと答えたのか、今もって芙美子にはわからない。ただ母親がひたすら恋しかった。ぴたっと吸い付くようなやわらかさと滑らかさをもった母の乳房が、恋しかった。

あの時、母キクは四三歳、父は二八歳、沢井は二三歳だった。衰えることを知らないキクの若さと色香は、陰で「ばけもの」と言われていたが、芙美子は大好きだった。桜島の温泉宿を手伝っていたキクが、行商にきた父親と結ばれたとき、すでにキクには父親の違う三人の子供がいた。

幼い日の記憶はすべてが曖昧にかすんでいる。が、その夜から、一枚の布団にキクと沢井、芙美子の三人がくるまって寝る日々が始まった。

芙美子は起き上がると「お母さん」と呼んだ。だれよりも「放浪記」の連載のはじまりを母親に知らせたかった。偉い作家になって、お母さんを喜ばせなくてはならない。漢方薬を営む古い商家だったという鹿児島の実家でも、四国愛媛の実父・宮田の家でも、岡山の養父・沢井の家でも、悪口を言われ、身を縮めていたキクの姿を芙美子は凝視《みつめ》ていた。

可哀そうなお母さん、愛しいお母さん、もうすぐですからね。あなたの芙美子は、えらい作家になりますからね。待っていてくださいい、と芙美子は、深まる闇に向かって呟いた。

第二章　蒼馬を見たり

一　日比谷野外音楽堂

「芙美子さーん」

日比谷交差点の向こう側で、望月百合子が手を振っている。横に立っている石川三四郎もにこにこしている。出たばかりの詩集『蒼馬を見たり』を高く掲げて、芙美子は交差点を渡った。

「よく似合うわ、そのワンピース。あんまり可愛いから誰かと思った」

百合子が笑いかけ、

「やあ、ほんとうにおめでとう。ようやく出版したね、中身はもちろんだが、装幀もすばらしい」

石川も弾んだ声で言った。

一九二九（昭和四）年六月二二日、夜来の雨はきれいに上がって、日比谷公園の深い緑が、午後の陽

光を受けてきらめいていた。夕方六時から、「女人藝術一周年記念の芸術祭」が日比谷の野外音楽堂で開かれる。芙美子は詩の朗読をすることになっていた。

レースの白い襟飾りをつけた黒のワンピースは、昨日、夫の緑敏といっしょに選んだものだった。

「なんだか小公子みたいだ」

鏡に写った自分の姿に、芙美子は恥ずかしくなって乱暴に言った。

「ああ、よく似合うよ。何しろ晴れ舞台だからね。大丈夫かい。二、三〇〇〇人、入るっていうぜ」

「山梨で馴れたから大丈夫。これでも度胸があるからね」

「そうだ、詩集だって出したんだから、名実ともに立派な詩人だ。みんなで応援に行くよ」

たわいない会話を続けながら、芙美子はこの頃、自分が緑敏をすっかり頼りにしていることを思った。『女人藝術』に連載中の「放浪記」は、回を追うごとに評判になっていた。原稿依頼も増え、『女人藝術』の会に芙美子はもはや欠かせない存在だった。

『女人藝術』の女性たちは、これまで芙美子が付き合ってきた人たちとはまるで違っていた。ほとんどが中産階級の家庭に育ち、恵まれた環境で高等教育を受け、作家や編集者を志していた。自らの夢を実現するために、それまで自分を守ってくれた家や社会に反抗し、脱出しようともがいていた。

それにひきかえ木賃宿で大きくなった芙美子には、家制度の煩わしさも、小市民《プチブル》に課せられた規範も、何もなかった。守られたことなどなかったから、それらと闘う必要もなかった。

『女人藝術』の会合で、ふとした折に感じる違和感を、芙美子は緑敏に訴えた。緑敏も信州の貧しい農家の出身だったが、それでも芙美子よりは生活感覚を身に着けていた。天真爛漫なのに猜疑心が強く、自分をしか信じない頑なさと脆さが同居し、甘ったれなのに束縛を嫌う、矛盾だらけの芙美子が、緑敏にはいとおしかった。自分しか芙美子を守る人間はいないのだ、と思うようになっていた。

四月はじめに「女人藝術」講演会が甲府と山梨で開かれたときも、緑敏は東京駅まで見送って、望月百合子に芙美子を頼んだ。初めての講演も不安だったが、同行する時雨や生田花世に迷惑をかけるのではないかと心配だったのだ。

「こいつ、まるで常識を知りませんから」と緑敏は言い、百合子が「お引き受けします」と大仰に応じた。

この頃、百合子は農耕生活を理想とする石川三四郎と千歳村（現・東京世田谷区）に住んでいた。三四郎を慕う青年たちと二反歩の畑を耕し、果樹園を作り、鶏を飼い、執筆して暮らす二人のところに、緑敏と芙美子はよく出かけた。二人とも、日本を代表するアナーキストの石川を尊敬していたし、女性の論客として知られる百合子は、こだわりのないのびやかな女性だった。片道切符で行って夕飯を食べ、小遣いと電車賃を貰って帰ってくる。石川は素朴な緑敏を可愛がり、芙美子の詩を認めていた。

東京駅で緑敏は、フランス生活が長い百合子はともかく、同行する若い女性たちがみな新調の洋服をきていることに気がついた。芙美子だけが着古したメリンスの着物だった。次の講演会ではどうしても芙美子に新しい洋服を着せたいと思い、風呂屋のペンキ絵のアルバイトを増やしたのだ。生まれて初めて買ってもらった洋服を芙美子は枕元に畳んで眠った。嬉しくてたまらなかった。

「ほんとに素敵よ」

と百合子が芙美子の襟のレースを直しながら微笑んだ。

「さあ、僕はこれから銀座で人に会うから」と石川が言った。小柄だがダンディな石川と並ぶと百合子はいつでもフランス人形のように愛くるしくみえる。やわらかな髪が小さな顔にそって揺れた。「パパ」と百合子は石川を呼んでいた。

「わたしたち楽屋だから、またあとでね」

「まあ、がんばりたまえ、二人とも。緑敏君とも会場で会えるでしょう。そのうち詩集のお祝いもしなくてはね」

芙美子に笑顔を向け、百合子の頰に軽くキスをすると、石川は銀座の方に歩いていった。どぎまぎしながら、芙美子は「千歳村に集まる男たちの目当ては、百合子さんさ」と緑敏が言ったことを思い出した。そういえば「唄よし詩よし——美と若さに輝いたすばらしいモダーン娘である。宵の銀座の灯に、はえるエナメル靴と細身のステッキのおゝ何とまあ似合う百合子さんであることよ」と『山梨日日新聞』の記事にあった。

切符売り場では小池みどりや熱田優子が準備にかかっていた。ローマの野外劇場を模して造られたという音楽堂は、半円を描いて階段状に座席が並んでいる。会場の周囲を新緑が囲み、舞台の柱は蔦に覆われていていた。芙美子は舞台に出てみた。頭上には空が広がり、眩暈に倒れそうになった。

こんなところで詩の朗読なんてできるかしら。山梨では自分の詩に胸がいっぱいになって、涙が込み上げ声が出なかったのだ。すでに会場には顔見知りの女性たちが座っていて、芙美子に力一杯手を振った。神近市子が事故にあって講演にこられないとの連絡がきた。

■「いとしのカチューシャ」

波が寄せるように聴衆が増え、二〇〇〇人近い人々が会場に入った。午後六時三〇分、開演の振り鈴が高く鳴り響き、舞台のライトがいっせいに点いた。

八木秋子が開会の挨拶をした。着物姿で思いきり厚化粧をした中本たか子が、唯物論をさかんに取り入れ「生産文学について」を語った。と「形式主義者しっかり」の野次が飛んだ。講演は初めてという上田文子は振袖で登場し、民衆のための演劇運動を主張した。

望月百合子は「女性よ何処にゆく」と題して透《とお》った声で明瞭に話した。青いドレスを着た百合子は、嵐のような拍手に包まれたが、「太陽であったはずの女性が、なぜ男子の奴隷と化したのか」に話が及ぶと、日比谷署の特高が弁士中止を命じた。八木が壇上に進んで、「なるたけおとなしくね」と百合子に囁くと、「司会者横暴、やれやれ！」の声で会場は騒然となった。芙美子の登場はそのあとだった。

スポットライトを浴びて、芙美子の全身が浮かびあがった。それまでドキドキしていたのが嘘のように消えた。舞台から見える会場は海の底のようで、黒い頭が海底の石ころにみえた。地鳴りのような拍手が芙美子のからだを包んだ。大きく息を吸うと、芙美子は詩集を両手で頭上にかざした。

「これは私の初めての詩集です。題名は『蒼馬を見たり』です。刷り上ってきたばかりです。友人がお金を出してくれて、夫が装幀をしてくれました。この一〇年間、私の生きて来た全部がこの中に詰まっています。どうか皆さん、この詩集を買ってください。ひとりの貧乏な女がどうやって生きてきたのか、そのはらわたまで、味わってください。それでは朗読します。『いとしのカチューシャ』からです」

1

ぐいぐい陽向葵の花は延びて行つた

油陽照りの八月だ！
鼠色の風呂敷を背負つて
私は何度あの隧道《トンネル》を越へたらう。

その頃
釜の底のやうな直方の町に
可愛やカチユーシヤの唄が流行つて来た
炭坑の坑夫達や
トロツコを押す女房連まで
可憐な此唄を愛してゐた。

（2・3略）

4

直方の町は海鼠《なまこ》のやうに侘しい。

飯をしまつて石油を買ひに出ると
解放された夜の微風が
海月《くらげ》のやうなお月さんをかすめてゐる。
坑夫相手の淫売屋の行灯も
貝のやうに白々とさへて来る。

私の義父や母は
町や村を幾つも幾つも越して
陶器製造所や下駄工場へ
荷車を引いて行商に行つてゐた。

待ち侘びて道へ立つてゐると
軽そうな荷車を引いた義父の提灯が見へる
すると私は犬のやうに走つて
車を押してゐる母へすがりついた。

（5略）

6

『今日は事務所をぶつこはしに行くんだ。』
或日
口笛を吹き鳴らし吹き鳴らし炭坑へ行くと
あんなに静かだつた坑夫部屋の窓々が
皆殺気立つて
糸巻きのやうに空つぽのトロッコがレールに浮いてゐた。
重たい荷を背負つて隧道を越すと
頬かぶりをした坑夫達が
『おい！　カチユーシヤ早く帰らねえとあぶねえぞ！』
私は十二の少女
カチユーシヤと云はれた事は
お姫様と言はれた事より嬉しかつた
『あんやんしつかりやつておくれつ！』

7

純情な少女には

あの直情で明るく自由な坑夫達の顔から
正義の微笑を見逃しはしなかつた。
木賃宿へ帰つた私は
髪を二ツに分けてカチユーシヤの髪を結んでみた。
いとしのカチユーシヤよ！

農奴の娘カチユーシヤはあんなに不幸になつてしまつた。
吹雪、シベリヤ、監獄、火酒《ウォツカ》、ネフリユウドフ
だが何も知らない貧しい少女だつた私は
洋々たる望を抱いて野菜箱の玉葱のやうに
くりくり大きくそだつて行つた。

せり上げてくる涙をこらえながら、芙美子は詩を読んでいた。少女の日からの歴史が全部詰まっている。垢だらけの着物を着て虱をわかし、いつもおなかをすかせていた。でも一二歳のカチューシャはなんて元気だったのか。大金持ちになることがあの頃のあたしの夢だった。体を振ってリズムを取りながら、芙美子は次々と詩を読んでいった。

「カチューシャがんばれ！」
「君こそほんものの詩人だ！」

「詩集買うぞ」――はじめは耳に届いていた応援が、いつしか怒号になって芙美子の身体を取り巻いていた。

「皆さん、私の詩は一生懸命作ったのですから、黙って聞いてください！」

芙美子が叫んだ。いっそうの拍手が起きて口笛が鳴った。司会の八木秋子に警察官がばらばらと駆け寄った。

「中止だ、中止だ！　何だ、聞いていればいい気になって、腹が空いて飯が食べたいの、男に別れたの、ストライキだの、留置所だの。直ちに中止だ」

警官がいきり立っていた。

官憲横暴！　官憲横暴！　こだまのように渦巻いて、もはや収拾がつかずに、芙美子は壇上を降りた。

その頃になると、日比谷署からは金筋入りの制服を着た署長が駆けつけ、臨監席と呼ばれる席につき、白い制服の署員が一般席を取り囲んだ。そのあとの平林たい子、松村喬子の講演は許されなかったが、「せめてみなさんにご挨拶だけ」と言ってまず松村が壇上に上がった。

遊郭から逃げ出してきた自分の過去を「地獄の反逆者」と題して『女人藝術』に連載中だった。

「今なお多くの姉妹たちが同じ境遇に苦しんでいます」

松村が切々と訴えたとたんに、「中止！」の声が上がった。松村は降壇、平林は挨拶さえも許されなかった。そのうえ、聴衆の野次が不穏である、と厳しく警告された。

第二部が始まる前に、長谷川時雨が暗い舞台に立って、「どうぞみなさんあまり野次を飛ばさないで下さい。せっかく準備した二部まで中止になると口惜しいですから」と、ていねいに挨拶をした。

シューベルトの歌曲、日本舞踊。続いて金子洋文作・新築地劇団による劇「牝鶏」が上演された。東北弁の台詞が会場に響き、山本安英《やすえ》の可憐な村娘や母親役の細川ちか子に、拍手が鳴り止まなかった。

■だまし絵

時雨が一同を引き連れ、銀座のカフェ・モナミ二階の大テーブルを囲んだのは、夜九時過ぎだった。

「ひどかったわね、こんなに邪魔された講演会もなかったわ」

八木がためいきをついた。

「それだけ注目を集めてきたってことですよ。去年の創刊の集いには官憲なんて来なかったもの。でもまあ、よくやりましたよ、女性だけで。ほんとうにみなさん、ご苦労様」

時雨が頭を下げた。

「第二部はよかったですね。歌も舞踊も夢のように美しかったし、『牝鶏』の舞台も成功でしたね。山本安英さん、ほんとうに可愛い」

永嶋暢子《よねこ》がうっとりと言った。青森県八戸出身の長島は、『女人藝術』に社会時評を書いていたが、鋭くシャープな論からは、想像がつかないほどに、やわらかな雰囲気の女性だった。

「さあ、みなさんおなかがすいたでしょ、何でも召し上がってください。あ、いけない、おなかすいたって言っちゃあいけなかったんだ、弁士中止」

素川絹子がおどけて言い、

「警官って白いご飯、いっぱい食べているのかしら。そんなに給料いいのかな」

芙美子が首を傾げて呟いたので、笑いが広がった。

「だけど芙美子さんの詩ってすごいわね。私みたいな気の弱いのは、ショックで倒れてしまいそう」

上田文子が大きな目をくるくるさせた。創刊の集いでは、目に怯えたような色を浮かべて、芙美子の袖を握っていた深窓の令嬢だったが、劇作家としてのスタートを切っていた。『女人藝術』に発表した戯曲「晩春騒夜」が、北村喜八の演出で築地小劇場で上演された。

日本画を修業する二人の娘が登場する。一方の美しい地主の娘は左傾した愛人を得て、プロレタリア運動に飛び込むことを決意する。それを打ち明けられたもう一方の娘は、思うようにならない自分の境遇と、病身の兄がその地主の娘をひそかに恋していたことを知っているので、心乱れるのだが、結局はこれまで通り日本画家の道を歩むことを決意する。

時代の象徴ともいえる二人の女性の対比が評判となった。その祝いの会で、小山内薫が急死するというハプニングもあって、ますます評判を高めていた。

劇作家でもある時雨が、自分の後継者として上田文子を遇していることは、仲間内でよく知られていた。文子は自信に満ちて美しくなった。作家の片岡鉄兵の恋人だとか、野上弥生子の長編小説『真知子』のモデルであるとか、華やかな噂に包まれていたが、すでに東京日日新聞記者の円地与四松と婚約していた。

「あなたの今日の講演だってすばらしかったですよ。堂々としていて。でもこの一年でみんなずいぶん変ったねえ」

時雨がしみじみと言った。時雨自身、人前で話すのは苦手だから、と生田花世や今井邦子に挨拶を頼んでいたのに、いつの間にか壇上に立って大きな声で挨拶ができるようになった。

「『女人藝術』に乾杯しなくちゃね。だけど春子がいないのはやっぱし寂しいねえ。いればうるさいんだけど」

と時雨が熱田優子に顔を向けた。長谷川春子は三月四日夜、にぎやかに見送られて東京駅を発ち、翌日、神戸からマルセーユへ向かった。航海中も、マルセーユからプロヴァンスを回ってパリに着いた四月半ばにも、スケッチを交えた通信を『女人藝術』に送ってきた。

その軽妙な画文に歓声をあげながらも、春子の不在が時雨は淋しかった。八方破れなようでさりげなく周囲に気を遣い、時雨を支え、『女人藝術』の基礎をつくったのは彼女だった。

が、同時に周囲から春子への不満が噴出していた。春子は『女人藝術』を売れる雑誌にしたかった。時雨のためにも、三上於菟吉からの膨大な資金援助を、どこかで断ち切りたかった。だから人気番付を毎号載せ、ややスキャンダラスな男性訪問の頁を仕立て、自伝的恋愛号を企画したのだが、「もっと真面目なものが欲しい」という批判が読者からも書き手からも湧き起こっていた。

「一冊出すのにいくらかかると思ってんだよ、ろくでもないものしか書かないくせに」

と春子が啖呵を切ったという噂も広まった。そろそろ春子を自由にする時かもしれない、と時雨が決断したのだ。

画や書を嗜んだ父親の血筋を、時雨は一六歳年下の妹に見ていた。鏑木清方と梅原龍三郎に学んだ春子の画には、東洋と西洋が溶け込んだ不思議な魅力があった。去年の秋、東京朝日新聞社の画廊で開いた個展は、「大胆な構図と繊細な色調のアンバランスな魅力」「夢幻と静謐」と各紙で絶賛された。

パリに修業に行くことを決めた春子は、自分の後任にと、アテネ・フランセで机を並べていた熱田優子を連れてきた。熱田もまた画家を志し、お茶の水高等女学校を卒業後、パリ留学を計画していた。バイオリニストの母親と小児科病院を経営する父親を持った熱田には、物怖じしない強さと一直線に進む激しさがあった。

「春子さん、パリのアパルトマンで今ごろキャンバスに向っているんだろうな。いいなあ、私も行こうかしら」

「とんでもありません。春子さんが帰るまでは駄目です」

素川絹子が熱田に厳しい声で言い、どっと笑い声が起った。まだ半年にしかならないのに、熱田は表紙のデザインから挿絵まで、春子に代わって活躍していた。丸い眼鏡をかけ、思いきりハイカラなワンピースを着て、熱田は芙美子の家にもよく遊びに来た。肉太の線を使って生々と描くカットを、芙美子は気に入っていたし、同じ画家仲間ということで、緑敏ともすぐに親しくなった。

寝椅子に横たわる芙美子とそのうしろでキャンバスに向かう緑敏を、熱田がスケッチした。芙美子もまた太い腕がはちきれそうな熱田を画面いっぱいに描き、おたがいに油絵に仕上げて秋の展覧会に出品しようかと話していた。芙美子も絵を描くことが大好きだった。

「『蒼馬を見たり』の緑敏さんの装幀もすばらしいわ。だまし絵を使って」

と熱田が言った。

「だまし絵っていうのね、これ。不思議な表紙ね。男の横顔にも見えるし、ビーナス像にも見えるわ」

生田花世が、芙美子の手から『蒼馬を見たり』をとった。

「よく見て。このビーナス、お乳がお椀みたいで、こっちから見ると男の口に乳首が入っているでしょ。両方いっぺんに見えたら、風俗紊乱により発売禁止ってことになるわね」

熱田の説明に、生田花世が「まあ」と改めて見入った。

「何ですか、花世先生、そんなにしげしげと見詰めて」

八木秋子がからかい、爆笑が起こった。

「それにしてもすばらしいですね。芙美子さんだけでなく、花世先生の『燃ゆる頭』は生田春月先生、時雨先生の『処女時代』は三上於菟吉先生の装幀。皆さん、理想のご夫婦ですよね。ああ、私はそんな幸福に無縁だわ」

さらに八木が言い、笑いはますます広がった。

芙美子は嬉しくてたまらなかった。自分の詩集が出たことはもちろんだったが、緑敏の装幀がこんなにも話題になって……あの人は優しいだけでなく才能もあるのだ。いつか金持ちになって緑敏のために大きなアトリエを建ててあげたい。『女人藝術』の仲間と緑敏、それにお母さんがいてくれれば、私はもう充分だわ、と芙美子は心の底から思った。

帰り道、つと寄ってきた平林たい子が、

「あんた、無用心だよ。『放浪記』にしても詩集にしても。みんなあんたのこと、毛色の違った生《いき》ものくらいにしか思っていないんだから。自分じゃあ出来ない芸当に、客席から拍手喝采してるだけ。だからいい気になって木にまで登っちゃ駄目よ」

と囁いた。びっくりしたが、そのことについて深く考えるにしては、その時、芙美子はあまりにも幸福だった。

二　長谷川時雨邸

翌日、芙美子は左内町の急な坂を上った。この一年、どれだけ通ったことだろう。

「芙美子が来たから、お酒準備してね」

そのたびに時雨の高い声が響き、娘か恋人を迎えるような笑顔に芙美子は包まれた。「時雨先生のお気に入り」という嫉妬めいた陰口を耳にすることもあったが、そんなことはどうでもいいことだった。これまで誰がこんなに自分を無条件で受け入れてくれただろうか。

三上はカフェ・ライオンのナンバーワン、羽田芙蓉を別宅に囲って、ほとんど帰って来ないらしかった。それでも「放浪記」の口語体のサブタイトルは、三上が毎回つけてくれた。若い女性たちに「社長」と呼ばれ、女性文壇の大御所として時雨は華やかに活躍していたが、ふと見せる表情に老いと疲れがあらわれていた。

酔うほどに芙美子は饒舌になり、最後はいつでも八木秋子の木曾節と芙美子のどじょう掬いと決まっていた。芙美子自身も楽しかったが、笑い崩れる時雨を見るのが好きだった。どこかに母親のような懐かしさがあった。

前日の銀座からの帰り道、芙美子は時雨から九州行きをもちかけられた。早稲田大学の夏期講座が九州各地で開かれ、『女人藝術』も宣伝に同行しないかと誘われたという。九州は芙美子と母親キクの生まれ故郷だった。放浪して過ごした土地でもあったが、八幡には今も実の父親が住んでいる。そこで講演をするなんて、「故郷に錦を飾る」とはこういうことをいうのだろう。

詩集を持っていこう。「いとしのカチューシャ」の町・直方《のおがた》をもう一度歩いてこよう。黒い三角形のボタ山を眺めながら遠賀《おんが》川に沿って歩きたい。夢のような話だった。芙美子は興奮して眠れないままに、左内町にやって来たのだ。

すでに八木秋子が待っていた。早稲田大学で政治学を教える五来《ごらい》欣造教授を中心に、九州各地の稲門会の主催だという。五来は大隈重信の秘書を勤め、第一次世界大戦後のパリ講和会議にも、日本政府の随行員として参加、フランス政府からレジオンドヌール勲章を受けていた。若い日、第一高等学校に野球部を創設し、投手、捕手、一塁などの野球用語を日本語に訳したことで知られている。野球好きの三上と親しかった。

「あたしが誘われたんだけど、まさか、ただでさえ暑い時期に、九州に半月も行ってられないよ。予定も外せないしね。それでいま人気絶頂の芙美子に行ってもらおうと思って。大丈夫かしら。ご主人は」

時雨が聞いた。

「もちろんです。もう嬉しくて眠れなかった。ほんとうに私でいいんですか。なにを話したらいいんでしょう」

「いつものように詩の朗読と、あとは読者を集めて支部会を作ってちょうだい。各地に支部会ができたら雑誌も売れるし、全国に『女人藝術』が知られるからね」

昨日の芙美子の詩の朗読と会場の反応を見て、時雨は芙美子を行かせることにした。はちきれそうな心と体で、自分の詩を朗読する芙美子は、どこにいっても歓迎されていた。飢えも惨めな生活も、男運の悪さも、暗い木賃宿の日々も、芙美子は詩にすることで吹き飛ばした。「放浪記」に織り込まれた詩は、それぞれの場面に緊張を与え、光彩を放っていたが、一冊にまとめられると、さらに不思議なリズムと魅力が弾けた。

「林芙美子の本質は、詩人かも知れないなあ」

と三上が言ったことがあったが、時雨も同感だった。それにしても、なぜいつもこの人はこんなに明るいのだろう。屈託なく笑い、飲み、踊る芙美子に、時雨は愛情を感じていた。こぎれいなレース編みのような小説を書いたり、時流に乗って柄にもないプロレタリア文学を書く若い人に取り囲まれていると、芙美子を見出すために『女人藝術』創刊があったのかも知れないとさえ思えてくる。

いずれ芙美子は『女人藝術』からも抜け出していくことだろう。並みの才能ではないし、どこまでものし上がっていかなくてはいられない、図太い野心を時雨は芙美子に感じていた。

芙美子の「放浪記」に刺激されて、時雨は「旧聞日本橋」を書き出した。芙美子が震災後の東京を地方出身の若い女の目で書くなら、あたしは明治の時代の東京を書こう。生まれ育った日本橋には、御維《ごいっ》新《しん》の大変革にうまく乗ることができなくて没落し、貧民となった武家や町人が、放浪さえできずにたむろしていた。その人たちやあたし自身の幼い日々を、ありのままに書いておきたいと時雨は思うようになっていた。

そうだ、父・長谷川辰之助が渓石の号で描き残した『実見画録』を挿絵に使おう。日本で最初の弁護士のひとりなのに、東京府の収賄事件に連座して、晩年は不遇な中で死去した——。とっくの昔に枯渇したと思っていた自分の中の作家魂が、芙美子によって目を覚まされたことに時雨は気づいていた。

今のあたしの文学上のライバルは林芙美子しかいない、とひそかに思いながら、時雨は苦笑した。五〇歳の自分と二六歳の芙美子とでは、初めから勝負にならないのに。時雨が素手でようやくに切り開いた地点から、芙美子はスタートしていた。素直に応援だけすれば自分も楽なのに、作家の業は女の業よりも始末のつけにくいものなのかも知れない、と心に呟きながら時雨はまた苦笑した。

三上が別宅に若い女を囲ったところで、今更どうということもなかった。居場所が定まってむしろほっとした。時雨がショックを受けたのは、三上が自分と同い年の片山廣子と親しいことがわかった時だった。外交官の娘だった廣子は、同じく佐佐木信綱の門に学び、日銀副総裁にまでのぼった男の妻となった。二人の子どもにも恵まれ、歌人として、さらにアイルランド文学の翻訳家として活躍していたのに、いつのまにか三上と親しくなっていた。

大震災の前年だったから、大正一一年の夏だった。二階の書斎のくずかごに、三上の原稿用紙の反故といっしょに、廣子にあてた書き損じの恋文が入っていた。そのころはまだ彼女の夫も存命だったはずだ。廣子は若い頃は美人だったのに、人相が変って、上目遣いに人を見るようになっていた。彼女もまたそれなりにさまざまな葛藤の中をくぐってきたのかもしれない。でも、あたしは決して許さないと時雨は思った。それから六年を経て、創刊号の『女人藝術』に作品を依頼したのは、時雨の意地だった。

三　詩集『蒼馬を見たり』

七月七日の夕方、雨の来そうな空模様を気にしながら、芙美子は浅草の駒形橋に急いだ。大川に面したうなぎ屋「前川」の二階で、『蒼馬を見たり』の出版記念会が開かれる。七夕飾りをするから、早く来てねと素川絹子から言われていたのに、尾崎翠の上落合の家に寄ったために遅れてしまった。夏の着物を借りるためでもあったが、翠に出席してもらいたかった。『蒼馬を見たり』は、翠と松下文子のおかげで世に出たのだ。

二月の初め、旭川から松下文子が上京してきたという連絡があって、芙美子は翠の下宿を訪ねた。翠は『女人藝術』の集まりにはほとんど参加しなかったが、芙美子の紹介で一九二八（昭和三）年一一月号に載せた「匂ひ―嗜好帳の二三ペエヂー」は好評だった。今年三月の〈恋愛特集号〉には、妻に逃げられた牧場主からのプロポーズを、心ひかれながらも断って、屋根裏部屋でチャプリンを思い続ける女を「木犀」に描き、時雨に「あたしみたいな世代にはとうてい書けない世界だねえ」と言わせた。

松下文子も詩を掲載していた。結婚しても文子は、あいかわらず世間知らずなお嬢さんのままだった。お茶を飲み、文子のお土産の和菓子をほおばると、三人ともに直ぐに昔に戻った。

「旭川にいらっしゃいよ、札幌もあちこち案内するから」

「だけど汽車賃が高すぎるもんね」

「そうね、五〇円かかるね」

「それは二等で行く場合でしょう。三等なら一五円で行く」

翠の言葉に、芙美子が跳ね起きた。

「文子さん、いつも二等なの」

「そうよ」

「わー、五〇円あったら詩集が出るよ」

芙美子は風呂敷をほどき、中から日焼けして汚れたノートを取り出した。

「ねえ、お願い、お金出してくれない。あたし、詩集を出したくて持ち歩いているの。みんな褒めてくれるんだけど、売れっこないから無理だって。昨日もね、五〇円用意したら引き受けるって言われたの。五〇円なんてお金、あるわけないのに」

「汽車賃に六〇円送ってもらったばかりだから、お金出すのはかまわないけれど。でも私、帰れなくなってしまう。困るわ」

「大丈夫よ、文子さん、いい着物持っているじゃないの、それ質草にすればいいよ」

「どこに生えているの、質草って」

のんびりと文子が言い、翠が体を折って笑った。

「ほんとうに何も知らないんだから。質草ってお金になる物をいうの。着物持っていくと質屋でお金貸してくれるのよ」

浮世離れした会話のあとで、松下文子が五〇円を差し出した。

「芙美子さんの詩集、楽しみにしているからね。翠さんが小説出すときも、質草に着物入れるから、私に言ってね。私、芙美子さんの詩も、翠さんの小説も大好きなの。二人が友達だってこと私の自慢なんだからね」

文子の言葉に頷きながら、芙美子は涙をこぼした。翠の目も潤んでいた。同じ上落合に住む翠の鳥取県時代からの友人、涌島《わくしま》義博が南宋書院を経営していた。

「涌島さんに頼もうよ。いい詩集作ってくれると思うよ」

翠が言い、何もかもがスムーズに進んだのだ。緑敏が装幀は任せろと言い、

「すばらしい表紙を描いてやるよ」

と胸を張った。

■辻潤

これまでも芙美子は、詩集を出したくて出したくて、すでに辻潤に序文を書いてもらっていた。

「あなたは詩をからだ全体で書いてゐます。かう云つたらもうそれ以上のことは云はないでもいゝのかもわかりません。

あなたにはかなりな独創性があります。真似をしたところが見へません。それに情熱と明るさがあつて、キビキビしたところがあります。」

「あなたの詩には少しもこせついたところがなく、女らしいヒガミもなく、貧乏でも潑溂としてゐるところがある。」

「大正一四年一二月二九日」付けのその序文を、芙美子は詩稿に挟んで大切に持ち歩いていた。

「君は天才だ。自分で信じなくてはいけないよ」

と辻潤が言ったのは、いっしょに寝た翌朝だったかも知れない。父親のような優しさにときどき甘えたくなったが、芙美子が辻と寝たのは、辻が可哀想でたまらなかったからだ。何の話だったか、「私、大杉栄が好きだよ」と言ったら、「俺も好きだ。だが野枝は馬鹿だ、大杉に走らなかったら殺されずにすんだのに」と言って号泣した。

痩せた肩をさすりながら、芙美子は辻が今なお野枝を愛していることが悲しくて、胸に引き寄せた。芙美子の身体に溺れる辻に応えながら、芙美子は自分が女であり、男を慰めることができるのが嬉しかった。

辻は、読売新聞社のパリ文芸特派員として、野枝との間に生まれた長男まことを連れて、パリに一年間滞在し、この一月に帰国していた。望月百合子と暮らす石川三四郎を芙美子に紹介してくれたのも辻だった。そうだ、もうひとり、石川に序文を頼もうと芙美子は思った。石川は、いつも芙美子の書くものを褒め、あなたの詩をパリの学生街カルチェ・ラタンのカフェで朗読したいな、と言った。

「芙美子さん、

貴女はまだ若いのに随分深刻な様々な苦労をなされた。けれども貴女の魂は、荒海に転げ落ちても、砂漠に踏み迷つても、何時でも、お母さんから頂いた健やかな姿に蘇へつて来た。長い放浪生活をして来た私は血のにじんでゐる貴女の魂の歴史がしみじみと読める心地が致します。

貴女の詩には、血の涙が滴つてゐる。反抗の火が燃えてゐる。結氷を割つた様な鋭い冷笑が響いてゐる。然もそれが、虚無に啼く小鳥の声の様に、やるせない哀調をさへ帯びてゐる。」

石川の序文は芙美子の心にしみた。

大震災直後、船で単身尾道に出て、母や義父と合流し、四国の地を転々としていた時代から、芙美子は詩を書きだしていた。詩稿ノートと歌日記が芙美子の宝物だった。黄ばんだ詩稿をどれだけ持ち歩き、出版したくて人に預けたことだろう。死ぬ前にたった一冊でいい、林芙美子の名を付した詩集を残したかった。

母キクの私生児・林芙美子という〈ぼろくそ女〉が、心の叫びを吐き出して詩を書き、あとは身売りしかないような日々を、ひたむきに生きたしるしを、この世に刻みつけたかった。どんなにかすかな痕跡だって、いつかそこからひび割れて地球の底が見えることだってあるのかも知れない。


机に向かって原稿を書いていた翠は、やはり今日は行かないと頑固だった。

「私、『女人藝術』の人たち苦手なのよ。なんだかみんな、ひとを押しのけて世の中に出ることばっかり考えている。時雨さんが可哀想だよ、利用されているんだもの」

「みんな、あんたみたいに才能があるわけじゃあないから、しょうがないでしょ。誰だって世の中に認められたいんだから。時雨さんだってそのつもりで『女人藝術』を出してるのよ」

「でも今日は勘弁して。ちゃんと『蒼馬を見たり』の感想は書くから。着物と襦袢、質屋から出しておいたわ。文子さんが残していってくれて助かったね。半襟はあたしの、掛けておいたよ」

薄紫の菖蒲が描かれた白絽の着物には、濃紫の半襟を掛けた襦袢が揃えられていた。風呂敷を解いて芙美子は黒繻子の帯を出した。白と紫の濃淡、黄や朱色の夏の花が油絵風に描かれている。

「質流れの一番安い帯を買ってね。緑敏に描いてもらって、ようやく乾いたの」

芙美子が笑いながら言った。

「すばらしいね。芙美子さん、よく似合う。それで緑敏さんは行くの」

「ううん、あの人も『女人藝術』の人たち、苦手なんだって。眩しくて疲れるって」

着物も帯も芙美子によく似合った。

翠に心を残しながら、芙美子は駒形に向かった。翠の机の上に書きかけの原稿用紙が広がっていた。私も、もう少し落ち着いて書かなくてはと芙美子は思った。春の山梨、松本での講演会から始まって、日比谷の一周年記念講演会、そのあと小石川植物園の白山御殿で開かれた『女人藝術』誕生祭、野田醤油の見学会、と『女人藝術』中心の日々が続いていた。

「乳母《おんば》日傘で暮らして、流行だからっていっせいにプロレタリア文学か。よく書くよね、あの人たちは」

人の悪口をめったに言わない緑敏が、『女人藝術』を繰りながらあきれたようにいった。が、『女人藝術』は芙美子に新しい世界を開いてくれた。何もかもが初めての経験であり、愉しくてたまらなかった。ようやく乗ることのできた波にしばらくは漂っていたかった。波がどこかに連れて行ってくれるのだろう。ただ、これまで生きて来た自分とスポットライトを浴びて詩を朗読する今の自分とのあいだを、時折、ヒューヒューと音を立てて痛みが走った。痛みの正体を芙美子はぼんやりと感じていた。

■笹飾り

「前川」の二階では、折鶴や短冊、五色の吹流しをいっぱいにつけた青笹が、満々と夕潮が満ちてくる大川に向かって飾られたところだった。

「遅いのね、どうしたのよ」

いっせいに声がした。

「だってなんだか照れくさいんだもの」

と言ってから、芙美子は時雨に丁重にお礼をいった。

「今日はおめでとう。ああ、いい着物ねえ、よく似合う。さあ、みんな、短冊はもういいのかい。願い事をあんまり欲張ると、織姫さんや彦星さん、びっくらして〈逢瀬〉どころじゃなくなってしまうからね」

時雨が笑顔で応じた。生田花世、宇野千代、石川三四郎と望月百合子、今井邦子、平林たい子、かつて芙美子と同人誌『二人』を出していた友谷静栄など、五〇名近い人たちが集まり、うなぎや刺身の膳が並んだ。

川風が吹き上げて笹の葉をかすかに鳴らす。司会の今井邦子が「テーブルスピーチができない方は隠し芸を」と言うと、まず石川三四郎が逆立ちをしてみせた。みんなのあっけにとられた顔がおかしいと自分から噴き出し、会場は拍手と笑いに包まれた。

平林たい子が「放浪記」時代の二人の生活を訥々と語り、時雨が続けた。

「いま、芙美子さんの生活は、亭六さんがいて非常に幸福だと言うことだから、この詩集に書かれているような『コンチクショウ』が少なくなると思うけれど、ますますいい詩を書いてくださいね」

途中に飄然と入ってきた辻潤は酔っていて、

「昔、私は芙美子さんと一夜同衾したことがありました」

といきなり告白した。「亭六さんいなくてよかったね」と素川絹子が芙美子をつついた。緑敏はいつのまにか亭六と呼ばれていた。誰の話にも芙美子は涙をほろほろと流し、「このひと昔から泣き上戸だから」とたい子が言った。過去の日々が揺れながら浮かび、涙が膝に滴った。

「芙美子さんはアナーキーな詩人だと思っていましたが、留置場に入ったことがあったんですね。感動しました」

中本たか子が突然に言った。笑うと化粧が崩れるからと、ニコリともしない中本が芙美子は苦手だったが、応えるより先に、

「この題名は、ロシアのロープシンの小説『蒼ざめた馬』や『黒馬を見たり』のパクリよね。反ボルシェヴィキの革命家。昔からお芙美さん、すごい読書家なの。手当たりしだいに読んで、気に入るとなんでも自分のものにしてしまうのよ」

と、友谷静栄が口をはさんだ。

「しかしながら林芙美子は林芙美子だ。蒼馬は芙美子の望郷のシンボルだ。望郷の思いは誰にも辛いものだ、まったく実に辛い」

辻潤が喚くように言った。一瞬静まり、また直ぐにぎやかになって話題は次に移った。芙美子は「蒼馬を見たり」を反芻していた。

古里の厩《うまや》は遠く去つた

花が皆ひらいた月夜
港まで走りつゞけた私であつた

朧な月の光りと赤い放浪記よ
首にぐるぐる白い首巻きをまいて
汽船を恋ひした私だつた。

だけれど……
腕の痛む留置場の窓に
遠い古里の蒼い馬を見た私は
父よ
母よ
元気で生きて下さいと呼ぶ。

忘れかけた風景の中に

しほしほとして歩ゆむ
一匹の蒼馬よ！
おゝ私の視野から
今はあんなにも小さく消へかけた
蒼馬よ！

古里の厩は遠く去つた
そして今は
父の顔
母の顔が
まざまざと浮かんで来る
やつぱり私を愛してくれたのは
古里の風景の中に
細々と生きてゐる老いたる父母と
古ぼけた厩の
老いた蒼馬だつた。

めまぐるしい騒音よみな去れつ！

生長のない廃屋を囲む樹を縫つて
蒼馬と遊ぼうか!
豊かなノスタルヂヤの中に
馬鹿! 馬鹿! 馬鹿!
私は留置場の窓に
遠い厩の匂ひをかいだ。

詩に重なっていくつもの場面とその折々の自分の顔が浮かんだ。

今は因島の造船所に勤める初恋の男・岡野軍一、東京に行く彼を追って走った尾道の港。あの頃流行した白い長いマフラーを首に巻いて修学旅行に行った、女学校最後の年。伊勢神宮だった。費用をどうやって工面したのだったろう。小学校の小林正雄先生が出してくれたのかも知れない。女学校を卒業したらお嫁さんになる約束だったから。でもすでにあの頃、あたしは岡野に夢中だった。親の反対を押し切ることができなかった岡野は、あたしを捨てて別の女と結婚した。留置場に入れられたのは四国の高松。酔っ払って寝た男が、約束した金をくれなかったから、財布から金を抜き取ったのだ。

おまわりがやってきて、あたしの腕を思い切り摑んで留置場に入れた。一晩だけだったが、あの夜、あたしが留置所で見ていたのは、幼いあたしの手を引いて歩いた父母の姿であり、あたしの成長を黙って見守ってくれた小林先生だった。

でも、木賃宿の、蚤が跳ね、南京虫が這う一枚の布団に、素裸で母親と義父と差し違いに入って寝ていた日々も、野村吉哉との生活も、男の暴力から逃げ回って人の下宿を転々とした夜も、あたしにとっては留置場と変わりなかった。古里というものがこの世にあるなら、それは幼い日の幻なのかも知れない。

革命運動で留置所に入ったのか、と真剣な表情で聞いてきた中本たか子がおかしかった。でも中本だけではない。この席にいる誰もあたしの生きて来た日々を想像することなんてできない。蚤や虱が寝巻の縫目に入り込むのを避けるために、木賃宿では裸で寝るなどと誰が知っていようか。

素川絹子が、「芙美子さんが遅れたのは、着物を質屋から出したり、亭六さんが描いてくれた帯が乾かなかったりしたからだそうです」と言って拍手喝采を浴びた。でも、これだけ上質の着物をどうしてあたしが持っていると思えるのか。質屋も貧乏も、ほんとのところ何も知らない人たちなのだ。いつもよりもっと強い痛みと違和感が、芙美子の身体の中を走っていた。

閉会近くに、明日パリに帰るという武林無想庵が、辻まことを伴って駆けつけた。会はますますにぎやかになった。「パリに来なさい。パリでわが詩人をデビューさせたいなあ」と無想庵が大きな声で言って、「ラ・マルセイエーズ」をフランス語で歌った。

震災後、すっかり風情のなくなった大川端だったが、夜がふけるにつれて屋台舟が増え、対岸の灯が川に滲んで揺れている。曇り空に川風が次第に強まってきた。

「この天気じゃあ、織姫さんも心残りだねえ」と時雨が言い、引き潮に笹を流して散会となった。

帰り路、浅加園の入り口近くで、土砂降りになった。芙美子は両袖で頭と顔を覆いながら、家に駆け込んだ。緑敏はまだ帰宅していなかった。帯から絵の具が流れ出して、松下文子の白絽の着物を汚した。

汲み置きのバケツの水で洗い流しながら、芙美子は嗚咽した。初めての詩集を出版し、こんなにもにぎやかなお祝いをしてもらいながら、自分が少しも幸福ではないことに、気がついていた。

四　遠賀川

一九二九（昭和四）年七月二五日の昼下がり、顔にあたる陽射しが眩しくて、芙美子は目を覚ました。一瞬自分のいる場所がわからずあたりを見回した。薄《すすき》や泡立ち草、薊《あざみ》の葉先が頬にあたり、その向こうに白くきらめく無数の光の渦があった。

「よく寝てたね。これが遠賀川なんだ」――八木秋子が手ぬぐいを芙美子に渡して言った。直方の町を歩き回って遠賀川畔に出たことを思い出した。土堤の木々が木陰をつくり、川からの風が吹く中に腰を下ろすと、そのまま寝入ってしまったようだ。

「川がすっかり変わっている。こんなにきれいだったかな――」

芙美子は呟きながら、すでに一四年の歳月が流れていることを思った。あの時、一二歳だった。何もかもが炭色に覆われた煤《すす》けた直方の町には、骸炭とよばれる石炭の燃え殻を敷きつめた、ザクザクした道が続いていた。知古芝原の遊水地を抜け、舟で川を渡って、トンネルを通って香月《かつき》や中間《なかま》の炭坑の町に、アンパンや扇を売り歩いたものだった。あのころの遠賀川はまだ石炭を輸送する川だった。鉄道工事が進んでいた。黒く濁った水に川艜《かわひらた》と呼ばれる底のひらべったい舟が、流れを下っては石炭を若松まで運んでいた。今では筑豊鉄道が鉱山から石炭を大量に運ぶようになって、川はだいぶきれいになった。

魚も戻ってきたという。威勢のいい掛け声をあげて川艜を操っていた〈ごんぞう〉たちはどこに行ったのだろうか。川筋男の典型のような威勢のいい船頭たちだった。

「親戚まわりは終ったの」

八木が聞いた。

「親戚なんて誰もいないよ。ローレンス・スターンじゃないけれど、センチメンタル・ジャーニー。昔、住んでた町を歩きたかっただけ」

鼠色の大風呂敷に荷物を包んで背負い、汚れた手甲脚絆をつけた一二歳の少女の姿を、八木に説明したところで、理解されようもない。直方駅の裏近くの木賃宿には、ヤエノという娘がいた。少し年上のあの明るい少女は今どうしているのだろう。親指のない売春婦や、ダイナマイトで飛ばされて気の狂《ふ》れた〈シンケイ〉とよばれている男もいた。〈シンケイ〉は、芙美子の頭を膝にのせていつも虱を取ってくれた。義眼の祭文がたりの男もいた。

芙美子は鹿児島の祖母の家から送り返されてきたばかりだった。一年前、母親のキクは、このままでは飢え死にするしかない、と芙美子に荷札を付けて汽車に乗せた。古い薬問屋で今でも紅屋と呼ばれる祖母フユの家には、父親の違う姉のヒデがいた。ほかにも父親の違う男の子を二人キクは産んでいたが、産まれ落ちるとすぐに貰われていった。奔放に生きるキクは一家の持て余し者だった。

初めて会う芙美子に祖母は冷たく、翌日から炊事や洗濯と、女中代わりにこき使われた。小学校にも通ったが、なじむことができなくて、裏山で過ごす日のほうが多かった。その正月、大噴火を起こした桜島からは、もくもくと絶え間なく灰黒色の煙があがっていた。時々中から火の塊が噴出し、その中に身を投げだせば、一瞬で溶けて死んでしまうのだと芙美子は思った。死を身近に感じた初めだった。

心の奥が凍えそうな祖母の家に比べたら、直方の木賃宿の人たちはなんてあたたかかったことか。「フミちゃん」と呼んで可愛がってくれた。直方の町にも炭坑にも、いたるところにカチューシャの歌声が流れていた。緑色のペンキのはげた職員社宅を過ぎると、坑夫長屋が地べたに這いつくばるように並んでいる。さらにその向こうには、一棟に一〇家族も住んでいる朝鮮人坑夫の「チョーセン長屋」があって、素裸の子どもたちが遊んでいた。掘り返された土が大きな口をあけ、中から雷のようなトロッコの音が聞こえる。昼時になると、まっくらな坑内から、湧くように坑夫たちが出てきた。彼らのあいだを縫って芙美子はアンパンや扇を売った。

「オー、カチューシャ、来たか」と顔見知りの坑夫が声をかけてくれた。弁当を終えると、自分たちが掘り起こした石炭土《ボタ》の上に体を投げ出し、そのままパクパク空気を吸って瞬時に眠りに入っていく。坑夫の汗は水ではなくて黒い飴のようだった。

「あの頃あっちこっちの炭鉱で爆発事故があってね、何百人も死んで。そのあと必ずのようにストライキが起こるの。山全体が殺気立っていた」

暗い遠賀川の堤防を父親の引く荷車に母と乗って、歌を歌いながら町に戻っていく途中、鉱山から逃げてきた二人の朝鮮人に呼び止められたことがあった。父親は黙ったまま五〇銭玉を二枚彼らに渡し、二人は車の後ろを押して町までついて来た。冷たい風が吹き、空に星が流れていたから、晩秋だったかもしれない。

「でもよかったね、こうして詩集を出して、故郷に錦を飾ったんだもの。私も本を出して、一度木曾に帰ろうかな。屏風みたいな岩山に囲まれたすごい峪合いの村。もう、父も母もいないけどね。姉たちは許してくれても、親戚は体面だの何だのって大騒ぎするんだろうな。何しろ子どもを置いて家出してしまった女だから」

八木が言い、芙美子は彼女が木曾の旧家の出身であることを思い出した。左内町の編集室に初めて顔を出したときから、さりげない心配りを芙美子に示してくれた。有島武郎や小川未明を愛読し、この頃は自分でもプロレタリア系の小説を書いていた。九州旅行ですっかり打ち解けて、八木は芙美子と実父宮田麻太郎との再会の場にも同席してくれた。

■二六歳の夏

北九州・洞海湾に面した八幡の停車場に、四八歳の麻太郎は妻の秋生を伴って芙美子を出迎えた。八木には父親に会うのは十数年ぶりと言ったのだが、ほんとうは九年ぶりだった。女学校時代、芙美子はその頃九州の若松に住んでいた麻太郎をしばしば訪ねた。母親の家出の原因となった芸者の堺ハマとは、籍を入れたものの一九一四（大正三）年に離婚、直ぐに津田秋生と同棲したから、そのときも父親の側に原因があったのだろう。

がっちりとした体躯で目鼻立ちのくっきりとした麻太郎は、男気のある性格もあって周囲にいつも人を集めていた。「よか男だからのう、女がほっとかんのよ」と、キクが呟いたことがある。お母さんは今でもお父さんが好きなのかもしれない、と芙美子は思っていた。麻太郎の背中に隠れるようにして芙美子に笑いかけた妻は、芙美子よりひとつ年上だった。

かつて女学校の夏休みに父を訪ねたのは、学費の援助を頼むためだった。母と義父・沢井喜三郎と三人で狭い部屋に一緒に暮らすことに耐えられなくなっていた。さすがに一枚蒲団に三人で寝ることはなくなったが、芙美子の横で繰り返される母と義父の営みに気付かないふりをすることにうんざりしていた。時折、義父が芙美子に向けてくる目も不快だった。幼い日から親しんできた義父に対して、突然に感じだした生理的な嫌悪感を、芙美子はもてあましていた。

手広く雑貨屋を営んでいた父親の家も、長くいる場所ではなかった。久しぶりに会った娘を歓迎しながらも、麻太郎は若い妻に気を遣っていた。それでも芙美子が女学校をなんとか続けられたのは、彼からの援助があったからだった。

三上於莵吉の愛読者だという麻太郎の家で、芙美子はくつろぎ甘えて過ごした。

「お父さん、この十七、八年の養育費をそろばんにはじいたら、何千円にもなるでしょ。だからうんとご馳走してね」

芙美子は泣きながら言い、秋生に向かっても、

「あたしの愛読者かと思った、あんまり若いんですもの。ひとつ違いよね、あたしと。素敵だわ、あたしが男だったら惚れてしまうわ」

とおどけてみせた。

海や山の幸にあふれた膳が出され、芙美子と麻太郎は酒を酌み交わし、芙美子の母親の話や父親の若い日の道楽話で夜が更けるまで盛り上がった。何を言われても麻太郎は、娘の顔を嬉しそうに見ながら頷いていた。失敗したり成功したりを繰り返しながら、麻太郎は八幡の町で手広く雑貨屋を営んでいた。

商売の関係者にまで、翌日の八幡公民館での講演会に人を集めるようにと指示し、本屋にも『蒼馬を見たり』と『女人藝術』を取り寄せるように、と電話した。

「東京から娘が来たんじゃ。ようわからんが詩人になっとって本ば出したとよ。評判の本じゃいうから、店の目立つ場所に並べないけん。明日も公民館で講演じゃいうとる」

父の太い声が弾んでいた。

「お父さん、うれしくて自慢でたまらんのよ」

秋生がそばで言った。八幡の製鉄所に近く、東田溶鉱炉の火が火事場のように燃えていた。福岡や門司、長崎の早岐、佐賀と各地を廻り、最後の一日を芙美子は再び八幡で過ごした。父親とまた酒、ビールを酌み交わし、芙美子は父親に送られて八幡から直方に出た。

直方の駅には約束どおり、八木秋子が待っていた。

「いっしょに来て泊ればよかったのに。お父さん、八木さんの木曾節、聞きたがってたよ」

「だってあなたがた、またしばらく会わないんでしょ。親子水入らずでと思ってね」

「若いお母さんがいるからね、水入らずってわけにもいかないけど。でもまあ、すべてはつつがなく終って、いい夏でした。おかげさまで」

芙美子は八木に頭を下げた。

手提げの中には、父親から渡された封筒があった。「着物の一枚も買ってやりたいんじゃが」、と遠慮がちにいう父親の目に涙があった。真新しい一〇円札が五枚入っていた。そのことを八木に言おうとしてやめた。『蒼馬を見たり』の詩人で「放浪記」の作者でもある芙美子に、父親の援助は似合わない、と思い直した。女学校時代、テニスを楽しんだことも、真新しい水着を着ての海水浴も、カシミアの袴と編上げの皮ブーツも、父親からの援助はすべて隠し通さなくてはならなかった。だから八木にも十数年ぶりの再会と言い続けたのだ。

直方の町をともに歩き、遠賀川の散策にまで付き合ってくれた八木に、芙美子は心から感謝していた。

「私も子どもに会いたいな」

遠賀川を眺めながら八木が言った。

「三歳だったの、私が家を出たとき。男の子。すぐに新しいお母さんがきたらしいから、今さら迷惑よね。覚悟して飛び出したんだけど、やっぱり辛くなるね」

「血が繋がっているんだもの、大丈夫。いつか会えるわよ、お母さんのことは忘れないから。でもいいなあ、子どもがいて。私ね、最初の男のとき、妊娠したんだけど、産むわけにいかなくて、おなかを墓石にぶつけてみたり、男も私にお酢を飲ませたり。結局、流産してね、そのあとの処置が悪かったんだって、産めなくなってしまったみたい」

川に向かって小石を投げながら、芙美子が言った。

温泉に入ったときに目にした、芙美子の腹部についたケロイド状の手術痕を八木は思い浮かべた。それに芙美子の裸体には、皮膚の下一面にうっすらと、そばかす状のしみが浮き出ていた。

「これね、夢あざっていうんだって。お酒飲んでお風呂に入ると浮き上がってくるの。お母さんは、情が深いしるしだっていうんだけどね」

と芙美子が笑った。色白の肌にふわっと浮かび上がった無数のしみは華やかなのに、エロスよりも幸薄いイメージを、なぜか八木に感じさせた。

「そういえば、この川のほとりに白蓮さんが住んでいたって、聞いたことがあるわ」

八木は話題を変えた。

「そう、飯塚の炭鉱王、伊藤伝右衛門の奥さんだった。伯爵のお姫様がお輿入れになったって、炭坑長屋の小母さんたちが大騒ぎだった。大邸宅に住んで、いくつもの別荘もって、すごい車に乗って、ひと月の小遣いが五〇〇円だって。命かけて働く坑夫の月給が三〇円たらずなのにね。その人たち相手に一二歳の女の子が一〇銭均一のアンパンを売っていた――。だけど歴史って不思議よね、何にも関わりない人たちが、同じときに同じ川を見ていたんだもの。相手のことなんかこれっぽっちも知らないで」

芙美子の声に感慨があった。

「ほんとうね。――でも白蓮さん、贅沢三昧しても心は飢えていたのね。絶縁状を朝日新聞に載せて、年下の宮崎竜介とかいう弁護士のもとに走ったんでしょ。真実の愛に生きますといって」

芙美子は時雨の家で見かけた白蓮を思い出した。写真通りの嫋々《じょうじょう》とした美女だったが、潤いのないがさがさした話し方は意外だった。

二人は直方から博多を経て福岡に出た。九州の旅は終りに近づいていた。福岡では四歳と二歳の子どもがいる劇作家の辻山春子が、九州大学の医学部に勤める夫の義光と講演会を準備していた。夫妻は〈女人藝術福岡連盟支部〉を立ち上げて、これまでも座談会を開いたりして独自に活動していた。

この日も、辻山夫妻の尽力で、福岡の市民ホールは大盛況だった。

「この二週間、なんだか神様からの贈り物のような気がする」

――帰りの汽車で芙美子が言い、八木はあまりに素直な芙美子の声に胸を衝かれた。芙美子にとって忘れられない二六歳の夏だった。

第三章　下駄で歩いた巴里《パリ》

一　セーヌ川

「あっ、川だ、止めて」

芙美子は別府貫一郎の肩をつついた。どんよりと垂れ込めた霧がふと切れると、欄干に彫刻を刻んだ石橋の下に、思いがけないほどの水を湛えた川があった。

一九三一（昭和六）年一一月二四日早朝、パリの北駅に着いた芙美子は、絵描きの別府とその友人に出迎えられ、一四区のダンフェール＝ロシュロー広場にむかうタクシーの中にいた。

「これがセーヌ川ですよ、パリを横切って流れている。これからいくらでも見られますよ。外は寒いからとにかくホテルに行きましょう」

やわらかい声で別府が言った。石畳の広場のむこうに寺院や古い建物が並ぶ。木の葉を落としたマロニエの並木が、川に沿ってどこまでも続いている。鉛色の川は動くことなく、静かだった。ああ、これがパリなのね、ついに来たんだ、と芙美子は息を吐くように呟いた。

一一月四日、一二時四五分の桜号で東京駅を発ち、名古屋、大阪でそれぞれ一泊、さらに門司で二泊し、九日、下関二二時三〇分出港の関釜連絡船に乗った。釜山から満鉄で一路北上して長春から哈爾濱《ハルピン》に出た。そこからパリまで、シベリア鉄道での一一日間の日々が、断片になって、映画の一場面のように記憶の中で廻っている。モスコーも、ワルソーも、ベルリンも通過しただけ、よく無事に着いたわ、と芙美子が思わずひとり言を言うと、

「恐かったでしょう、満州事変のあとは、シベリア鉄道を使う人が減っているから、ほんとうに北駅へ来るのか心配だった」

別府が人のいい笑顔で労《いた》わった。紫銘仙の着物に黒いコート、下駄を履いて三等列車から降りた芙美子は、おとぎ話に出てくる小人のようで、寒さに震えていた。別府は自分のマフラーを外して、芙美子の肩にかけてやった。

九月十八日の「満州事変」勃発後の長春駅は、銃を抱えた日本兵でごった返していた。車内にもチチハルの領事が惨殺されたという噂が流れてきた。天空に炸裂する砲弾の音が寝台車の屋根の上から地鳴りのように響き、そのうちに砧《きぬた》を打つようなチョウチョウといった音になり、停車する駅々では「シナ兵」がドカドカと扉をこづいた。一一月一三日の夜九時から一四日の明け方にかけてだった。共産軍はすでにチチハルへ出発したとか、ソビエトの武器が「シナ」の兵隊に渡っているとか、日本軍は手薄であるとか、さまざまな噂が飛び交っていた。

芙美子は満州里《マンジュウリ》の領事から、モスコーの広田駐在大使に外交書類を届けるように依頼されていた。秘密任務の恐怖もあったが、それ以上に、これまで無縁だと思っていた歴史のひとコマに捲き込まれて、自分が歴史を生きているような高揚感があった。

■シベリア鉄道

それにしてもシベリア鉄道はひどかった——ふたたび黒灰色の雲に覆われたパリの街を眺めながら芙美子は思った。洗面所は壊れていていてろくに水も出なかったし、鏡は割れたままだった。食堂車はまずいのに信じられないほどに高かった。顔さえ見れば物乞いし、手に入れるまで付き纏う赤ん坊を抱いた女、ずるがしこいソ連少年団員《ピオニール》。三等列車の乗客は、がつがつとして飢えていた。東京のソビエト大使館のお茶会で見せられた活動写真とは、まったく異なる労働者たちだった。

東京の麻布に建つ、白いすっきりとしたソビエト大使館の客間に招かれるのは、いつだってプロレタリア愛好の有閑紳士淑女たち。サモワールから注がれたロシア茶を上品に飲み、ソビエトへの憧れを語る人たち。なぜ普通の農民や労働者が招かれないのか。

三等列車の廊下には、寝台車を買うことのできないロシア人たちが、足を棒のように突っ張らして、立ったまま寝ていた。

「レーニンはとんでもないペテン師かも知れない。このままじゃ、何度だって革命が起るわ、きっと。いつだってひとりの英雄の陰には幾万の犠牲者がいるんだから」

芙美子はタクシーの隣りに坐っている別府に言いながら、でもね、果てしない雪の草原、馬橇《ばそり》の鈴の音、吹雪の中を走るシベリア鉄道の旅は愉しかったとつけ加えた。懐かしそうに日本語で話しかけてきた朝鮮籍の青年や教師だという娘さん、みんな歌や踊りが大好きで、「プロレタリアート」というよりも、気のいい貧乏人たちだった。無産者の姿というのは人種が変っても着たきり雀で、朝鮮からパリまでみんなおなじような風体だった。

運転手がミラーの中をのぞいて、何か言って笑った。別府が引き取って、

「パリは今が一番悪い季節だけれど、ノエル（クリスマス）になれば賑やかだし、春までいると生き返ったみたいにきれいになるから、失望しないでって」

早稲田大学で聴講したり、お茶の水のアテネ・フランセに通ったり、にわか仕込みのフランス語ではとうてい聞き取れなかったが、「ウイ、ムッシュウ、メルシィ」と芙美子は微笑んで、初めてのフランス語で返した。

二　パリ十四区

セーヌ川の対岸の街は、ガラリと雰囲気が変った。タクシーはダンフェール＝ロシュロー広場のライオンの像の前で止まった。

「このライオンを見せたかったんだ。ちょっと降りましょう。ここはパリの南側でね、ほら、その円孤状の駅舎から、メトロも汽車も出ている。パリでもっとも古い駅舎じゃないかな。ライオンの像は、なんでもプロシャと戦った時にフランスを守ったピエール・ダンフェール＝ロシュロー大佐にちなんだ

名前だそうです。ライオンは大佐の故郷ベルフォールに顔を向けて寝そべっている」

別府の説明は詳しく、広場から放射線状にのびた通りの一本を、さらに進んで裏通りに入った。

「ブーラール通り十番地のオテル・ドゥ・リオン・ベルフォールがあなたの下宿。僕はその先のダゲール通りのアパートにいる。日本の下町ってところかな。もう少し先に行けば、モンパルナス墓地があって、その向うのモンパルナス通りに、カフェ・クーポールやドームがある。ピカソや藤田嗣治、マン・レイ、キスリング、彼らにまざって売れない若い画家たちであふれている。僕は行かないけれどね。ああ、それからフランス語ではホテルはオテル、ライオンはリオン」

車はホテルの前で止まった。ホテルといっても下宿屋のようで、赤い壁紙が一面に張られた二階の部屋には、大きなベッドと反り返ったタンス、色あせた桃色の机に、高すぎる椅子が二脚、芙美子の希望で小さな台所がついていた。五個のトランクを運び入れると、部屋は一杯になったが、芙美子はそのまま町に飛び出した。

「まずはカフェで腹ごしらえをしましょう。ただ僕はとにかく貧乏絵描きだから、貴女にご馳走は出来ないよ。ひと月七〇〇フランで暮らしているんだから。だけど、七〇〇〇フラン使う画家と僕と、絵の具代は同じです」

芙美子のパリは、別府貫一郎の案内でダゲール通りから始まった。肉屋、本屋、靴屋、八百屋、花屋、パン屋——、小さな店が両側に並ぶ通りは、本郷や新宿に似ていた。角のカフェで立ったまま熱いコーヒーと三日月パン《クロワッサン》を二個食べた。口の中でふわっと溶けるパンのおいしさ、ガラスのコップに並々と注がれたコーヒーの香り。

「こんなパン食べたことないよ。それにガラスのカップなのね」

芙美子は歓声を上げた。

「あなたが今どれくらい金持ちなのか分らないけれど、とにかくひと月のプランを立てておいたよ」

別府がテーブルにメモを置いた。

「間代三〇〇フラン（二四円）　食費自炊二五〇フラン（二〇円）　郵便料一〇〇フラン（八円）

風呂一〇日分三五フラン　交通費五〇フラン　電気一〇フラン　雑費一〇〇フラン
床屋七フラン　八五二Ｆ（約七〇円）」

「わあ、すごい、あたし、このとおりに頑張ってみるわ」

別府に連れられて、メトロでマドレーヌに出て、日仏銀行に行った。パリまでの旅費が三七九円二五銭。一か月分の生活費を残して、日仏銀行に四三五〇フランを預けた。九月の満州事変後、円は大暴落して、一フランが八銭だから日本円にすると三五〇円余りにしかならない。

「パリまで三八〇円かかったから、これでもう、仕事しないと日本には帰れないわ」

「だって仕事したくて来たんでしょ。物見遊山なら、僕は面倒見ない」

佐賀県生れの別府は藤島武二に師事して、一九二九（昭和四）年からイタリアを中心にヨーロッパに滞在していた。芙美子の夫、緑敏の古くからの友人で、芙美子とも親しかった。芙美子は別府を通して画家の外山五郎に出会い、恋に落ちた。それでも、別府はパリにいるはずの五郎の名を出そうとしない。

ダゲールに戻り、白いコーヒー沸かし、パリの絵葉書四〇枚、インク、レターペーパー、封筒、黒エナメルのおしゃれな野菜袋、包丁、皿四枚、スプーンとフォーク三本ずつ、茶碗二個、タワシやニュームの鍋も。次々にそろえる芙美子に、

「なんだか新婚所帯みたいだな。緑敏も来ればいいのに。生活費なんて、一人も二人もたいして変わらんでしょ。旅費を何とかしてあげたらいい」

別府が言った。

「ほんとね、この街の景色や石畳、古い建物、葉が落ちたマロニエ、みんな画家のためにあるみたいだ。手紙書くわ」

そうだ、緑敏と二人でパリで暮らせばいいのだ。一年でも二年でも、死ぬまでここにいたっていい。出発間際まで緑敏と言い争って、喧嘩別れのようにして出てきたことが胸を衝《つ》いた。

「あの不良を追っかけていくんだろう」

緑敏は疑い深そうな目でいった。

「あたしはもううんざりなんだ、こんな生活。朝から晩まで机に向ってるのにろくなものも書けない。それなのに急に親戚だかなんだか、これまで見向きもしなかった人たちが押しかけてくる。三万円も貯まりましたかだって」

「だから僕がいろいろ君の面倒を見ているじゃないか」

「それもいやなんですよ、あんたにはいい絵を描いてもらいたいのに、あたしの管理人みたいじゃないの。お金の出し入れから何でもあんたの許可がなくちゃいけない。原稿だって、人に会うことだって、あんたが全部動かしている。息が詰まりそうだ」

「それで五郎のところに行くのか」

「ちがいますよ、林芙美子は『放浪記』で終ったなんていわれたくないのよ。ちゃんとしたものを書きたいのに、じっくり勉強したり、机に向う時間もないんだから」

「『風琴と魚の町』だって『清貧の書』だって評判よかったじゃないか。俺は嬉しかったよ、『清貧の書』を読んで、ああ、こいつと結婚してよかったってしみじみ思った」

「でも、あんなに鳴り物入りだったのに『朝日新聞』の『浅春譜』はみじめだった。自分のこと以外、あたし書けないのよ。それじゃあ作家になれない。いつまでも放浪と木賃宿、貧乏売り物のルンペン作家っていわれる。やだよ、あたしはほんものの作家になるんだ。だから、パリに行きたいのよ」

同じ会話の繰り返しだった。でも、どちらもほんとうなのだと芙美子は思う。このままではルンペン作家で終るしかないことを誰よりも感じていた。あれほど頼りにしていた緑敏も、今では鬱陶しかった。でも、砲弾の聞こえる列車でシベリアの原野を走り抜けながら、思い浮かべていたのは緑敏だった。緑敏に抱かれていたかったし、緑敏にシベリアの景色を見せたかった。五郎はいつだって幻のように遠い。

■外山五郎

二年前の秋、別府に連れられ、銀座の画廊で外山五郎の個展を見た。アバンギャルド風に色を重ねた五郎の絵よりも、特別出展されていた別府のイタリア風景に心惹かれたが、紹介された五郎に見とれた。ギリシャ彫刻のように端整でノーブルな青年に、芙美子は幼い頃から憧れていた「小公子」のセドリックを重ねた。

五郎は下落合に両親と兄夫婦、愛犬と暮らしていた。政治家や実業家の屋敷が並ぶ地域だったが、林が続く広い敷地に西洋館と日本家屋が並んだ外山家はひときわ目立った。暖炉のあるアトリエで五郎はヴァイオリンやチェロを弾き、女中が香り高い紅茶を運んできた。

五郎は憂鬱そうな青年だったが、何もかも夢のような世界であり、彼の顔を見ているだけで芙美子は幸福だった。幸福というか、ふわふわとしたばら色のシフォンに包まれているような気分だった。一度だけ、五郎にキスをされたことがあった。その夜、芙美子は布団の中で緑敏に背を向けて泣きながら言った。

「あたし五郎が好きでたまらないから、あの人のところに行く」

数日後、芙美子は信玄袋に下着や着物を詰め込んだ。

「どうしてもと言うなら止めないけどね、五郎氏は君を引き受ける気があるのかね」

腕組をしたまま見つめていた緑敏に聞かれて、芙美子は手にしていた化粧入れをパタリと落とした。五郎の気持を考えても見なかったが、キスをした以上、芙美子を待っているに違いなかった。でもあの豪邸で、女中までがおしゃれな洋装をしている家で、あたしはどうやって暮らしたらいいのだろう。毎日化粧して、紅茶を入れて過ごすのだろうか。下着一枚でごろごろしている今の生活が、自分にどんなに気楽かをふと思った。緑敏が呼んだのか、いつの間にか別府が来ていた。

「五郎氏、近日中にパリに行くんだって。それでベアだかベトだか、あの茶色い犬を芙美子さんに貰って欲しいそうだ」

五郎のアトリエで、芙美子は手持ち無沙汰もあって、いつでもベアと呼ばれる大型犬と遊んでいた。

猟犬のしなやかさを持った犬で、『神曲』のベアトリーチェから名付けたという。別府の言葉に芙美子は信玄袋の中身を畳の上にばら撒き、なんだかひどくほっとして、さっそくに犬を受け取りに出かけた。外山家の書生が、「コロッケが好きなんですよ」と揚げたてのコロッケ三〇個の餞別といっしょに、大きな犬小屋を運び込んで、落合川に面した借家の裏側を塞いだ。

杉並の浅加園から、かつて尾崎翠と松下文子が住んでいた、上落合三輪の二階家に引っ越してきたのは、一九三〇（昭和五）年の五月だった。文子の結婚後、すぐ近くの大工の二階に移った翠が、姉さま被りで障子を張り替えてくれた。家の前に井戸があるためか、いつも玄関がじめじめとしていたが、芙美子には馴染み深い家だった。

北側の空を落合火葬場からの煙が流れてくる。ベアは犬好きの緑敏にすぐになつき、いつのまにかペッと呼ばれて、近所の子どもたちの遊び相手になった。ペットの略だよ、いいだろうと緑敏が言ったが、犬はどちらで呼ばれても尻尾を振った。

アメリカ経由でパリに渡った五郎からは、「冬の巴里はまるで肺病やみばかりがいるような都会で、近くグルノーブルに行く予定です。ベアをよろしく」と書かれた絵葉書が届いた。今さら五郎を追ってのパリでもなかったが、五郎を思う気持の自分が、芙美子は気に入っていた。もしも普通の少女の時代を送っていたら、こんな風に人を好きになったのかもしれない。夢見ることにまるで無縁の少女時代だった。憧れも夢も、王子さまを思う気持も、手付かずのままに残っていることに、芙美子は気がついていた。

「それで五郎氏はどこにいるの」

芙美子は話の続きのように別府に聞いた。

「よく知らないんだよ、この頃は絵も描いていないようだし、人とも付き合わないしね。どこかに旅行でもしているんじゃあないかな」

別府は、五郎が芙美子を避けてパリに来たことも、芙美子が来ても住所を教えないで欲しいと厳重に言われていることも黙っていた。五郎にとって芙美子はなんの興味も関心もない女性だったし、気まぐれにキスしたくらいでパリにまで追いかけられては迷惑だった。

別府の部屋で簡単な食事をして、芙美子はホテルに戻った。荷物をひろげる元気はなかったが、緑敏に手紙を書いた。細かにパリの様子を書き、さりげなく「外山君は田舎に行つてゐられるようで、別府さんの話では来年春頃には日本にかへられるとか、音楽にこつたり少しジレッタントだと云つてゐた」と付け加えた。

長旅で髪がだいぶ伸びた、明日は床屋へ行こうと思ったとたんに、深い眠りに落ちた。糊の効いたシーツが心地よかった。

三　マロニエ並木

あいかわらず曇っている。まだ午後の三時なのに、パリの街は夕闇のように暗い。日没の紅のはなやぎもなく、燃えたつこともできないまま、色褪せた太陽がセーヌに落ちる。それでも芙美子は街灯が燈《とも》る、この時間が好きだった。

リュクサンブール公園を抜けて、サンミッシェルの噴水まで、ソルボンヌに沿ったゆるやかな坂を下りる。カルチェラタンは厚いジャケットに毛糸のマフラーをぐるぐる巻いた学生であふれていた。あとは観光客だけ。毛皮のコートを着込んだ貴婦人なんてめったに通らない。パリを支えているのは一握りのインテリゲンチャだ、と日本人会で誰かが言っていたけれど、どこの国だって中心は農民と労働者なのだと芙美子は思う。それから、あたしのようなエトランゼ。

パリにきてからなんだか日本が健康に見えた。ふっくらとした炊き立てのご飯のようになつかしかった。パリは華やかで荒み過ぎている。マロニエの並木は葉を落とし、枯れ枝を広げ骸骨のように見えた。ルイ・フィリップやモーパッサンの小説に出てくる、小官吏の生活のわびしさがわかるような気がしてくる。でも街のいたるところにあるカフェは、いつでも賑やかだ。

からのガラスのコーヒーカップを前に、スケッチしたり、手紙を書いたり、本を読んだり、大きな声で議論をしたり、キスを繰り返したり——人間の臭いであふれかえっていた。寒さに耐えて、春を待つ人たちがいる。

セーヌ川沿いに、鉄製の箱を広げた古本屋が並んでいた。たいがいは太った中年過ぎの男が店番をしていて、芙美子は画集や絵葉書を手に取った。印刷が日本とは比較にならないほどに鮮やかで、繊細な色に溜息をつく。昨日もボナールの初期の画集を手に入れた。緑敏に送ったら喜ぶだろう。あんなにパリに来るように誘ったのに、ようやく届いた手紙は「金がない」ということばかりだった。そろそろ解放してもらいたい。せめて自分の食い扶持くらいは自分で考えてよ、とうんざりしながら日本の家族に罵る。

着物の裾から寒気が立ちのぼって、芙美子の体を襲う。綿入れを重ね、外套を羽織ってもやはり寒い。溜まり水のように見えたセーヌ川だったが、ゆっくりと流れていた。だけどなぜパリの街も川も、こんなに臭いがないのだろう。ノートルダム寺院の対岸で釣り糸をたれている老人がいた。昨日もいたから、無為をもてあましているのかもしれない。「ボンジュール、ムッシュー」と芙美子は言い、「何が釣れるのかしら」と日本語で聞いた。老人が笑顔を返し、魚篭《びく》を傾けて指した。鮒《ふな》のような魚が数匹入っていた。

ふと、光が渦になって白くきらめいていた夏の遠賀川《おんががわ》が浮かんだ。あれは八木秋子との旅だった。まだ二年しか経っていないのに、はるかに遠い。いったい何が起ったのだろう。〈母キクの私生児〉林芙美子は、いつの間にか『放浪記』の作家・林芙美子女史になっていた。一人歩きしていく林芙美子の名が重かった。「男から男へ放浪して、淫売していた」という噂が流れていると、芙美子に教えてくれた編集者が、出所は『女人藝術』だと囁いた。笑って聞き流しながらも、『女人藝術』のだれかれの顔を想い浮かべる自分が嫌だった。

■『放浪記』出版

『放浪記』は一九三〇（昭和五）年七月、改造社から新鋭文学叢書の一冊として出版された。まだ浅加園に住んでいた頃、改造社の社員が『女人藝術』を手に芙美子を訪れ、その場で出版が決まった。一刻も早く知らせたくて、外出中だった緑敏を妙法寺の前で待ち、抱きついて喜んだ日のことを芙美子は思い出す。

四国の行商人と鹿児島・桜島の温泉宿の娘との間に生まれた〈私〉の日記だった。商売に成功した父親が芸者を家に入れたために、母親は二〇歳年下の番頭と幼い〈私〉を連れて家を出た。木賃宿を渡り歩き、行商する日々を送った少女は、やがて成長し恋人を追って上京する。子守、女中、露天商、女工、売り子、事務員、女給と大震災前後の東京の町を転々とする日々は、確かに男から男への放浪の日々にちがいなかった。でもその都度、あたしはいつだって真剣だったし男に誠心尽くした、と芙美子は思う。もう顔さえさだかには浮かばない男たち。

『女人藝術』では季節に合わせて掲載したが、「飯屋と淫売婦」から「下谷の娘」まで一四編を、一九二二年から二七年まで時系列に並べ替え、「放浪記以前——序にかへて」をつけた。二八〇頁、グリーンと臙脂《えんじ》、黒をくみあわせた幾何学模様の装幀はシンプルだった。三〇銭という廉価な値段も手伝って、『放浪記』は瞬く間に版を重ね、ベストセラーとなった。

まだインクの匂いのする『放浪記』を、芙美子は左内坂を上って、長谷川時雨に届けに行った。生田花世に連れられて、初めて訪れた日から三年になろうとしていた。

時雨が玄関に出迎えてくれた。

「もうそろそろ来る頃だと思ってたのさ。おめでとう、いよいよ作家林芙美子だね。今日はお銚子、特大にしなくちゃ」

二階の編集室には、素川絹子、小池みどりと熱田優子がいた。

「すごいね、いよいよ出たんだ。『女人藝術』の作家第一号ね」

『放浪記』を頭の上に掲げて、みどりが歓声をあげた。

『女人藝術』のほうもよろしくね。ファンレターも毎日来ているわよ。元気をもらいました。私もがんばって生きていきますって、みんな同じように書いてくる」

「放浪記」の掲載頁には、化粧品の指定広告が入り、休載の号は売上げが落ちた。

顔ぶれはおなじなのに、昨年秋くらいから『女人藝術』の編集室の雰囲気が変っていた。かつて芙美子を包み込んだ家庭的なあたたかさはもうなかった。一昨年から誌上で続いたアナ・ボル論争で、高群逸枝、平塚らいてう、望月百合子、八木秋子、城夏子らのアナキズム系の人たちが『女人藝術』から脱退し、『婦人戦線』を創刊した。神近市子や中島幸子、中本たか子らのマルキシズム系の評論家・作家が『女人藝術』の主流となったが、時雨は泰然としていた。

「思想にしたって小説にしたって、みんなを納得させられないものはだめだよ。主義だ、主張だって、情けない話だねえ」

■神近市子

芙美子にとっても、苦労を知らないお嬢さん、奥様の思想など、どうでもいいことだった。「革命」は遠い世界のおとぎ話でしかない。が、変ったのは編集室の雰囲気だけではなかった。『女人藝術』の主流がプロレタリア小説となり、神近市子の発言力が強まっていた。

一八八八（明治二一）年に長崎で生まれた神近は、女子英学塾（現・津田塾大）在学中から『青鞜』社員として活躍した。彼女を一躍有名にしたのは、一九一六（大正五）年一一月、アナキストの大杉栄を刃物で切りつけた、「葉山日蔭茶屋事件」だった。

堺利彦の義妹・堀保子と内縁関係にありながら、神近、伊藤野枝との〈自由恋愛＝フリーラブ〉を公然と主張する大杉への不信と憤り、野枝への激しい嫉妬が神近を激高させた。〈新しい女〉が巻き起こした傷害事件に世間もマスコミも騒然となったが、同情はむしろ神近に集まった。東京日日新聞記者の彼女の経済力に頼りながら、多角的恋愛を享受する大杉への批判はもちろんだったが、生まれたばかりの子どもを里子に出し、長男を夫・辻潤のもとに残して、大杉に走った野枝への風当たりは凄まじかった。

とくに『青鞜』のメンバーには、平塚らいてうから譲り受けた『青鞜』を放り投げ、永久休刊にした野枝に対して、裏切られた思いが強かった。らいてうに頼まれて、時雨は神近市子の減刑嘆願運動に関わり、署名は二万人を超えた。

神近は二年間の服役後、弁護士の鈴木厚と結婚し、三児の母親となった。『種蒔く人』からプロレタリア運動に入り、今ではマルキシズムの評論家、婦人運動の第一人者として活躍していた。鋭い眼と口調で断定的にものをいう神近を、芙美子は好きにはなれなかったが、「普通の女はね、自分を裏切った男より、その相手の女を憎むのよ。でも神近さんはまっすぐに大杉に向った。できる事じゃありませんよ。まあ、彼女のプライドが野枝を無視させたのだけれどね」という時雨の言葉に同感した。

それにしても直方《のおがた》の炭坑で、一二歳の芙美子がアンパンを売り歩いていた頃、東京にはすごい女の人たちがいたのだ、と驚嘆したものだった。

『女人藝術』の編集者たちも、それぞれプロレタリア運動に関わっているらしかった。素川絹子はすでにモップル（国際赤色救援会）支援者として逮捕歴があった。永嶋暢子、熱田優子もモップルに深く関わっていて、二間続きの編集室の片隅には、毛布や缶詰、寝巻き、手ぬぐいなど、逮捕者やその家族への支援物資が積まれていた。

「困ったもんだね、みんなどんどん赤くなって捕まってしまう。でもねえ、資本家や政治家ばっかしが太って、軍人がのさばっている時代だもの、仕方ないね。いつだって貧乏人は食えないんだから。若い人がこんな世の中に満足してたら、それはそれで困るし」

時雨の感想はいつも明快だった。

遠く離れていると、『女人藝術』もそこに集まる人たちも遠かった。時雨だけがなつかしく浮かぶ。パリに来てもう二〇日が過ぎたのに、ろくに仕事をしていない。眼が覚めると、まず赤色の壁紙が飛び込んでくる。安い淫売宿にいるようで、あわてて眼をつぶるのだが、眼の裏までが赤く染まっている。クー、クルクルと絶えず鳴いているのは、中庭の箱に入れられた食用鳩。椅子は高すぎて足がつかないし、テーブルは傾いている。小説も書けないので、近くのカフェに入って、コーヒーと三日月パンの朝食をすませ、そのまま小さな旅行記や見聞記を書いて東京の雑誌社に送る。原稿料が届かなくては、家族のみんなが困るだろう。

四　アルジャントゥーユ

別府貫一郎に頼み込んで、アルジャントゥーユの外山五郎を二度訪ねた。冬枯れの川にクロード・モネが描いた橋がそのまま架かっていた。田舎道は黒い土に覆われていて、芙美子をほっとさせた。

川沿いのアトリエで五郎は本を読んでいた。黒のセーターにマフラーを巻きつけて、痩せてとがって見えた。なつかしさといとおしさとがこみ上げてきて、コートを脱ぐと芙美子は駆け寄った。矢羽根の赤いお召の着物と支那繻子《しゅす》の黒い羽織は、芙美子がパリにもってきたいちばんいい着物だった。

「何で連れてきたんだ」

五郎が強い口調で別府に言った。

「私が無理やり頼んだのよ。だってせっかくパリまで来たんだもの。ベアの話もしたかったし。とっても元気で、いまじゃあ、あたしんところの犬だわ。コロッケも時々食べさせているよ」

「知っての通り、芙美子さんは一躍新進作家でね。今じゃ、有名人だ」

とりなすように別府が言った。

「それなら、なおさら、僕に付き纏わなくてもいいでしょう。パリまで追いかけられては迷惑だ」

五郎の言葉は冷たく、目が暗かった。台所も使われている気配がなく、テーブルには聖書や哲学書が積み上げられている。キャンバスもイーゼルもなく、絵具の臭いさえもなかった。

その日は早々に引き上げたものの、芙美子の気持は沈んだ。あたしが何をしたというのだろう。大好きな気持のままでパリに来たのに。いっしょに暮らすことだって、心のどこかにあったのに。

「ねえ、だから行かないほうがよかったでしょ」と別府が言った。「彼は日本人ともほとんど付き合っていないみたいだし、絵も描いていない。もともとディレッタントだったんだが。芙美子さんも、もう五郎のことはかまわないで、仕事したほうがいいですよ」

ニューヨーク経由で外交官の兄とともにパリに着いた五郎に、アルジャントゥーユのアトリエを世話したのは別府だった。五郎はパリのパーティで出会った公爵の娘に恋した。硬質な美しさと大きくやわらかな瞳をもったジャンヌとパリや郊外を歩く五郎の姿は幸福そのもので別府を羨ましがらせた。

ジャンヌをモデルにした絵は、これまでの五郎の絵とは異なっていた。肩に揺れる金髪の一本一本までが丹念に描かれ、繊細な色に輝いていた。が、やがてジャンヌは許婚のもとに去った。

アトリエの庭で、肖像画もキャンバスも焼いて五郎は旅にでた。今、別府が使っているのは、五郎から預かった野外用のイーゼルとパレットだった。数ヵ月後、戻ってきた五郎にそれらを返そうとしたが、もう絵は描かないからといって、残っていた絵具まで別府に渡した。そうしたことを芙美子に告げることもないだろうと別府は思っていた。

■パリへの片道切符

芙美子はあきらめられなかった。体も心も冷え切ってしまったような五郎が気になった。台所が埃をかぶっていたから、女性がいるわけではないのだろう。温かな料理をつくって励ましたかった。だから鯛を魚屋で手に入れると、別府に同行を頼んだ。少し前から別府は芙美子をモデルに絵を描いていた。眼鏡をはずすと、切れ長の眼は大きくて艶があり、ふっくらとした頬も、首の線も瑞々しかった。芙美子に惹かれていた別府は、五郎との最後の場面に立ち会うつもりで同行を承知した。

五郎の怒りは凄まじかった。

「あったかいものでも食べましょうよ。鯛のスープでお米を煮るの。醤油で味付けして、野菜をいっぱい入れたら元気になるよ」

芙美子はストーブに大鍋をかけた。大鍋の湯が泡立ち沸騰しかけたときだった。「いい加減にしてくれ」と五郎が叫び、鍋が飛んだ。テーブルやイスに湯が飛び散り、芙美子が悲鳴を上げた。飛沫が右足にかかった。別府が手拭をぬらして冷やし、芙美子は大声で泣き出した。部屋から飛び出したまま五郎は戻ってこなかった。

火傷はたいしたことなく痕にはならなかったが、芙美子の中で急に五郎の幻影は去った。その後、急になれなれしくなった別府も不快だった。別府が現れそうな時間になると、パリの街を歩きまわりセーヌ河畔に出るのが、芙美子の日課になった。

雨ばかり降りつづくパリの冬を、人の肩に埋もれそうな小さな女が下駄で歩いている。たっぷりと歴史の血をしみこませた石畳から、跳ね返された下駄の音が、頭のてっぺんに響く。目的もなく歩く孤独を芙美子は知った。あまりに寂しくて、思わず買い求めたミモザは黄色いままに枯れて、花瓶にあふれていた。クリニャンクールの蚤の市で、金髪に青い眼のフランス人形も買った。抱きしめながら、それが生まれてはじめて手にした人形だったことを思った。

朝から晩まで、時間はたっぷりあるのだから、本を読み書き続ければいいのだ。何を寂しがっているのだと、歩きながら芙美子は自分を叱りつける。これからどのように生きていけばいいのか、その問いは、作家としての生き方の問いとなり、いい作品を書きたい、と渇えた旅人が水をもとめるように思った。一瞬のうちにひろがる海のような、そんな広々としたものをつかむにはどうしたらいいのか。灼けつくような胸の奥に、徳田秋声の言葉が響いた。レインボーグリルで開かれた芙美子の歓送会の帰り道だった。

「しっかりと見てくるんだね。自分も周囲も。心にあふれてくる言葉をそのまま書き流さないで、もう一度自分の中に戻してみる。言葉と格闘して、それでも残った言葉で書いたらいい。鍛えられていない文章はだめです。『放浪記』から脱出しなくては、あなたは作家になれないよ。せっかくの才能なのだから、耐えて鍛えて、パリから帰っていらっしゃい」

そうなのだ。だから私は片道切符でパリに来たのだ。『放浪記』から脱出する旅だった、と芙美子は自分に言い聞かせた。

五　ノエル

『放浪記』の売れ行きに気をよくした改造社が、同じ年の一一月、第二次新鋭文学叢書の一冊として『続・放浪記』を上梓した。これも順調に版を重ね、芝居や映画化の話もでた。『東京朝日新聞』から夕刊小説連載の話があったのはその頃だった。翌三一（昭和六）年元旦には、『朝日グラフ』に「年頭にあたり新日本の婦人へ」と題して、窪川稲子（佐多稲子）と並んで写真入りで談話が載った。

「自覚せる女性から一歩進んで、階級人としての女性に」と語る稲子は知的で美しく、いかにも新時代の女性だった。芙美子は「何よりもまづ明朗であらねばならない。そして自分自身に、もつとプライドを持つことです」と自分に言い聞かせるように語った。

「春浅譜」と題して一月五日から二月二五日までの連載が決まり、社告として「作者の言葉」が、一九三〇年一二月二八日に掲載された。

「男性が見た女性の生活はザラにありますが、女性が見た女性の生活はさう沢山ありません。私は近代生活をする二人の貧しい実在的な女性をその生活と性格の両方面から対照させつゝ私の作意の新転向を志さうとして居るのです。しかもこんなに長いものははじめてなんですから、果してうまく行くかどうか、ともかく死にもの狂ひの努力で書きます」

暮れも正月もなく、芙美子は机に向っていた。毎年欠かさなかった『女人藝術』の忘年会も新年会も頭に浮かばなかった。熱田優子が誘いに来た時も、ひさしぶりにいっしょに行こうと城夏子が立ち寄った時も、芙美子はそっけなく断った。思うように動きだそうとしない女主人公に苛立っていた。

墓がないので子どもの遺骨を白粉箱に入れて持ち歩く、二六歳の鹽子（塩子）は「悪魔的な、肉体の情熱を克服する事に疲れ」ている。北海道生れの子どもの父親は無産運動に没入し、彼女を捨てて上海に渡った。

友人のスヾエのようにカフェの女給にもなれずに新宿で花を売る鹽子に、妻のいる作家の須藤が接近してくる。誘惑に負けそうになりながらも、鹽子は須藤にもらった金で上海に行く。と、男は場末のアパートで見知らぬ女と暮らしていた。

小説の最後を芙美子は、鹽子のモノローグで結んだ。

「『私は、更生するんだ、小市民の残滓を、すつかり吐き出してしまつて、今度こそ、素手で何もかもやりなほしをしなくちやア。――』

船は船首をたてゝ黄ろいあわをかんでゐる。鹽子は、晴れた日の日本の港を心に描いた。」

「―完―」と書き入れて、芙美子は涙をこぼした。失敗作であることは言われなくても分かっていた。

臙子も「心に空洞を持った」スヾエもぎこちなく、心理状態が書き手から乖離したままだった。プロレタリア文学の図式に乗ったような結末もわざとらしかった。

時雨から「春浅譜」は「浅春譜」、あるいは「春前譜」ではないかと葉書が来た。あわてて五回目を「浅春譜」としたが、新聞社の担当が、今風でいいじゃないですか、と言ってきたので、また「春浅譜」に直した。「漢字知らないからね」。そう平林たい子が言った、とわざわざ告げにきた城夏子は、新年会でそれを言い出したのは、結婚して間もない円地文子（上田文子）だと付け加えた。「春浅譜なんてないわ。早春をいいたかったら浅春か春前でしょ」と文子が言い、「しょうがないね、教えてあげなさいよ」と時雨が応じたという。

平林たい子が女主人公の臙子にこだわっているのは予想していた。芙美子は昔、たい子と同居していたころ、茶筒に入れた子どもの骨が、たい子の手の中で乾いた音を立てるのを毎朝のように聞いた。〈白粉箱に入れられた子どもの骨〉はそこからの連想だった。

たい子のあの骨はどうなったのだろうと、芙美子は突然に思った。諏訪にある先祖代々の墓には入れられないから、とたい子がしんみり言ったことがあった。「あたしだったら瀬戸内の海に撒くわ」と言ったら、たい子は眼を丸くしてびっくりしていた。でも、死んでまで、じめじめと暗い地下に埋められたくはない。風に乗って自由に飛んでいったら、また世界のどこかで生まれることができるような気がする。海の泡になったって、魚やカモメに飲み込まれたっていいではないか。

■キクとの旅

改造社から同じく〈新鋭文学叢書〉の一冊として出された平林たい子の『耕地』は、ほとんど評判にならなかった。平林だけでなく二三冊からなる叢書は、龍胆寺雄『放浪時代』も、井伏鱒二『なつかしき現実』や藤沢恒夫『傷だらけの歌』も、『放浪記』の熱狂のかげに隠れた。忙しくなった。『女人藝術』が心の中で遠くなったのは、この頃からだった。

二月には母親のキクを連れて奈良・京都・伊勢を旅した。念願の旅行だったのに、母親は義父・喜三郎の岡山に住む母親に気を使い、結局、姑を誘っての三人旅になった。着古した棒縞の銘仙に綿入れを着たキクは、姑とたいして変らない年齢だった。食事中に姑は「あんたのお母さんのために、あたしの息子は二〇年も子どももなく、男の一生がだいなしになってしまった」と泣き、結局、芙美子が月々の隠居料を送る約束までさせられた。

「お前は七つの時から、お父さんに養育されてきたんじゃ。文句も言えんとよ」

風呂場で芙美子の背中を流しながら、なだめるようにキクが言った。

「いいや、あたしは育てられてなんかいない。小さな時から背中に荷物を背負わされて、食い扶持くらいは自分で稼いだ。母さんは忘れてしまったの。博打で挙げられたあの人を警察に引取りに行ったこと。母さんと二人だけならどんなに楽だったか知れない」

「それでも女学校にも行かせてもらったに、おまえはきつかことばかり言う」

「とんでもない、学校は、帆布の工場に行きながら行ったんでしょうが。夏休みには女中奉公や行商にも出て、あたしはいつだって自分で稼いだんよ。どうしても困った時は小林先生やお父さんに助けてもらって。みんな忘れんさったか。今からでも遅くないから、別れなさいよ。いい年して、もう男はいらんでしょうが」

「偉い作家になったかも知れんが、お前はむごい子じゃのう」

芙美子は激してきた。

「ああ、もう、せっかくの旅だっていうのに、こうゴタゴタするんじゃ、来るんじゃなかった。親子の縁切って、あんたはお父さんとどこにでも行きなさいよ。食い扶持くらいは送るから」

荒い言葉を投げつけると、泣いている母親を残して風呂を出た。

■『彼女の履歴』

義父は悪い人間ではなかったが、何をしても長続きしない男だった。母親と芙美子は、どれだけその尻拭いをさせられてきたかしれない。徳島で博打に負け、多額の借金に苦しんだ喜三郎が、芙美子を女郎屋に売ろうとしたのを、母親は知らなかった。その夜、芙美子は舟をたのんで因島に逃げ、そこで自分を捨てた男を訪ねて、東京までの旅費をもらった。それ以来、芙美子は喜三郎とは暮らしていない。

『改造』四月号に載った「風琴と魚の町」は好評で、八月、改造社から出版された『彼女の履歴』も版を重ねた。『彼女の履歴』には、「春浅譜」「風琴と魚の町」と並べて、前年の夏から秋にかけて、念願の中国大陸、満州、上海をひとりで旅した記録も入れた。ハルビン、長春、奉天、撫順、金州、三十里、大連、青島、南京、杭州、蘇州をまるひと月もかけて回った。作家・林芙美子になったのだ。あんなに嬉しかったことはない。各地で中国の作家たちと会談し、魯迅にも会うことができた。

翌一九三一年六月二一日から浅草カジノフォーリーで「放浪記」が舞台化された。脚本を担当した黒田義三郎（島村龍三）に頼まれて、芙美子も主題歌「放浪の唄」を作詞した。黒田は南天堂以来の詩人仲間だった。

一一月に「清貧の書」が『改造』に掲載された。尾道に降り立った行商人親子三人が、けなげに生きる姿を「風琴と魚の町」に謳いあげ、緑敏との新婚の日々を「清貧の書」に刻印した。「放浪記」を捨身の勢いで、すべての肉親を呪うような思いで書いたから、せめてやさしいものを書いておきたかった。二作ともに「春浅譜」の失敗を忘れさせるに十分な評判だったが、芙美子にとって、それらは「放浪記」のバリエーションにすぎなかった。いつまでもひたっていていい場所ではなかった。

徳田秋声のいう通りなのだ。すべてが石からなっている街は、情緒やセンチメンタリズムを跳ね返す。あたしが流す何万倍もの涙や無念の血を沁み込ませた街に、ちっぽけな東洋の女の感傷など入っていく隙間はない。しっかりと見て、しっかりとそれを文字で表し、書ける限界まで書いてみよう、と芙美子は思った。体だけは丈夫なのだから。

パリの屋根の下セーヌは流れる――ノエルのイルミネーションが灯り、しみじみと美しい街に、映画でなじんだメロディが流れている。――新宿で矢田津世子とこの映画を観た。はじめて矢田に会ったのは一九三九年一月末の名古屋で開かれた女人藝術支部の講演会だった。長谷川時雨や円地文子に同行した芙美子は、井桁の絣を羽織と対で着た矢田に眼を瞠った。端正な美しさには一片の翳りもなく、きりっと澄んだ眼をしていた。

秋田県出身の矢田は、父親の死後、銀行員の兄の転勤にともなって名古屋で母親と住んでいた。すでに何本かの小説を発表していた。上京してきた矢田と映画を見たり、食事し、腕を組んで映画の主題歌を口ずさみながら、新宿の町を歩いた。

「あんたくらいきれいな人、誰もいないわ。男たちがみんな見てるよ」と芙美子は言い、「うんざりだわ」と矢田が鼻に皺を寄せて笑った。パリに届いた最初の手紙は矢田からだった。どうということのない手紙だったが、芙美子は何度も声に出して読み、コローの絵葉書を机の抽出しから取り出して、書き送った。

「巴里ではこの頃、〈聞かせてよ、愛の唄を〉というシャンソンが流行つている。君を想うと寒いアパートもランプが灯るようだ。元気で書き給え」

六　ロダン美術館

芙美子は、ベッド横のタンスの上に日本から持ちこんだ何冊かの本を並べた。出発直前になって、これから読みたい本を手当たりしだいに詰めこんだので、トランクはたちまちいっぱいになっていた。フィリップ『若き日の手紙』フローベル『感情教育』ラシーヌ『フェードル』バルザック『ことづけ』ドストエフスキー『カラマーゾフの兄弟』『白痴』アンデルセン『即興詩人』ルソー『エミール』トルストイ『復活』チェーホフ『シベリアの旅』と短編集、日本のものは伊良子清白『孔雀船』西行『山家集』岡倉天心『茶の本』正宗白鳥『入江のほとり』、山本有三集と佐藤春夫集、それに『寒山子詩』と『仏蘭西革命史』も入れた。

ほとんどは改造社の円本だった。パリで何冊、読むことができるだろうか。夜、ベッドの中で本を開いていると、「静にぞねむらせたまへ　人間の命死にゆく時のをはりに」という大熊長次郎の歌が聞こえてくる。ひとり寝のベッドは、棺桶に似ている。

『放浪記』が出た時、ふつふつと湧きあがってくる喜びを報告したくて、実父・宮田麻太郎に本を送った。ひと月あまりも返事が来ないことに苛立ちかけていた頃、ようやく手紙が届いた。「自分はあまり苦しくて読み通すことができず、礼状も出せなかった。すまない」とあった。それからまもなく「祝い」と大きく書かれて、三〇〇円の金が送られてきた。その金で中国に旅したのだった。

『放浪記』の印税が入るのを期待して、成功した南米帰りの娘が大金を送ってくるのを待っているような母親や改まった感謝の手紙をよこした義父よりも、芙美子にはお祝いを送ってくれた実父がなつかしかった。パリに発つ前に会っておけばよかった、と今さらに思う。パリからの手紙が着いたら、きっとびっくりするだろう。

それにしてもあたしは肉親というものを信用しない。他人よりも始末が悪いし、働き者だということで愛されている。緑敏が行きがかりで「お前の仕事なんぞ大したもんじゃあないじゃないか」と言ったことがある。あんまり当たり前のことを、あんまり身近な人間にいわれて、痛いというより冷や汗がでた。実際、ここまでは来たけれど、ここから道が切れてしまったのだ。

ドアがノックされた。

■エリセーエフ

「芙美子さんいますか。森本です」

あわてて綿入れを羽織ってドアを開けた。考古学者の森本六爾《ろくじ》が立っていた。「あなたが読みたがっていたから」と言い訳のように言って、ジャン・コクトーの『テレホン』を差し出した。「辞書を引きながら読めば、フランス語の勉強になるし」と付け加えた。

この頃、別府貫一郎は、露骨に迷惑そうな顔をする芙美子に、さすがに遠慮するようになっていた。イタリアへ発つという。その代わりのように、パリ国際大学都市の日本館に滞在していた森本が接近してきた。パリまで「放浪記」の評判は届いていたし、主人公と重なる女性作家がパリに来たことへの興味もあって、芙美子の周囲には留学生が集まっていた。

彼らと散歩し、映画を観、食事をし、時にはイタリアのピエモン米を炊いて、しょうゆ漬けのイクラを振舞ったりもした。読売新聞のパリ特派員を勤める松尾邦之助や柔道の道場主である石黒敬七、あるいは仏文学者で音楽評論家の渡辺一夫などもいたが、多くは貧しい画学生や研究者だった。

一九三一年、パリには大使館に届けられているだけでも、八七三人の日本人がいた。在野の考古学者である森本は、東京女学館で数学教師をする妻ミツギの援助で、パリに留学していた。

翌日、芙美子は森本の案内で、ギメ美術館を訪れた。パッシーのシャイヨ宮に近い美術館には、日本や中国の膨大な美術品が収められていて、小さな日本庭園も付いている。「パリに来て始めて東洋文化に触れた気がするわ」と芙美子は素直に感謝した。

ロシア生まれの日本研究家セルゲイ・エリセーエフに紹介された。ギメの研究員をしているエリセーエフは、東大に留学していた時には、漱石の門下生でもあった。「東洋文化鑑賞の後は、やはりロダンですね」と森本がいい、そのままエッフェル塔の横を通り抜けて、金色に輝く巨大なアンバリットに近いロダン美術館に行った。

「ロダンが住んでいた貴族の館がそのまま、美術館になっています。与謝野晶子はここでロダンに会ったそうですよ。それで生まれた子どもにオーギュストという名前をつけた」

流暢な日本語でエリセーエフが説明し、芙美子を喜ばせた。弱い冬の陽が手入れの行き届いた庭園を包んでいた。どの部屋にも、庭にも、あらゆる場所に、ロダンの彫刻が置かれていた。

「これが大理石なの、なんてやわらかいんだろう。指先も、頬も、乳房だって血が通っているみたいだ。ほら髪の毛の先までしなやか」

芙美子の体がふるえた。一人の生涯に、どのようにしたらこれだけの仕事を残すことができるのか。かっきりとしたデッサンも素晴らしかった。抱擁する若い男女の像の前で、芙美子は立ち尽くした。

「ミケランジェロと同じです。石を彫っていくと現れるのですよ。大理石の中に女や男が閉じ込められていて、待っているのです。漱石先生の『夢十夜』では、運慶は木の中から仁王や仏を彫りだしました」

静かにエリセーエフが言った。

そのまま部屋に戻りたかった。孤独の中でひたすら仕事をするしかない、と芙美子は自分に呟き、パリに来てよかったと真底思った。

七　カフェ・リラ

「千九三十二年の元旦だ。

起きたらやはり巴里だつた。オキシフルで口を洗って、高い窓から四方拝をした。巴里にしては、とてもいゝ天気だつた。朝、バルザックの「ことづて」を読む、バルザックも案外甘さのある男だ。ひるからオウダンと云ふ東洋ビイキの仏蘭西《フランス》人の家へ行く。山下新太郎と云ふ人と野村ゆり子と云ふ人来る。こゝのマダムは日本人だ。面白くなくて途中出る。サンミツシエルでシネマを見る。ロイドと支那人の喜劇。かへり十時。かへつてから日本へ手紙かく。山本実彦氏、佐藤春夫、井伏鱒二、古賀春江氏等。

——巴里に四十日私は始めて自分の影を見た。元気で仕事に野心を持つ事だ。朝、森本氏と田島氏来訪。」

すがれたミモザが、金色に光っている部屋で、芙美子は新年を迎えた。一瞬、心に張りを覚えたが、巴里はあいかわらず底冷えがして、ただ呆然と固い街を歩いていると、仕事をしたい思いと日本に戻りたい思いとが重なって芙美子を押し潰し、淋しくてたまらなくなってくる。五郎への失恋が意外なほどに大きな打撃になっていることにも気がついていた。

いつもご馳走になるからと、あまりに馴れなれしい森本六爾を不快に思いながらも、彼とその友人の田島隆純を夕飯に招いた。田島はパリ大学で哲学を学ぶ真言宗の僧侶で、「大日経」を専門にしていた。森本の考古学も、田島の宗教哲学も、野心に満ちた学究の話は刺激的で面白かった。

楽しい夜だった。が、翌朝早く森本が訪ねてきて、芙美子に想いを告白した。家族に仕送りしながらけんめいに生きている芙美子に、妻の面影を見たようだった。

「ありがたいですけど、あたしは夫がいますからねえ」

芙美子は突き放して言った。

「『放浪記』を読みました。自由に生きていられるんだから、いいじゃないですか。パリの間だけでも僕にやさしくして下さい。あなたが好きでたまらない」

芙美子はドアを開けて怒鳴った。

「帰ってよ。もう二度と来ないで。あんたなんか何の興味もない。ふざけるな」

街に出ても怒りは静まらなかった。大通りをパレ・ロワイヤルまで歩いていくと、赤十字の産院の長い石塀が続いている。このあたりに島崎藤村が住んでいたはずだ。藤村の『フランスだより』を何回読んだことか。あれは日本人が書いた最高のフランス旅行記だと芙美子は思っている。パリだけでなくフランスの田舎がしみじみとなつかしく描かれていた。

姪との過ちから逃げ、近親相姦の罪を背負い、パンテオンの壁画の前にぬかずきながら、ただ祈り続ける男の孤独がその背後に映しだされていた。子を捨て、日本を捨て、第一次世界大戦の戦火に揺れる地に踏みとどまることを決意した時、藤村は「新生」を書くしかないと覚悟をしたのではなかったか。文壇どころか人間として抹殺されることも覚悟の上で、すべてを告白したかったのではなかったか。

四つ角にカフェ・リラがあった。藤村もヘミングウェーも座ったテラスの椅子に腰を下ろし、熱いコーヒーを注文した。

そろそろパリを引き上げる時のようだと芙美子は思った。といって、日本に戻るには旅費が足りなかった。ロンドンに渡ったら、一月くらいは暮らせるだろう。パリはこんなに寒くて、心が凍えるのに、芙美子の周辺はざわざわと落着きがなかった。カフェの奥に三人の若い日本人がいた。しきりに芙美子を見ていたが、一人が「林芙美子先生ですか」と声をかけてきた。モンパルナスのカフェ・クーポールで見たことのある男たちだった。

「そうですけど、あんたたち、絵描きさん?」と芙美子が聞いた。

「僕たちふたりは芝居の勉強だけど、こっちの阿部正雄は岸田國士の弟子で戯曲書いたり、詩を書いたり。パリではレンズ光学と芝居を学ぶという変った男です」

■久生十蘭

阿部と呼ばれた長身の青年が頭を下げた。芙美子はパリに着いてまもない頃、画家の青山義雄の個展で紹介されたことを思い出した。シックな洋装の若い女性と濃紫の被布を裾模様の着物に重ねた初老の女性がいっしょだった。

個展にはデュフィの海の絵も飾られていた。その夜芙美子は、青い海に蝶々が飛んで汽船が赤茶色の煙を吐いている夢を見た。

「以前お目にかかりましたね。覚えていますよ、奥様とお母様がご一緒だったから」

「母は生け花の教授をしていて、今度、モンパルナスで生花のアレンジメントの個展をするそうですから、いらしてください。田舎者ですから、林さんのお名前を存じあげてなくて失礼しました」

会場を出て行く際に、毛皮のショールを肩にはおりながら、芙美子を一瞥した目を思い出した。芙美子のちぐはぐな着物姿が、彼女には我慢できなかったのだろう。

「それと妻ではないんです」

阿部が口ごもっていった。

「佐伯祐三さんの姪の杉邨ていさん。佐伯さん一家とパリに来て、佐伯さんが亡くなってからも留まっています。心細さに阿部が付け入ったってところかな」

隣りの友人が助け舟を出し、笑い声が広がった。芙美子は外山五郎の邸の庭に佐伯のアトリエがあったことを思い出した。姪はハープの演奏家だという。

「僕たちみんな函館新聞社にいたんですよ。演劇やりたくて飛び出してしまった。この間まで石川啄木の娘さんと結婚した石川正雄もいたんだけれど、帰ってしまいました」

「でも、この頃の日本はひどいらしいですよ。われわれのような演劇青年や画家が集まって話する場所もないらしい。弾圧が強くて、オルグした組合も労働運動も次々と潰されているって、石川が手紙で言ってきました。新聞も雑誌も、言論統制が厳しくて始終発禁になっているんだそうです」

「満州事変後の日本は、国際的にはすっかり孤立しているのに、軍部は気がつかないんだから」

「マスコミはただ煽るだけだし、今や国民の大多数は関東軍の決起を支持しているらしいね。どうなるのかなあ」

久しぶりに聞く日本の情況は生々しく、ふと『女人藝術』の人々を思い出した。彼女たちは大丈夫だろうか。

「あなたがたはコミンテルンの人たちなの」

芙美子も声をひそめて聞いた。三人はびっくりしたようにあわてて首を横にふった。

「僕らはちがいます。ただせっかくこうしてパリに来ているんですから、芝居や音楽会、映画や絵も何もかも吸収して帰るつもりです。もう日本ではそうした贅沢は許されないでしょうから。林さんはこれからどうされるんですか。作家にとっても大変な時代になるのでしょうね」

「阿部はもう雑誌にも書いているんですよ。『骨牌《カルタ》遊びのドミノ』って、けっこう話題になったから」

「ええ、岸田さんの『悲劇喜劇』に載ったのでしょ、あたし読んだわ」

芙美子はびっくりして青年を見た。ブラックユーモアに満ちたその作品は繊細で、どこか尾崎翠に通じていた。芙美子は急に親しみを感じて、彼らが飲むワインを付き合った。日本では酔うための酒が、ここでは水代わりだった。

「だけど日本も世界中も激動しているってときに、こうしてパリのカフェでワイン飲んでいるんだから、ずいぶん気楽ね。あんた達みたいな歳の兵隊が長春の駅におおぜいいたわ」

皮肉のつもりではなかった。が、ツイードのジャケットを着た青年が、

「林さんのパリ滞在は『放浪記』の印税でしょ。すごいですね、女ひとりパリで自由に過ごしているんだから」

と突っかかるように応じてきた。

芙美子は出発前の銀座の出来事を思い出した。資生堂パーラーで食事をすませ、伊東屋に立ち寄ろうとした時だった。二人の学生が芙美子を遮った。

「放浪記の作者が、銀座歩いて資生堂で食事するなんて恥しくないですか。我々はあなたが印税を貧

しいものに寄付すると思っていたのに、フランスに行くそうですね」

「工場とかで、実際に働いてみる気はないんですか」

意味がわからず芙美子は立ち往生し、次の瞬間、猛然と怒りがこみ上げてきた。家族にまとまった金を残したくて徹夜が続いていた。机に向って鉛筆を走らせていれば、いくらでも金が転がり込んでくると思っている人たちだった。

「私には養う家族がいるんですからね、十分に働いています。寄付する気なんてさらさらありません。それよりあんたたち無礼でしょ。何の権利があってそんなことを言うんですか。一人前の男が、昼日中《ひるひなか》に銀座歩いて、イチャモンつけてくるほうがよっぽどおかしいでしょう」

芙美子は声を震わせた。

「僕たちは会合の帰りだ。非合法を命がけでやっている」

挑むように言って二人は立ち去った。

『放浪記』が売れたからといって、どうしてこうしたおせっかいや非難を浴びなくてはならないのか。紙屑のような知識をひけらかして、借り着の思想を振りかざす人間に芙美子はうんざりしていた。しゃれた服を着た演劇青年などに、パリに来てまで皮肉を言われる筋合いはない。不機嫌な顔をあらわにして、芙美子はワイン代を乱暴に置いて席を立った。

「許してください。悪気はないんです。彼は『放浪記』を暗記するくらい読んでいて、あなたの大ファンなんですから」

阿部正雄（久生十蘭）が追いかけてきた。大人気ないことはわかっていたが、こみ上げて来る不快感に我慢ができなかった。阿部の母親のほとんど悪意を込めた視線も甦った。

ロンドンに行こう、と芙美子は決心した。もうパリには未練がなかった。まず大使館で様子を聞いて、旅行社を世話してもらおう、その前に銀行で、今いくらあるのかを確かめなくてはならない。パリよりもっと寒いらしいから、毛皮のついたコートも必要になるのだろう。あたしの運命はあたし自身のものなのだ。誰に遠慮することもない。ロンドンで、落ち着いて仕事をしよう。

作家・林芙美子になれなかったなら、日本に帰るなどあきらめるんだ。体の底から、力が湧き出してくるのを感じながら、芙美子は急ぎ足で地下鉄の階段を駆け降りた。

第四章　漢口一番乗り

一　湯ヶ島温泉

一九三八（昭和一三）年。一二月末なのに松林の緑濃く、風もない。苔生《む》した石の囲いの向こうが狩野川の清流で、川底まで覗き込めるように澄んでいる。こんこんと湧き出す温泉に、芙美子は肩まで体を沈めた。体だけでなく心も、何もかもが緩んで溶けていくような気がする。

突然、川音に混じって芙美子は自分の嗚咽を聞いた。両手いっぱいに湯をすくって顔を乱暴に叩いても、小刻みな嗚咽の声は体の奥深いところから湧き出してきて、止まない。

透明な湯の中に浮かぶ裸体はまだ若さを残していて丸っこかった。手や足を撫でて、よく頑張ったねと呟くと、それだけで涙がこみ上げてくる。肩から腕にかけて紫色に広がっていたあざもだいぶ薄れた。ささくれたまま分厚く固まってひび割れた踵も回復してきた。それなのに、銃剣で刺されたような肩のしびれや、肉にまで食い込んだリュックサックの重みは、疼きとなって残っていた。中国戦線での苛烈な体験が、腕や足が腐って落ちてしまう夢となって、芙美子は、今もうなされる。

武穴から漢口までの、赤く乾いた道路の両側には、千里の果までも続きそうな棉畑が広がっていた。立ち枯れているが、茶色の萼《がく》の間には、摘み残された白い棉がはじけて花畑のように見えた。視界を遮る黄塵が服の中まで入ってきた。茫々として捉えどころのない大地の一角に、沼や小川が鈍く光っていた。かと思うと海のように広い川を渡った。

帽子から肩までびっしりと蠅が群がり、重い背嚢を背負い、鉄砲を担ぎ、鉛のように疲れ果て、葬式さながら黙々と進む隊列——前線の光景が映画の齣になって目の中を過ぎる。自分がそこにいたことが今では信じられない。すべてが遠景として流れていくのに、なぜ、道傍に埃にまみれて転がっている中国人の死体だけが、クローズアップされて目の中に留まるのか。戦地では物にしか見えなかったのに、と芙美子はうめきながら頭を振る。


一〇月二九日、漢口から九江まで船で揚子江を下り、九江から軍用機と旅客機を乗り継いで上海、福岡経由で、芙美子は一〇月三一日午後四時五分に、大阪木津川尻飛行場に降り立った。その時から、二ヶ月近くたったのに、今頃になって芙美子は悲鳴を上げ、嘔吐し、気が狂いそうになる。

どれだけ多くの死体を見たことか。畑へ葱を摘みに行ったら、血を噴出しながら蠢《うごめ》いている足につまずいた。すぐ横ではまだふかふかと腹の部分だけが息をしている死体があった。農家の奥から引きずり出された数人の中国兵の中に、顔も手足も黒い血で固まった少年兵がいた。彼は芙美子を見てびっくりしたように「ムーチン《母さん》」と呟いた。

村はずれに集められ、どこかへ連れ去られた千人近い捕虜たちは、それからどうなったのか。逃げる間もなく射殺され、沿道に積み上げられた無数の死体。死んだ母親の横に泣き声も上げずに立っていた小さな男の子。通信文を打つ記者たちに道を聞いてきた中国兵がいた。

あの時なぜ、彼を兵隊に引き渡したのか。彼は怯えた表情で芙美子を凝視《みつめ》ていた。裏のクリーク（溝渠《こうきょ》）に連れ去られたと思う間もなく、連れ去った兵隊が、血糊のついた軍刀を秋の陽に光らせながら戻ってきた。

朝日新聞社の無線付きトラック〈アジア号〉の助手席にいて、中国兵の死体の上をボコボコ乗り上げて進みながら、なぜドロップの甘さにはしゃぐことができたのか、と芙美子はようやく、当時の自分の感覚を異常なものに感じられるようになっていた。

帰国した芙美子は〈ペン部隊漢口一番乗り〉として、凱旋将軍さながらに迎えられた。東京・大阪各地で「漢口陥落」に至るまでの前線の兵士の苦闘をつぶさに語り、新聞・雑誌・ラジオに連日のように駆りだされた。まもなく『戦線』を出し「北岸部隊」三百枚を『婦人公論』新年号に一挙掲載した。中国人の死体が目に浮かぶようになったのは「北岸部隊」を書き上げた直後だった。

どのようなむごたらしい死体を見ても、犬猫の死ほどにも感じなかった。前線での私は狂気だったのか、それとも、ようやく興奮から覚めた今の方が狂気なのか。あんなにも私を愛し、私が愛した日本の兵隊たちよ、助けて、と芙美子はすがるように彼らの顔を浮かべる。が、たちまちにして野原や川岸に壊れた人形のように投げ棄てられ、散乱した中国兵の遺体の残像に、それらの顔は覆われてしまう。

日の丸の小旗を振りながら、憎悪に満ちた眼差しで芙美子を凝視《みつめ》た女たち。湖北の村の老婆や家を焼き払われた農夫の顔。彼らの怨嗟の間を傲然と歩いていた。歩きながら、芙美子は自分が中国人のほんとうの生活を知らないから、冷淡でいられるのかとも思った。それは民族というものの本能的な血なのだろうか。あの時は何の痛みも感じていなかったのだ。

■「私は母の思想に生きます」

「タオルとお浴衣、どてらも置いておきます。あまり長湯なさるとのぼせますよ」

女将が脱衣所から声をかけた。

「今あがります」と答えて、芙美子は強く目を閉じ、湯船の湯を少し口に含んで飲み干してみた。ほのかな甘さがあった。

部屋には、猪鍋が用意されていた。コタツに入った芙美子に、女将が酒を注ぎ「お帰りなさいませ」と、改まった口調で言った。伊豆天城の湯ヶ島にある落合楼は、川端康成の紹介だった。

東京駅で、朝日新聞社の使いから刷り上ったばかりの『戦線』を受け取って、芙美子は汽車に飛び乗った。『朝日新聞』に連載が始まった小説「波濤《はとう》」を書かなくてはならなかったし、溜め込んでいた原稿も片付けなくてはならなかった。が、なによりも、今はひとりになりたかった。戦地で罹ったマラリアはまだ完治せず、夕方になると発熱して身体が止めどもなく震えた。

「ほんとうにご苦労様でした。今日は村長や役場の人たちが、先生にお目にかかりたがって大変でしたんですよ。お肉もこの魚もみんな村の人たちが持ってきてくれました。沢山召し上がってくださいね」

「ありがたいわね、でも少々疲れましたからね、人に会うの、辛いのよ」

同行するつもりで支度をしていた母親のキクが、

「えろうなると、もうあたしのことなんかどうでもいいんかねえ。どんだけ心配して、金光《こんこう》さんにお前の無事を頼んでいたか知れんのに」

と愚痴った。それでも、狭い旅館の部屋で夜中にうなされる様を見せるわけにはいかなかったし、戦線の日々は、母親には関係のないことなのだ。母親の支度を手伝っていた女中の律《リツ》がため息をついた。気の強い母親と絶えず衝突していたらしく、頼りにしていた姪の福江も、たまりかねて逃げ出し、鹿児島の親元に帰ってしまった。

前線で命の不安に怯えたとき、芙美子は中国人の子どもを真似して、「ムーチン」と繰り返し母を呼んだ。キクに抱きしめられて頭を撫でてもらえたら、きっと死など怖くはないのだろう。ひたすらに会いたくてたまらなかった。

「私は母の思想に生きます」と、求められた色紙に書いたりした。が、義父の急死以後、芙美子の家で暮らす母親は、若い日の辛さを取り戻すかのようにわがままいっぱいにふるまい、その激しさに家中が振りまわされていた。それでも子としては母を守らなくてはならない。でも、母に抱かれて頭を撫でてもらった記憶など、私の人生のどこにあったのだろう。いつだって母は義父と抱き合っていた。

「このお酒は川端先生からの差し入れなんですよ。ゆっくり召し上がってくださいっておっしゃって」

豊潤な甘さと香りが美味しかった。兵士たちと沼地の水を飲んだことを思い出した。顔を洗い、からだを拭き、洗濯をする。時にはすぐそばに中国兵の遺体が浮かんでいたりした。その水で飯盒《はんごう》の米をとぐ。湯を沸かして味噌を溶かして、畑からとってきた野菜を浮かべた。おかずは鑢《やすり》のような干物だけだった。たまにリュックサックから鰯の缶詰を取り出して分け合う。

雑役夫として使っていた中国兵の捕虜たちは、あらゆるものを油で揚げてから食べた。栄養補給と食中毒予防ということだったが、「あんなギトギトしたものがよく食えるな」と、日本兵たちはあきれていた。

「こんな贅沢してもいいのかしら。兵隊さんはまだ夏服で震えているのよ。私が南京に行った時とはまるで違うの。あれから一年にしかなっていないのにね。日に焼けて逞しいといえばいえるけど、痩せて精神だけで戦っているんだからたいしたものよ。煮しめたみたいな手拭を首に巻いて、手も足もどこも垢が積って、指でなぞったら字が書けるくらい。ろくに食べるものだってないのよ」

芙美子は激してきた。泥土に足をとられて、よろけた瞬間に、弾丸に倒れた兵隊もいた。小鳥の鳴くような音を立てて、耳元を掠めていく弾丸に、なんど体を震わせたことだろう。血に染まった仲間を担架に載せて、泣きじゃくりながら「死ぬなよ」と叫び、混乱と黄塵の中を医療班を探して運ぶ兵隊たち。たいがいは息絶えていた。悔しさ、悲しさは中国兵への激しい憎悪になって、叫び声をあげながら軍刀を振りかざし、中国兵に向かっていく兵士を芙美子は何人も見た。

■朝日新聞・渡辺正男記者

日本に戻ってから挨拶に行った、三宅坂の陸軍省の応接室。あの柔らかなソファーは何なのだろう。糊のきいた、真っ白なテーブルクロスに覆われた食卓にごく日常的に出されたフランス料理と高級ワイン、あれはいったい何なのだろう。宮城を遥拝しながら、芙美子はその奥深く鎮座する天皇が何を知っているのかと思った。彼らにとって、日本兵の死は、人的資源の損失でしかないのだろう。口にしてはならない想いが、日本に戻ってからのほうが増えたようだ。戦地をともにした朝日新聞社の渡辺正男記者が、何か言おうとする芙美子を遮った。

「芙美子さん、めったなことは言わんでください。壁に耳ありの時代ですから。それに兵隊が夏服で震えていたとか、中国兵に比べて日本兵の栄養が低いとか、それは駄目ですよ。勇ましい話やしみじみとした話だけしなくては。僕にしたってどれだけ語りたい、書きたいことがあるかわからないんです。それでもじっと我慢しているんですから」

三〇歳の渡辺は精悍で優秀な記者だった。一九三七（昭和一二）年七月七日の盧溝橋事件勃発直後に、従軍記者として上海に赴任して以来、常に最前線にいた。同年八月二一日付夕刊一面に、上海東部の邦人居留地での激しい戦闘の様子を、二百行にわたって書いたのが彼の最初の仕事だった。その後、大場鎮への総攻撃や華中作戦の記事を前線から送った。南京陥落時は日本に帰国していたが、翌年三月、新たに開設された朝日新聞社の蕪湖《ぶこ》支局長となった。赴任して間もなく訪ねた南京の、寒々とした廃墟の情景を渡辺は忘れることができない。

南京攻略のあと、その直後からはじまった、日本将兵による中国市民の大量虐殺や女性への暴行は、南京に留まっていたニューヨークタイムズのダーディン、シカゴ・トリビューンのスティル、AP通信のマクダニエルら外国特派員が、上海からアメリカに打電して世界各国に広まった。上海でそれを耳にした渡辺は、半信半疑で南京を訪ね、当時の朝日新聞南京支局長代理の守山義雄から実際に目撃した場面を告げられた。

一二月一三日の南京陥落から一週間余りたった昼すぎ、長年支局で雇用している中国人の妻が、血相を変えて飛び込んできた。中学生の息子が敗残兵狩りのトラックで連れ去られたという。守山は支局員とただちに車を走らせ、揚子江岸の下関に着いた。黄濁した流れに向って三〇〇人もの中国人の男が立たされていた。背後には五台の機関銃が並び、射撃手が「撃て」の命令を待っていた。

その中に一五歳の少年がいた。守山は顔見知りの将校に頼み込み、寸前のところで少年を助け出すことができた。苦渋の色を浮かべ重い口をようやく開いた守山と同じく、渡辺も心の奥深くに封印するしかなかった。

「ほんとのことが言えないなんて、いやな時代ね。でもねえ、梅干や沢庵、干物だけでどうして兵隊さんが戦えますか。何にもわかっていないから、日本の女はきれいな着物を着てパーマかけて。デパートにはぜいたく品がいっぱいじゃあないの。まるで別天地だ。兵隊さんありがとうって言えば、広大な土地がすぐに手に入ると思っている。『戦線』と『北岸部隊』を書き終えたら、あのノート捨てるわ。もう戦争のこと書きたくないから」

「捨てるなら僕にください。僕にとっても記念品だ」

渡辺が白い歯を見せて笑った。二人の小さな女の子の父親だという。

芙美子は灰褐色のクロス表紙の横書きノートを上下に開いて縦書きにして、日記代わりに使っていた。昭和一三年九月一一日「フジ（三時出発）晴天」から始まり、一〇月三〇日までの五〇日間、芙美子はその日にあったことをメモ風に、前線に出てからは、感想を交えて克明に記した。戦線の日々の全記録だった。

漢口の宿舎で、南京虫だらけの毛布を巻きつけ、マラリアの高熱に震えていた渡辺が、「僕にも書かして下さい」と手を出した。「私が書いてあげる」と芙美子が言って「この歴史的偉業にわれも参加せし一人ぞ　渡辺正男」という彼の言葉を書き込んだ。

翌朝、渡辺が、僕も書かせていただきました、と珍しくはにかんで芙美子のノートを指した。空白部分に、「春　夏　秋——　暑さ寒さ雨泥砂　飢え渇き疲れ　長い激しい戦いに耐えて　漢口に来て　男の涙がとめどなく　流れた　この歴史的偉業にわれも参加せし一人ぞ　渡辺正男」とあった。生死を共にしてここまでたどり着いた渡辺は、芙美子にとってまさしく戦友だった。

蘄水《きすい》での露営の夜、芙美子は樹の下で毛布に包まって横たわっていた。下士官の「後尾異状ないかッ！」という声が聞こえる。馬を連れた兵隊が「後尾異状なしッ！」と順々に異状なしの声を送り続ける。わずかな小休止だけで、兵隊は進軍を続けていた。

夜通し、枕元をごろごろぱかぱかと砲車が往き、戦車が行き、騎兵や食糧を運ぶ輜重隊が通り抜けていった。

突如として、腹の底まで響き渡る砲撃音に、芙美子は飛び起きた。数メートル先の樹木に砲弾があたって炸裂し、火花が飛び散った。渡辺が叫び声を上げ、芙美子を引きずって近くの壕に飛び込んだ。星あかりの下で騒然となった兵隊が黒い影のように動いている。たいまつが点り、それぞれの指揮下に兵士が配置についた。空気が張り詰め、ひゅうひゅうと銃弾が飛んでくる。渡辺が芙美子を体で庇いながら、外の様子を見ていた。「恐いわ」と芙美子は渡辺に囁いた。ぴったりと重なった男の体は温かくて懐かしかった。まだ自分が生きていることの唯一の証のような気がした。

砲弾が止み、一瞬、芙美子は渡辺に抱きしめられた。身体の奥からこみ上げてくる恐怖は熱情に似ていた。二人が同時に向き合った瞬間に、「大丈夫ですか」と写真班の大木栄一が飛び込んできた。

「大丈夫。守りますよ、僕は、芙美子さんを」

渡辺がきっぱりと言った。

■落合楼

鉄瓶の沸く音が、谷川の流れに混じって聞こえた。

「ほんとうに静かね、ここは。今も戦争が続いているなんて嘘みたいだわ」

「こんなに小さな先生が兵隊さんと一緒に歩いて、漢口一番乗りを果たされたなんて、信じられませんねえ。ご苦労も多かったでしょうね」

女将がしみじみと言った。

「兵隊さんの苦労に比べたらなんてこともありませんよ。でもね、何しろ女なんて無縁の世界でしょ、一番苦労したのはご不浄。すごい黄塵の中を歩くから、喉がからからになるの、気持も悪いし。休憩になると、みんな水筒からごくごく飲むのね。でも私は飲めない。だってすぐご不浄に行きたくなるじゃあないの。記者か兵隊さんに見張り頼まなくちゃならないもの。自分が女だってことが、戦場じゃ厭でたまらなかった。一日中我慢していたら身体がおかしくなってしまってね、震えて熱が出たり。あんなに自分の体をいじめたことはなかった。でも死ぬことはあんまり怖くなかったわね。露営して藁の上に毛布にくるまって寝ていると、星がきれいで、四方八方から虫の音がして――なんだか一晩中しゃべっていたい感じね、今夜は」

「ええ、そういたしましょう。私もお酒いただきますから」

女将の盃に注ぎながら、芙美子は帰国してはじめて自分が落ち着いたことを思った。帰国してというよりも、出発以来というべきなのかも知れない。いや、八月末に、ペン部隊への参加が決まって以来、はじめての静かな夜を迎えたような気がする。

二 「陸軍ペン部隊」

一九三八年九月一一日午後、芙美子は、陸軍ペン部隊の一員として、久米正雄、浅野晃、川口松太郎、片岡鉄兵、佐藤惣之助、深田久弥らと東京駅を発った。芸者衆が日本橋から東京駅まで浴衣姿で踊り歩き、鳴り物入りの見送りは駅の構内まで続いた。その人波の中に長谷川時雨と若林つやの顔があった。

「身体に気をつけてね。あなたが行ったら兵隊さんがどんなに喜ぶことか。ご無事を祈りますよ」

時雨が芙美子の手を握って言った。うす紫の絽の着物姿は艶やかだったが、顔は疲れて老けて見えた。

「先生こそご無理なさらないで」

芙美子は返して、胸が痛んだ。

『女人藝術』は、三回の発売禁止と時雨の発病で、資金繰りがつかずに一九三二(昭和七)年五月、五周年記念号を目前にして廃刊となっていた。あまりに左傾した『女人藝術』に、不安と不快をつのらせた三上於菟吉が、資金援助を断ったから、と囁かれていた。

その年の六月半ばにパリから帰国した芙美子は、真紅の薔薇の花束を抱えて時雨を見舞った。薔薇に顔をうずめて香りを吸い込む仕草をしながら、時雨は泣いていた。小池みどりがお茶を運んでこなかったら、芙美子は時雨を抱きしめていただろう。

晩秋になって、時雨の病気回復を祝って開かれた女性作家たちの会に、芙美子も参加した。誰もが『女人藝術』廃刊を惜しみ、時雨を激励した。時雨は感謝しながらも、挫折の理由を低い声で言った。

「『女人藝術』は広げた傘みたいなものでね、柄を持つ私の力が弱かったのだけど、一緒に持ってくれる人がいなかったからね。傘に入る人は多かったけど、男にちゃんと対抗できる評論家は生まれなかった。時流に乗りたがる作家ばかりで」

座は静まり返り、誰も反論できないでいるうちにお開きになった。

帰り道、芙美子と並んで歩いていた平林たい子が、「時雨さんがいう通りだけれど、みんな、世の中に出て行くことで精一杯だったからね」と、弁明するように言った。その前を、あいかわらず贅沢な着物姿で歩いている円地文子は、すでに一児の母親となり、劇作家から小説家への道を歩んでいた。東京日日新聞記者の円地与四松との結婚生活は、上手くいっていないらしかった。

「片岡鉄兵との関係がばれそうになって、カモフラージュで結婚したんだもの。今も片岡さんと続いているっていうじゃないの。なかなかやるわよ、あのお嬢さん」

平林が芙美子に囁いた。

芙美子はふと、尾崎翠のことを思った。『第七官界彷徨』が好評のうちに迎えられ、「歩行」「こほろぎ嬢」「地下室アントンの一夜」と、続けて作品を発表していた。フロイトの精神分析や映画の手法、新感覚派の試みも取り込んだ意欲的な作品だった。風変わりな登場人物のどこか滑稽な言動には、翠の哀しみが張り付いていた。夜中に芙美子は何度、助けを求めてやってくる翠の年下の恋人・高橋丈雄に叩き起されたことだろう。

鎮静剤ミグレニンの副作用で幻覚が激しくなって、翠はしばしば手がつけられなくなった。間もなく長兄が郷里の鳥取へ連れて帰った。貧しい作家志望の男に翠を託すことはできなかった。パリから帰ってすぐに訪れた翠の部屋が、机も座布団も壁にかかっている絵まで、微動だにしていなかったことに芙美子は意表を衝かれる思いがした。自分が引越したり、旅したり、歩き回ったりしている間に、翠はただ書き続けていたのだ。狂っていく自分と向き合いながら。目を吊り上げて幻影を追う翠を芙美子は助けることができなかった。

■『輝ク』創刊

一九三三（昭和八）年四月、『女人藝術』廃刊から一年後、時雨は四頁からなるリーフレット『輝ク』を創刊した。これまでの『女人藝術』の執筆者、読者に加えて女性運動やマスコミ、演劇、実業界とすべての分野で活躍する女性を網羅し、女たちの連携の拠点をつくろうとしていた。贅沢なサロンの雰囲気と女性同士の交流は『女人藝術』そのままだったし、海外やソビエットの話題、アメリカで広がる抗日運動や日系二世の問題まで、他の雑誌なら発禁をおそれて断るような原稿も時雨は躊躇わずに載せた。

小さいなりにもっともリベラルな〈場〉として、無料であっても『輝ク』に原稿を書く作家は多かった。芙美子ももちろん創刊からの会員だったが、一九三七（昭和一二）年七月七日の、盧溝橋事件から発した日中戦争後、急速に時局に添い始めた『輝ク』の傾向に戸惑っていた。

芙美子と時雨との間で何かが軋みだしたのは、一九三五（昭和一〇）年一一月の『牡蠣《かき》』出版記念会からだった。その年、芙美子は忙しかった。前年一〇月に『東京朝日新聞』夕刊に連載した「泣き虫小僧」は好評で、かつての連載「春浅譜」の失敗を忘れさせた。健気に生きる少年に読者は涙を流し、二月に改造社から一冊になった。

五月には「放浪記」が、映画化された。九月「牡蠣」が『中央公論』に載ると同時に改造社から単行本となった。一流雑誌や新聞が競って芙美子に原稿を依頼し、もはや昔の「おふみさん」ではなかった。が、時雨は誰の前でも「芙美子」と身内のように呼び捨てにし、どじょう掬いを踊らせたがった。

袋物職人の狂気にいたる生を描いた「牡蠣」は、「放浪記」から脱皮して新境地を開いたと評判になった。リアルな客観描写は、徳田秋声の作風を継ぐといわれた。時雨は当然のように『牡蠣』の出版記念会を計画し、丸の内・明治生命の地階グリル「マーブル・レインボー」を予約した。

若林つやから出席者のリストを出すようにといってきたのは、芙美子が扁桃腺の手術後、温泉で養生していた時だった。本人の都合も聞かずにすすめられる出版記念会は、芙美子には迷惑というものだったが、『蒼馬を見たり』の出版記念会を思い起して受けることにした。女性作家の出版を祝うことは『女人藝術』以来の伝統だったし、時雨にとっても、自分が発掘し育てた作家の活躍は誇らしかった。「今も女性文壇に君臨していることを、みんなに見せつけたいのよ」と言う人もいた。会費は徴収したが、たいがいは不足し、その分は時雨が銀行から下ろした新札で支払った。

二七日の『牡蠣』出版記念会には、文壇人、美術家を中心に一〇〇人以上が集まった。時雨や吉屋信子、佐多稲子、美川きよ、阿部艶子ら女性作家とともに宇野浩二、広津和郎、佐藤春夫、林房雄、久米正雄、改造社の山本実彦らが、芙美子と同じテーブルに着いた。満員の会場で堂々と謝辞を述べ、最後には余興と称して自分からどじょう掬いを踊る芙美子は、もはや押しも押されもしない大家だった。地紋を浮き上がらせた赤い絹の腰巻から、白い足を見せて踊る芙美子に時雨は顔を背けた。

翌日、芙美子の使いだといって東京帝大の帽子をかぶった青年が二人、時雨を訪ね、「立替えていただいた昨夜の費用です」と、芙美子からの口上とともに封に入れた金を置いて帰った。苦笑しながら、時雨は若林に封筒をそのまま渡した。

「えらくなったもんだね、昨日はあたしに、先生もパリにいかれたらどうですか、たいしてかかりませんよ、だってさ。あたしがみんなのために、どれだけお金使っているかわかってないんだねえ。パリくらい何度でもいけるよ」

憤慨した若林は、全額を「前線の兵士に毛布を送ろう」というキャンペーンに寄付した。芙美子がそのいきさつを知ったのは、しばらくしてからだった。

「あたしが払えるようになったって、喜んでくれると思ったのにね。それにパリ行きを勧めたんだって、時雨さんに少し気分転換してもらいたかっただけなのに」

芙美子は緑敏にむかって言ってはみたが、時雨や『女人藝術』の束縛からもはや逃げ出したくなっている自分に気がついていた。「女流作家」ではなく、「作家」林芙美子でいたかった。

そのあと三上於菟吉は、自動車事故から体調を崩し、一九三六（昭和一一）年には脳血栓に倒れて右半身が麻痺した。すでに左内町から赤坂に住居を移していたが、時雨は近くに別宅を構えて、於菟吉を長年の愛人・羽田芙蓉の介護に任せた。芙美子は二度見舞いに行ったが、もつれる言葉で懸命に話し、麻痺した右手を左手でさすりつづけながら、涙を流しているだけの於菟吉に、励ます言葉もなかった。もはや往年の面影はどこにも見られなかった。

芙美子の見舞いを聞いて駆けつけた時雨も、自分で自分の肩を揉みながら、この頃は首も回らなくてねと笑った。時雨がひどい肩凝りに悩まされていることは知っていたが、経済的にも辛いのだろうと芙美子は思った。随筆や短文しか書かない時雨に、それほどの収入があるとは思えなかった。それなのに、時雨はあいかわらず派手に暮らしていた。半身不随の三上於菟吉を抱え、『輝ク』を主宰し、女性作家がやってくれば、料亭に仕出を注文してもてなした。

「むこうから何か、『輝ク』にお書きいただけると嬉しいのですが」

若林つやが言った。この頃では熱田優子に代って若林が、時雨の秘書役を務めていた。伊豆出身の若林は、イングリット・バーグマンに似た顔立ちをしているのに、自分の美しさにも服装にもまるで無頓着だった。ただ小説を書くことと『輝ク』の編集をすることだけが、この世界のすべてらしかった。あまりにも生真面目で、江戸っ子の時雨を苛立たせていたが、モップル（国際赤色救援会）の責任者だった熱田優子には、今でも尾行がついていた。

「書けたら送るけれど、あてにしないでよ。命の保証はないのだから」

芙美子は笑って答えた。万歳の歓声の中を汽車は動きだし、人波によろけながら手を振る時雨が遠ざかっていった。もうじゅうぶんでしょ、新しい世代が育ったのだから、そろそろ引退してください、と芙美子は時雨に言いたかった。なぜか吉屋信子の顔が浮かんだ。

門馬千代と暮らす信子の家には、いつ訪ねても女性作家が集まっていた。大半は、かつて左内町の時雨邸に出入りしていた人たちだった。たしかに女世帯は気楽だったし、すべてに豊かで居心地がよかった。が、芙美子は、信子のおおらかな明るさを、あまり信じてはいなかった。時雨の後、女性作家を束ねるのは吉屋信子なのだろう。門馬とのレズビアンの関係は文壇では公然たる秘密だったが、世間が認めるとは思われなかった。文壇で力をもつしか、門馬との関係を世間から守ることはできないだろう。

■東京日日新聞

大阪に向かう汽車の中、ペン部隊陸軍班の団長・久米正雄を中心に、さっそく酒盛りが始まった。ひとりはなれて原稿を書く芙美子に、久米がときどき盗み見るような視線を送ってきた。芙美子はあえて無視した。『東京日日新聞』文芸部長でもある久米は、同紙に「良人の貞操」を連載中の吉屋信子に戦地からの報告文を依頼していた。

そのことは、一九三七年一二月末、同社特派員として、上海から夜を徹してトラックに揺られて南京に入り、文士の「南京一番乗り」を果たして紙面を飾った芙美子には心外だった。当然今回のペン部隊で、自分が『東京日日新聞』から依頼されるとばかり思っていたのだ。

ペン部隊二二名中、女性作家は芙美子と吉屋信子のふたりだけだった。吉屋は菊池寛が団長を務める海軍班に入った。芙美子は直ちに朝日新聞社と契約を結んだ。編集者から差し入れられた一升瓶を片手に、車中で赤い顔をして気炎を上げている男たちと行動を共にする気はなかった。

芙美子がペン部隊の結成を知ったのは、一九三七年八月二四日の朝刊だった。

「漢口陥落を描けと／文芸陣に〝動員令〟／陸海軍に廿人従軍」と見出しにあり、「漢口大会戦を目前に控へて内閣情報部では画期的に文壇を動員して、長期戦下の民論昂揚に乗り出すことゝなり二十三日午後三時から内閣情報部会議室に、文壇の人々を招いて懇談会を開催、この旨発表した」（朝日新聞）出席者として菊池寛、久米正雄、吉川英治、白井喬二、横光利一、片岡鉄兵、尾崎士郎、佐藤春夫、小島政二郎、吉屋信子、北村小松、丹羽文雄の名が並び、席上「文壇から二十人のペンの戦士を選んで陥落間近な漢口へ送る」計画が発表されたこと、出席者以外にも川端康成、長谷川伸、岸田國士《くにお》、瀧井孝作、林芙美子の名が候補者にあげられたことが記されていた。

自分が呼ばれなかったことに芙美子は不安を感じた。主婦之友行軍慰問特派員として〈北支〉に行くという吉屋信子を、数日前に宇野千代と訪ねたばかりだった。吉屋は二五日に出発すると言っていたが、内閣情報会議に招かれたことなど、ひとこともなかった。

間もなく文芸家協会から、菊池寛の名で協力依頼の速達が届いた。芙美子が承諾の返事を書くと、新聞社からの取材が相次いだ。

「自費だって行きたいくらいよ。できたら向こうにしばらく住みたいわ。女が書かなくてはならないものが沢山あるんじゃないかしら。もちろん、ひっかかっている仕事はありますよ、雑誌原稿が七つ、全集が一つ。でも今は恋愛なんか書いている時代じゃあないでしょ」

芙美子は饒舌に語り、絶え間なくストロボがたかれた。翌日の新聞には芙美子の談話と満面の笑顔が掲載された。

中野警察署の署長が係官とともに、芙美子を訪ねてきたのはその午後だった。小太りの気のいい男にしか見えない署長が、かつて自分にしたことを、芙美子は忘れたことはなかった。紅白の熨斗紙をつけた一升瓶を係官に差し出させると、署長は親しげに笑った。

「このたびはまことにおめでたいことです。私も、林先生こそがペン部隊にふさわしいと信じていました。全国民の期待を裏切らないように活躍してください」

「わざわざ恐れ入ります。主人も出征させていただけて、その上私まで、光栄です。頑張ってまいります」

芙美子はこわばった表情を崩さないまま挨拶した。

二人が門を出ると、女中に「捨てて」と酒瓶を渡した。「黒松の特級じゃあないか」と横から母親のキクが咎めるように言った。

「酒に罪はないんだからもったいない」

「だったら、塩撒いといて」

強く言って芙美子は書斎に入った。怒りが込み上げ、思い切りものを投げつけたかった。

■中野警察署

パリから帰った翌年だったから、一九三三（昭和八）年九月四日昼すぎ、芙美子は男たちに中野警察署に連れて行かれた。

「特高です。お聞きしたいことがありますので同行してください」

言葉はていねいだったが、有無を言わせない怖さがあった。

取調室で、数人の男に囲まれて、芙美子は身体検査を受けた。「さすが売れっ子先生、絹の下着ですかい」と一人が言い、うす桃色のシュミーズのリボン紐が二本とも引きちぎられた。怒りに言葉を失い、両手で胸を覆った芙美子の姿に、男たちの哄笑が広がった。

容疑は共産党への資金援助だった。訪ねてきた詩人時代の友人に、わずかな金を渡したに過ぎなかった。彼女が共産党員だとしても、私には何の関係もない、と芙美子は繰り返し抗議したが無駄だった。

金網に囲まれた留置場で、蚊と虱と南京虫に悩まされながら、九日間勾留された。

地獄さながらの光景が、そこでは日夜繰り広げられていた。看守に殴られ、靴で蹴られ、虫のように息絶えた老人、一皿の赤飯を盗み捕らえられた若い母親は、袂に乳を搾って捨てた。裸体写真のモデルをしてつかまった女は「淫売するよりましじゃないか」と吐き捨てるように言ったのを科《とが》められて、看守に平手打ちされ、鼻血を流した。それまで芙美子は、左翼にたいして生理的な嫌悪感があった。が、留置場での日々がそれを変えた。

朝の清掃の時間、芙美子は小窓の桟に絡み付いて咲くぼたん色の朝顔に、ふと手を伸ばした。びろうどのような手触りを予期したのに、きゃしゃな花びらがべたっと指に張り付いてきた。不快な感触に指を服にこすりつけた。その瞬間、頬が裂けるばかりの痛みに見舞われた。そばに立っていた看守が力まかせに殴ったのだ。

金網から覗く、同囚たちのさまざまな目を感じながら、芙美子は怒りを爆発させて叫んだ。さらにまた思い切り頬を打たれ、焼け付くような熱さが広がった。指先に残った朝顔の花弁の赤色がぐるぐると回りだし、芙美子は自制を失った。狂ったような芙美子の怒号が留置場に響き渡り、駆けつけた数人の看守が芙美子の手足を押さえつけた。

「放せ、腕が折れるじゃないか、足が折れるじゃないか」

芙美子は叫び続けた。が、泣かなかった。

強盗を働いたという男のあとに、前と横から顔写真を撮られ、指紋がとられた。取調室で、すでに書き上げられていた調書に指印するように言われた。自分がいったいどんな悪いことをしたというのか。思想とは何なのだろう。自分よりもはるかにひどい扱いを受けているに違いない友人の顔を、芙美子は想い浮かべた。彼女への恨みは少しもなかった。

その日やってきた署長は、そのとき芙美子を取り調べた捜査主任だった。「香水つけてお出ましとはね」といって、彼は薄ら笑いを浮かべ、身体検査を部下に命じた。一九三七（昭和一二）年一一月、夫の緑敏に召集令状が来たとき、芙美子は気持のどこかで、何かに復讐されたような気がした。緑敏は衛生兵として宇都宮師団に入隊した。三六歳の中年の徴兵は、その頃はまだ珍しかった。

九日間の勾留が芙美子の心に刻み込んだものは大きかった。怒りにはいつでも得体の知れない恐怖と不安がこびりついていた。芋虫のように動かなくなった老人を、薄笑いしたまま靴先で転がした看守の向こうに、その行動を許す闇があった。それが国家権力であることを、芙美子はようやく知ることができた。行商していた義父も、賭博やインチキ商品の売買で、何度も警察にあげられたが、ああして殴られ、蹴られたのだろうと思った。

義父が急性肺炎で死んだのは、芙美子が釈放されて二ヶ月もしない、一一月三日だった。

三　最前線へ

芙美子が前線に向って出発したのは一九三八（昭和一三）年一〇月一五日だった。南京の飛行場からダグラス機に乗り込み、二時間で九江に着陸、翌朝八時に蒸気船で武穴に向かった。朝日新聞社のカメラマン大木栄一といっしょになり、一七日の午後、大木に広済の野戦支局に連れて行ってもらった。

フォード製の中型トラックがそのまま支局だった。無線電信機を取りつけ、食糧、衣類、燃料を積み込んだ。記者、写真員、映画撮影の技師、電信士、連絡員ら一二人が乗り込み、第六師団の兵士たちとともに揚子江北岸の漢口街道を西へ向かって進んだ。

支局長の渡辺正男が芙美子を、第六師団長の稲葉四郎中将のもとに案内した。鼠色のスーツに、黒い眼鏡をかけ、赤いうす絹のスカーフで頭を包んだ小柄な芙美子の出現に、一瞬、兵隊たちからどよめきが起こった。若い日にパリにいたこともあるという稲葉は、「戦場に女性のあなたがよく来られましたね。漢口攻略前に幸先がいい」と芙美子を歓迎した。

第六師団の兵力は、歩兵四個連隊の二万人と騎兵、砲兵、工兵、輜重兵など、各部隊の一万人を合わせた、三万人だった。夕方、緑敏と親しい画家の原精一伍長にも再会することができた。

一八日、人馬の動きがにぎやかになり、野営地全体が地響きを上げた。渡辺が芙美子に切り出した。

「いよいよ前線に向かいます。激しい戦いのなかを行くことになります。私たちは覚悟をしていますが、どうされますか。もし漢口まで行くつもりなら、あなたの生命は私が預かります」

日本を発つ時から、芙美子は秘かに漢口に行くことを決めていた。だからこそ、ペン部隊のメンバーと距離を置き、別行動をとってきたのだ。だが、現実に目にした師団の規模は想像をはるかに超えていた。一晩中、芙美子は迷っていた。男ばかりの殺気だった巨大な集団に紛れ込んだ蟻のような気がした。なにが起こるかわからない、命の危険を感じた。が、渡辺に聞かれた途端に、芙美子の気持が定まった。

「連れて行ってください。私の生命はあなたにお預けします。私も覚悟しています」

芙美子は渡辺の手を固く握った。武漢攻略戦には、日本の新聞、通信、放送、雑誌等の各社から派遣された特派員が、五〇〇名従軍していた。朝日新聞社だけでも一〇〇人近い。漢口入城の第一報を発信するのは誰か、としのぎを削っていた。

前線で命がけで原稿を送る従軍記者にとって、佐官待遇で安全地帯を見て歩くペン部隊など、競争相手ではなかった。渡辺は上海支局長からすでに電文を受け取っていた。

「文壇人の多くは東京日日新聞に寄稿するが、それを問題としない。貴兄らが最前線で生命をかけて書く雄渾熱情の従軍記は、彼らが戦場の後方で書く雑文より、はるかに秀れて人びとの胸に深い感銘を呼びおこす。貴兄らの従軍記こそ、秀れて壮大な戦争文学である。ご健闘を祈る」

ペン部隊二二名のうち、『東京日日新聞』への執筆者は、吉屋信子のほか十数人。『朝日新聞』には、杉山平助、片岡鉄兵、林芙美子の三人だけだった。二大新聞として勢力を張り合っていたが、実際は『東京日日新聞』三四四万部に対して、『朝日新聞』は二四四万部だった。芙美子に前線から通信を送らせようと渡辺は決めた。このちいさな日本の女が、大陸の戦場に行って前線の様子を書いたら、どれだけの感動を読者の心に呼び起こすことができるか。火野葦平の『麦と兵隊』をも超えるはずだ。

芙美子もまた同じことを考えていた。『麦と兵隊』の爆発的な人気は、『放浪記』に匹敵して迫っていた。戦線で、もう一度『放浪記』を書こう。見たまま、感じたままを日記のように記そう、『放浪記』の形で実感のままに戦線を歩く私自身を書くことにしよう、と芙美子は秘かに考えていた。

■石川達三『生きてゐる兵隊』

「林さんは石川達三氏の『生きてゐる兵隊』、読まれましたか」

トラックの助手台に並んで坐っている渡辺がふっと聞いた。

「書店にでなかったし、送られても来なかったから、読めなかったわ。でも、筆禍事件で裁判なんてお気の毒ね。『蒼茫』『日陰の村』、いつだって丹念に調べて書いている作家なのよ。私にはとうてい無理だけど、立派な仕事をしているなって思っていたの」

芙美子は、武漢に向かう石川達三と何度か顔をあわせていた。一度は大阪から乗り換えてきた福岡駅で、ペン部隊を迎えるにぎやかな歓迎をよそに、石川は一人でメモを取っていた。近寄って小声で話しかけていた久米正雄が、戻ってくると、

「一回目の公判が終ったばかりで、判決まで時間があるそうだ。今回も中央公論社の特派員の肩書き

だが、石川君も中央公論も挽回を期しているのだろう。我々もじゅうぶんに注意をしないといかんな」

と低い声で言った。

芙美子がつぎに石川に出会ったのは九月一九日の夕方、南京から揚子江を上り、九江に向かう五日間の船の中だった。六五〇〇トンの軍馬輸送船・ぜのあ丸は、馬好きの芙美子の心にさまざまな思いを残した。石川はいつもひっそりと船室で本を読んでいた。顔が合えば気持のよい笑顔を向ける石川に、裁判について聞くことは憚られた。

二五日には船で親しくなった少尉の案内で石川もいっしょに瑞昌を見学し、二八日もトラックで大王廟に行った。この間ずっと体調不良に苦しんでいた芙美子は、いったん南京に戻ることを決めた。その夜、風雨の中を九江の軍港・せんだ兵站まで石川が見送りに来た。

「僕はここから江南を西に向って武漢作戦に従軍します。無理してはだめですよ。命あってのもの種だから」

「それはあなたへの言葉。ほんとうに気をつけてくださいね」

芙美子の本心だった。時流に関係なく仕事を進め、文壇人と群れることない二歳年下の石川に、芙美子は親しみを感じていた。芙美子の乗った四五〇〇トンの雲洋丸は、傷病兵五〇〇人の輸送船だった。

芙美子はノートに記した。

「星子瑞昌の傷病兵多し。昼夜手助ふ。涙せきあえず。二十九日　夜　死者一人。栄養不良。夜　熊本の製材業の兵へサイダーを一本持つてゆく。兵みなおとろへ、ぼろ〳〵の服なり。晩秋なれど　まだ夏の服なり。」（九月二九日）

一〇月一日午前九時、南京の波止場に着岸した。朝日新聞南京支局を訪ねた。前回と同じく支局長が住むシーメスの別荘を宿にして、アマ《女中》の八歳の子どもと少しずつ賑わいを取り戻した南京の街を歩いたり、読書したり、一四日までの二週間を過ごした。海軍班はそろそろ日本に戻る頃でしょう、と支局で会った立野信之が言ったが、健康が回復するにつれて、芙美子はもう一度九江に行きたいと思った。戦線の実態を自分の目で確かめなくてはならない。手榴弾にやられた傷が悪化して、船中で死んだ若い少尉を見送ってから思いつづけていた。石川達三の影響もあった。

「それで渡辺さんは読んだの。『生きてゐる兵隊』」

「手に入れて読みました。すごい文学でした。感動して眠れませんでした。ようやく日本にもレマルクの『西部戦線異状なし』に匹敵する戦争文学が現れたと思いました。戦争が一人ひとりの人間を狂気に追いつめていく。狂気が日常の状態になっていく。気のいい男も、教師も、医学生までも、平気で中国人を殺し、略奪し、強姦する——僕は何度も本を伏せました。なかなか読めなかった。恐ろしい文学です」

「そう、いつか私にも読ませてね。映画の『西部戦線異状なし』なら、私、パリで見たわ。素晴らしかった」

「僕は秦豊吉訳で、中央公論から出たのを読んだ」

助手台に座っての会話だったが、いつのまにか声をひそめていた。二人の間に友情めいた感情が流れ、渡辺は芙美子に南京支局長から聞いた虐殺について話そうかと一瞬思った。が、ようやく自分を押し止めた。少しでも口に出したら、そのあと収拾がつかなくなりそうだった。

内閣情報局が作家たちを統括し、積極的に利用する方針を打ち出したのは、南京攻略戦を描いた石川の「生きてゐる兵隊」(『中央公論』三月号)と五月の徐州会議に兵士として従軍した火野葦平による「麦と兵隊」(『改造』八月号)がきっかけだった。それまで作家たちは、新聞社、雑誌社の特派員として「従軍記」を発表していた。

「生きてゐる兵隊」は、三〇〇枚の原稿が二五〇枚まで伏字削除された。しかも〈前記〉に「この稿は実戦の忠実な記録ではなく、作者はかなり自由な創作を試みたものである」と但し書きをつけて発表された。それでも、書店に出る前に、内務省通達により発売禁止となった。

二月下旬、石川は警視庁で取調べを受け、八月には編集、発行、印刷人とともに新聞紙条例第二三条違反によって起訴された。理由は「皇軍兵士の非戦闘員殺戮、掠奪、軍紀弛緩の状況を記述したる安寧秩序を紊乱する事項」が書き込まれていたことによる。

それに引きかえ、時を同じくして発表された『麦と兵隊』は、爆発的な人気を博し、改造社刊の単行本は一二〇万部を突破した。芙美子も一息に読み、深い感動に胸が疼いた。麦畑や棉畑が果てしなく続く中国大陸を、徐州へ徐州へと土埃をあげながら進軍する長い隊列、激しい戦闘と疲労、生死をかけた日々の中で培われる兵隊たちの信頼と友情。したたかな生を生きる中国農民への共感、勇猛果敢な中国兵への賞賛もふくめて、あたかも現場中継の記録映画を見るような迫力があった。すでに火野は「糞尿譚」で芥川賞を取っていたが、一躍、時代の寵児となった。

内閣情報部が、文学の戦意昂揚の役割に気づかないはずはなかった。野放しにすれば作家の存在は大きなマイナスであり、上手く利用すれば宣伝効果は計り知れない。まず菊池寛、久米正雄が内閣府に呼ばれて、ペン部隊の結成が瞬く間に決まった。すでに結果はみえていた。作家たちが「生きてゐる兵隊」ではなく、「麦と兵隊」の方向を目指したのは、当然の成り行きだった。

四　漢口入城

一〇月一九日、第六師団の主力が広済から漢口にむかうにともなって、支局も移動をはじめた。朝日のマークの下に〈アジア号〉と書かれた緑色のトラックは、助手席の芙美子を加えて一三人になった。いつ地雷を踏むか戦々恐々だったが、界嶺街に向かってスピードをあげて疾駆した。

前方で激しい戦いがはじまると、報道陣を乗せたトラックはしばらく進めなくなる。運転手と残るようにと渡辺が言ったが、芙美子は荷物を背負って歩きだした。西河は馬で渡った。夕方、追いついてきたアジア号の助手台でまどろむ芙美子の横を、絶え間なく行進が過ぎていった。さまざまなお国訛りが混ざり合っているのが聞えてきた。

朝四時、芙美子は目を覚ました。腕が付け根から痛む。ホロに覆われた後ろの荷台からは、記者やカメラマンの歯軋りと鼾、寝息が渦巻くように聞こえた。彼らが目覚める気配はなかったが、それでも音を立てないように、芙美子はドアを開けて外に出た。

少しは暖かいのか、トラックの下にも兵隊たちが数人眠っていた。目を凝らすと、いちめんの棉畑のあちこちに、露営のテントが張られている。所々に煙が上がるのは炊事班が朝食の準備を始めたのだろう。トラックの黒い影を見失わない距離で、芙美子は棉を掌いっぱいに摘み、畑にしゃがみこむ。心置きなく用を足すことが出来るのは、一日のこの時間だけだった。あとは誰か兵隊か記者に見張っていてもらわなくてはならない。身を隠す場所があればいいほうだった。そのたびに芙美子は自分の体が透明なガラスでないことが悔しかった。何も食べなくても、飲まなくてもすむ人間に生まれ変われないものかと思う。

そっとトラックに戻ると、リュックサックから化粧袋を取り出した。櫛で髪をとかし、摘んできたばかりの棉にローションをしみ込ませて、顔から首、乳房の間まで拭いた。かすかな薔薇の香りに包まれる。レモンクリームを塗って、ミッシェルのコンパクトで顔を叩く。どうせすぐに汚れるにしても、朝の身だしなみは整えておきたかった。助手席はゆったりとした空間だった。

芙美子は下着を代えて、汚れ物をまとめた。あとで火にくべてもらおう。袴型の紺サージのスカートが便利だった。赤い花模様の三角巾で頭を覆う。時計はとっくに壊れてしまった。朝のわずかな時間だけ、芙美子は自分が生きていることを確認した。

■遺書

二〇日は車の停止している時間が長く、芙美子は、渡辺たちの後を追いながら、界嶺街から南岳廟まで、八里（約三二キロ）の道を歩いた。肩も手足も感覚を失っていた。足の裏は針の上を踏むような痛さだった。ひたいや唇のまわりを飛び回る赤い頭のハエや唸り続ける蚊を追い払う気力もなかった。芙美子の横を大きな背嚢を背負い、戦闘帽の後ろに陽除けの布をひらひらさせ、銃を担いだ兵隊の列が、まるで永遠に続くかのように黙々と往く。馬や車両にくくりつけられた所帯道具は、乞食の引越しのようだった。馬の鞍に洗面器がぶら下がり、古綿がはみだした蒲団や毛布、それに食糧の鶏や菜っ葉までが垂れ下がっていた。

浠水の橋は爆破されていた。芙美子は馬車に積んだ弾薬箱の上に腹ばいになって、荷に渡した太い綱をしっかりと摑んだ。馬と車両と兵隊と一緒に、奈落につき落ちていくような格好で芙美子は砂床に滑っていった。「佛」の紙片をつけた中国の紅槍隊が三人五人と倒れ、砂浜を血で染めていた。何だか古風な版画を見ているような景色だと芙美子は思った。

夕方、南岳廟に着き、農家の納屋に藁を敷いて眠った。突然、砲弾の音が響く。敵陣からの攻撃が激しさを増した。近くの地面に砲弾が落下して炸裂する。暗闇の中、芙美子は渡辺にしがみついて震えた。固く唇を嚙んでいるのに、「恐い、恐い」と声がもれた。

二一日の午後には、浠水河の左岸に着いた。対岸まで一〇〇メートルである。澄んだ水が秋の陽にきらめいていて、戦地だとは思われない。渡辺たちはズボンを脱いで、浅い瀬を探して渡った。芙美子は連絡員に背負われた。蘄水県城に露営した。静かな夜だった。記者たちが原稿を書く鉛筆の音だけが聞こえる。原稿を通信班に渡すと、芙美子に渡辺が再び聞いてきた。

「間もなく先鋒部隊に追いつきます。戦闘はますます激しくなります。僕らはもちろん、林さんの命の保証もできません。もしものことがあったらどうしますか」

「動けなくなったら、その時は殺してください」

顔の皮膚を緊張で引きつらせながら、芙美子はきっぱりと言った。昨日なら通信員について後方に戻ることも可能だった。私も、と喉から声がでそうだったが耐えた。この身がこのまま斃れても、最後まで帰るべきではないのだ、と芙美子は思った。

「私ね、死ぬことは恐くないの。でも戦場でたった一人の女として、無様な格好で死にたくはない。私を殺したら放りっぱなしにしないで、クリークでも沼の中にでもぶち込んでください。余裕があったら焼いてから行ってね」

芙美子は本気だった。その夜、遺書のような文章を手帳に書きつけた。

「私の汚い本は全部絶版にして下さいね。厭なことだ。何か残つてゐたら、お母さん、あなたがみなとつておきなさい。誰にだつて分ける必要はありませんよ。私の一番厭な奴も花束を持つて来るでせう。そんなのは追ひはらつて下さい。軍隊から良人が帰つて来たら、よく侘びておいて下さい。傷病兵がどんどん帰つて来て、眼のまはるやうな忙《せわ》しさだとき〻ましたが、元気でゐるでせうか。あのひとは茄子の団子汁が一番好きだからつくつてやつて下さい。私がもしも死んだら、それだけでい〻のです。骨なんか、信州の山へでも吹きとばして下さい。アルプスでもどこでもい〻。くれぐれも、私の本は一切絶版にして下さい。」

涙の中に母の顔が浮かび、やはり生涯で私がいちばん愛したのは母だと思う。無数の星がきらめいていた。その夜は朝まで、砲弾の響きも銃声も聞こえなかった。

■黄塵万丈

翌二二日、渡辺が芙美子に「あなたの従軍記をここから電信で送ることにします。感じたまま、見たままを書いて下さい」と言った。すでに『朝日新聞』夕刊には、芙美子の「漢口戦従軍ハガキ通信」が五回掲載されていたが、題名どおり郵便による通信だった。

「それは無理よ。行軍するのが精一杯ですもの。あなたのように早く書くなんてとてもできない」

「僕が書くのは戦闘の状況だけだ。あなたは目の前の風景や感じたことをそのままに書いて下さい。できますよ」

渡辺が原稿用紙を差しだした。芙美子は一瞬眼をつぶり、深く頷いて、書き始めた。

「二十一日朝八時蘄水《きすい》に入城しました、二十日夜は蘄水の街より約四キロ後方の所で假営をしましたが、壁一重小屋の外では野砲がからだ中を震はせて深夜の蘄水目がけて鳴り響いてゐます。」

「黄塵万丈の中を兵と共に進みながら今私が子供のやうに憧がれるのは一杯の冷たい水が飲みたいと思ふことです、」

末尾に（巴河の敵前渡河を眺めつゝ廿二日書く）と記して、渡辺に渡した。

「いいですね、さすがです」

渡辺が言った。原稿は無線電信で上海支局に送られ、上海から大阪本社へ転電されて「漢口戦従軍記／一杯の水に憧る」として二五日夕刊に掲載された。

当時、夕刊の日付は一日遅れだったので二五日夕刊は、本来なら二四日夕刊となる。だから二五日朝刊に、続いて二回目の通信が載った。

反響があまり大きかったので、「最前線の記事を一行でも多く載せたい。林芙美子の従軍記は別便送りとするように」と言って、はじめは渋っていた本社の編集部が態度を変えた。二二人のペン部隊で、電信による従軍記を新聞に掲載したのは、芙美子ひとりだった。

「美しき棉畑の露営／心急ぐ漢口従軍記」として、略図が付き、「兵站輸送船上の林女史」のキャプションで、スカーフを頭に巻いて川を見つめる芙美子の写真が載った。

「二十三日の朝上巴河の広い瀬をトラックで押切り進軍して、ぐんぐん休む暇もなく私達は兵隊さんとともに進んで居ります、こゝに至つて身体の元気なことが一番嬉しい。行けども〳〵五里、六里も続いてゐるわが軍列を見て涙ぐましいものばかりでした」

「『麦と兵隊』といふ小説がありますけれどこの辺はどこもこゝも棉畑と米田です。米田は実つたまゝ乾いてどの村落も支那兵のため荒されてゐます」

「兎に角こゝまで走つて来る馬と兵隊さんの凄まじい超馬力は汗と脂と埃で首の手拭はまるで醤油を煮しめたやうです　私も真黒に汚れました。食餌も飯と鱸のような乾魚を土ごと一緒に慌しく呑み込むのですが、全く朝も昼も知りません」

冒頭に（江北戦纏《せんてん》新洲にて林芙美子廿三日発）と記されている。

■漢口入城

その日、北岸部隊は新州を占領した。敵味方が入り乱れての戦いだった。棉畑に露営しながら原稿を書いていると、夜半に数人の中国兵が現れて道を聞いた。中国人だと思ったらしい。渡辺が「早くあっちに行け」といったが、気がついた日本兵によって捕らえられた。芙美子は呆然と立ち尽くしていた。連行されながらも、平然とした青年将校が、芙美子を怪訝そうに見ていた。

二四日には、武漢三鎮を防衛していた中国軍が総退却をはじめた。宿営の明かりが煌々と照らされ、芙美子はアジア号のメンバーと勝ち戦に躍り上がって喜んだ。累々と並んで横たわっている敵兵の死体を眺めながら「戦争は勝たなくてはいけないのよ、何があっても」と嚙み締めるように言った。

その夜、用足しに行こうとして、芙美子はクリークに落ち、服を全部ぬらした。兵隊に救い上げられ、焚き火にあたった。トラックに戻ると、漢口入城の時のためにとっておいた、新しい下着と紺のスーツに着替えた。最後に残っていた下着だった。

二五日、北岸部隊は武漢総攻撃の全軍に先駆けて「漢口入城」を果たした。渡辺とカメラマンの大木ら朝日新聞支局員は、部隊とともにあった。全従軍記者を出し抜いて〈漢口入城の第一報〉が渡辺によって打電され、『朝日新聞』は一〇月二八日「地軸も揺げ萬歳！　皇軍堂々漢口入城」の号外をだした。

漢口の入り口にある湖の土手が崩された。海のような大洪水と降り続く雨を避けて、芙美子は中国人の雑役夫と船を待っていた。入城は二七日、従軍作家では最も早かった。一〇月三〇日付『朝日新聞』夕刊（実際は二九日夕刊）には「漢口にて渡辺特派員二十八日発」として「ペン部隊の『殊勲甲』／芙美子さん決死漢口入り」の見出しで、サングラスにベレー帽、スーツ姿の芙美子の写真が大きく載った。

「たゞ一人の日本女性として林芙美子女史が漢口に入城した／林さんは本社特派員一行に加はり去る十八日広済を出発、本社の無電トラックアジア号に乗り或は行軍を続け快速部隊に従つて決死の行軍を続けた、戦場に日本の女が来たと、全軍将兵は夢ではないかと驚いた／林さんがあの荒涼たる武漢平原を行くのはそれこそ戦場の奇蹟である、林さんは忽ち戦場の人気の中心となつて林さんの勇敢さと謙譲さに全軍将兵心から尊敬し感激した、砂塵の中を、雨の中を行き夜露に濡れて露営して進んだ、自動車はいつ地雷に引つかゝるか知れない、林さんも勿論決死の覚悟で従軍した、二十五日夜漢口北端大賽湖の堤防決潰でアジヤ号は渡れず、愈《いよ〳〵》漢口突入であるので記者（渡辺特派員）は林さんに後に残つて貰つた、林さんは一日遅れて入城したがそれでも陸のペン部隊での漢口一番乗りである、林さんの漢口入城は全日本女性の誇りである」

芙美子は渡された原稿を読んで泣いた。すべての労苦が報われたような気がした。マラリアに震えながら、部屋の隅で記事を書き送る渡辺の背中に毛布をかけると、芙美子は思わずうしろから抱きしめた。生死をともにして、困難を乗り越えてきた友情は、恋愛感情よりも肉親の情愛に似ていた。

通信員が、「近日中に、久米正雄氏以下、漢口に入るそうですよ。でも今さら、おっとり刀でこられてもねえ」と嬉しそうに通信機の文字盤を叩きながら言った。

一〇月三一日の朝刊には、「女われ一人・嬉涙で漢口入城　林芙美子記／艱苦も夢のやう／美い街堂々の皇軍」の三行見出し、腕章をつけた芙美子のポートレート入りで、芙美子の手記が載った。

「漢口にて三十日林芙美子発」と記されているように、漢口を発つ朝の手記だった。着いてすぐに、興奮の中で書いた原稿が手違いから紛失していた。改めて書いたものに、そのときの興奮を甦らせるのは難しかった。二七日、兵隊のあとから、芙美子は中国人の雑役夫を伴って漢口に入った。

季節外れのタンポポが葱畑の縁に咲いていていた。葱といっしょにタンポポを摘んで、胸のボタンに刺した。銃声がすぐ向こうの農家から響き、思わず頭を伏せた。一人の中国兵が日本兵に追われて逃げていくところだった。いたるところに中国兵の死体が転がっていて、芙美子は身震いした。一〇キロの道を歩き、ようやく朝日新聞の漢口支局に着いた。机に向っていた渡辺が飛び上がるように芙美子を迎え、周りで歓声と拍手がしばらく続いた。

「やりましたね。ほんとうにここまでよく来られました。みんなで待っていました」

渡辺が腕で涙をぬぐった。しばらくは口も聞けないほどの感動に、芙美子は包まれていた。

支局のバルコニーから、芙美子は漢口の街に洪水のようになだれこんでくる日本兵を迎えた。ぼろぼろになった軍服、泥にまみれた背嚢や鉄かぶと、黙々と続く軍列にまざって、旭日旗を捧げた海軍陸戦隊の兵隊も行進してくる。「オーイ、林さん」と、声をかけて行き過ぎる兵もいた。手を挙げて応えながら、涙があふれて止まらなかった。

翌日、芙美子はひとり漢口の街を歩いた。八年ぶりだった。日本租界は爆破されていて、建物は崩れて廃墟がひろがっていた。総領事館も漢口神社も崩れていた。晩秋の陽の中で、すずかけやアカシアの並木が黄色い葉を揺らしている。フランス租界はバリケードが厳重で入ることは出来なかった。太平路の外れの路傍では、肉や野菜を売る小さな市場が開かれていた。かつて、芙美子を感動させた三〇〇万人の大都会の面影はどこにもなかった。汚れきって、廃墟と化した街は、日本兵であふれていた。中国人の姿はまばらだった。

路地で芙美子は痩せこけた黒い猫を見た。手を出すと、牙を剥いてうなりながら、毛を逆立てた。少年が路地から飛び出し、猫を抱き上げ、そのあとを老人が追った。猫と少年を庇うように、老人は立ち止まり、芙美子をにらみつけて、路地の奥に消えた。芙美子は呆然と立ち尽くした。気がつくと体中が震えて、熱かった。三日後に、芙美子は霧雨に煙る漢口を発った。

■鹽をふりかけるなり

「先生、そろそろお開きにしましょう。お休みになってくださいね。お蒲団温まっていますよ」

女将の声で、芙美子は眼を醒ました。谷川の音が聞こえた。炬燵に突っ伏して眠ってしまったらしかった。

「お疲れなんですねえ。熱いほうじ茶お淹れしました。ゆっくりお休み下さいね」

いたわるように言うと、女将は湯呑みを差し出し、静かに部屋を出て行った。ぼんやりとしたまま、芙美子は谷川の音を聞いていた。どこまでが女将に話したことなのか、どこまでが夢のなかのできごとだったのか、よくわからなかった。もう一度温泉につかりたかったがやめた。眼の裏にこびりついていた、中国兵の死体の映像がいつのまにか消えていた。

『戦線』の最後のページに記した詩が、浮かんだ。

成熟と破かいと哀しい
人間のつきあひと、く
だらなく自分の月日が
盡きてゆく。
牝鶏《めんどり》は牝鶏の歌をうた

ひ、人間は人間の生活
に苦悶する。

空漠たる人生、紫袍《しはう》を
まとへど、金の盃を持
つとも、人間の世界の
はかなさ。
そのはかなさは秋の日
の髪を梳く如し。
いまは漠とした哀しみ
のみ。
泡を食《くら》ふなり。
吾は磯辺の蟹の如く泡
を食ふなり。
荒磯《ありそ》に峰をおもひ、峰
に帆船《ほぶね》を描きて孤独の
遊びに耽る。
又愉しきかな。

この哀しみに愉しさを
すくひ、自分の月日に
鹽《しお》をふりかけるなり。

谷川の音が詩の言葉とひとつになり、いつしかそれは芙美子の心臓の鼓動と重なっていた。「自分の月日に鹽をふりかけるなり」――そこから生まれるものがあるのかどうかも、今はわからない。作家・林芙美子として、ただこの時代を生きていくしかないのだろう。

しかし、なぜかひどく物憂くて、虚しかった。眼から離れない中国兵の死体とそれは関係があるのかもしれない。あるいは、漢口で見かけた白昼夢のような黒猫と少年のせいかもしれなかった。

芙美子は、銀座のショーウインドーに映った自分の顔を思い出した。「祝漢口陥落」の横断幕が張られたショーウインドーには、靴もバッグも服も、最新のモードばかりが並んでいた。その中に虚ろな眼をした、干からびた蛾のような顔があった。今なお、黄塵にまみれた兵隊と馬は、中国大陸を黙々として歩きつづけていることだろう。果てしない戦闘である。

最近になってペン部隊で一緒だった作家たちは、久米正雄の不機嫌に同調したのか、会合で会っても誰も話しかけてこなくなった。吉屋信子が、芙美子の『朝日新聞』連載に対抗して、『東京日日新聞』に連載を始めるという。それにしても緑敏はいつ戻ってくるのだろう。このところ何の連絡もない。

でも、もう何も考えないことにしよう。戦線で命ながらえた私は、書き続けるしかないのだから。芙美子は大きく深呼吸すると、蒲団を頭から被って眼を閉じた。

第五章　夕映え

一　晩菊

ペンのすべる音だけ。原稿用紙を広げた座り机に蹲るようにして、芙美子はひたすら書き続けていた。目の奥が痛く、背中から肩にかけて、鉄板で押さえつけられるような鈍痛があった。それから逃れるように、からだを揺すりながら、作品に没頭していた。

女主人公のきんを一年ぶりに訪ねてきた田部《たべ》の目的は、幾ばくかの金を用立ててもらうことだった。風呂に行き、化粧をし、準備万端整えてかつての恋人を待っていたきんの心は、急に冷えた。芸者の頃に、きんは学生だった田部と出会った。親子ほども年が離れていたが、激しく惹かれて、出征した田部を広島まで二度も訪ねた。終戦の翌年、ビルマから復員してきた田部はすっかり老け込んでいてきんを失望させた。が、まもなく、代議士になった兄の伝手で自動車会社を起こして成功し、見違えるような

紳士となって現れた。それからさらに一年経っての再会だった。思い出を後生大事に抱えていた自分の甘さに、失望と怒りが込み上げていた。

田部が手洗いに立った隙に、きんは、よく熾《おこ》った火鉢の青い炎に、思い切りよく田部の若い日の写真をくべた。もうもうと煙が立ちのぼる。紙の焼ける匂いを消すために、あわてて食卓のチーズを一切れ火に落した。「あぶらの焼ける匂ひが鼻につく。きんは、煙にむせて、四圍の障子や襖を荒々しく開けてまはつた。」

そして、「完」と力強く書いて、芙美子は万年筆を擱いた。題名はまだ決まっていない。大きく息を吐き、強張った背を伸ばした。時計が五時を打った。机の前の障子のむこうがかすかに白んでいる。

まわりの空気が動き出す気配が感じられた。芙美子はようやくきんと田部の物語から脱け出した。濃いお茶を飲みたかったが、淹れるのは億劫だった。ブランデーでも飲んだらほっとするのだろう。でも、強い酒の匂いをさせて泰《たい》の蒲団に滑り込むわけにはいかない。朝、目覚めて「おかあちゃま」と言いながら顔を押し付けてくる泰を思うときだけ、芙美子は幸福な気持になる。自分にしかなつかない泰が可愛くてたまらない。

背中だけではなく頭も重い。肩凝りのせいなのだろう。首の付け根を押しても指が中に入っていかない。ほぐしておかないとまた偏頭痛に襲われそうな気配だった。万年筆を握り締めていた右手が痺れている。昨日の午後から書き続けていた。夕食後、いつものように、いったん眠るつもりだったのだが、締め切りはとっくに過ぎ、雑誌に穴が開く寸前だった。それなのにペンを擱いても書き切ったという昂揚感はなく、心は粟立っている。

魔法瓶から湯呑み茶碗にお湯を注ぎ、ウイスキーを数滴たらした。バーボンの荒々しい香りが拡がる。ウイスキーも魔法瓶も、モンブランの万年筆も、高松棟一郎から買い取ったものだ。万年筆は芙美子の手には太すぎたが、この万年筆で書きたかった。すでに「別れて旅立つ時」「野火の果て」で、棟一郎との恋を書き、芙美子自身の覚悟は定まっていた。田部に棟一郎を仮託したわけではなかったが、彼はまたも自分をモデルにしたと怒ることだろう。それでも、どうしても書きたかった。裏切ったのは棟一郎のほうだったのだから。

■早朝

白々と夜が明けはじめ、芙美子は障子を開けた。ウイスキーの匂いとともに流れ出たのは、芙美子の内側にこもっていた、圧迫された臭いのようだ。突っ掛けを履いて庭に降りた。戦前から出入りしている植木屋が、復員してきた次男を連れてくるようになった。あとを継がせるつもりだった長男はレイテ島で戦死したという。荒れ放題だった庭が甦った。緑敏が張りきって修理の先頭に立ち、畳も襖も壁紙も新しくした。

一〇月半ばの朝の空気は冷たく、庭を取りまく竹やぶが、乾いた音を立てて葉を散らしている。庭石と紅葉の間に、小菊が群れて咲いていた。ふと人の気配がして、芙美子は目を凝らした。身支度を終えた母親のキクが、花バサミを手にして立っていた。

「どうしたの、こんなに早く」

キクも驚いたように芙美子を見た。

「また徹夜したのかい。ほんとうにご苦労なことだねえ、あんたが身を削って仕事して、みんな、いい生活をさせてもらって」

「なによ、今さら。それより眠れないの？」

「いいや、いつもこの時間には起きているわ。仏さんの花が枯れていたのが気になってね。晩菊でも上げようかと思って」

「この菊、晩菊っていうの。知らなかった」

「お父さんが好きじゃった。黄色や白や赤、可愛いじゃろうが。霜になっても咲いているから晩菊っていうんだろうね。仏さんに供える菊じゃ。子どもの時に教わった気がする。うちはもともと薬屋だったから」

鹿児島のキクの実家は「紅屋」と呼ばれ、代々薬屋を営んでいた。幼い芙美子が預けられた時は、すでに桜島で旅館を経営していたが、町の人は昔の屋号で呼んだ。その頃でも庭先には何種類もの薬草が干され、家には漢方薬の臭いが染み付いていた。

「お父さんって、どっちの」

「あんたのお父さんは宮田麻太郎だけでしょうが。喜三郎のことは嫌っておったくせに」

「嫌ってなんかいなかったわよ。だけど麻太郎さんもあっけなかったねえ。少しくらいお金送ってあげればよかった」

「まあ、勝手な人生を生きた人だからねえ。若い女房とよく出来た養子に看取られて、幸せだったんだろうよ」

■キクと麻太郎

敗戦後まもなく麻太郎は病死していた。浮き沈みの激しい人生だった。一九二九（昭和四）年の夏、『女人藝術』の講演会で九州に行った折に、芙美子は若松に父の家を訪ねた。その後、麻太郎は郷里の愛媛県周桑に戻り、テニスコートまである豪邸を建てた。国旗を入れる桐箱を製造していて、その頃が全盛だったらしい。『放浪記』を送ると、「苦しくて読むことができなかった」という手紙といっしょに為替で三〇〇円が送られてきた。その金で一ヶ月近く中国を旅することができた。桐の下駄が送られてきたのも同じ頃だった。その下駄を履いて芙美子はパリの街を歩きまわった。

帰国してしばらくすると、麻太郎から「愛国社主」という肩書きの名刺とパンフレットが届き、多額の寄付を求めてきた。商売に失敗したらしく金策のために立ち上げた団体らしかった。養子をとっていたことはその時に知った。再び見捨てられたような腹だたしさが先に立って、父親の苦境を考える余裕はなかった。

最後に会ったのは一九三六年九月、芙美子が毎日新聞社主宰の「国立公園早回り競争」に参加して、山陰の大山から瀬戸内海の島々を巡った時だった。香川県坂出《さかいで》町の宿に妻と訪ねてきた。芙美子の成功を喜び自慢してくれた、唯一の肉親だった。

キクが花バサミの音を響かせた。袖から覗く腕は白く滑らかだった。

「今日はあの人の命日だからね」

はにかんだように笑ってキクは台所に回った。麻太郎が死んだのは一九四五年一〇月一五日だった。

もう三年になる。

芙美子も部屋にはいった。万年筆を手にすると原稿の冒頭に大きく「晩菊」、と認《したた》めた。女主人公きんと男の恋の結末に、晩菊を供えることにしよう。きんは小石川白山の芸者だった小林政子を浮かべて書いた。徳田秋声の最後の愛人であり、未完に終った「縮図」の女主人公銀子のモデルだった。彼女とは秋声の死後も交流が続き、芙美子の家を時々訪ねてきた。五〇代に入っても充分な色香を漂わせていたが、芙美子は内心、七〇代半ばの母親のほうが、政子よりも艶やかだと思っていた。

キクは、毎朝、産みたての卵を受け取ると、底を割ってつるりと黄身だけを飲む。そのあと白身を手に受けて顔を包み込むようにマッサージし、さらに鹿児島から取り寄せた黒砂糖で顔を洗う。皺もしみもなくやわらかで張りのある顔に、薄く化粧する。髪はかなり薄くなっていたが、髢《かもじ》を使って上手に結いあげた。季節に合わせてやわらかな絹物を着て、茶の間の床柱を背に厚い座布団を重ねて端然と座った。二の腕も太腿も、上質なめし皮のような光沢があった。時おり訪ねてくる行商時代の男たちとのキクの会話は見事だった。

たいがいは金の無心だったが「娘がいくら稼いだって、あたしの金なんて一文もありゃあせんのよ。小遣いを置いてってほしいくらいじゃ」と煙に巻いた。

「芸者にだって、お母さんみたいに見事な人いないわ。名妓って感じね」

その場に居合わせた政子は目を見張って言った。

「男の人に会う前にはお風呂に入って、顔は氷水でパタパタして、最後にきゅっとお酒を引っかけるんだって。たしかにぽっと頬が赤くなるわね」

不思議な色気がキクにはあった。自由奔放に生き、二〇歳も年下の男と暮らし、行商し、最底辺の生活をしてきたのに、旧家の娘の持つ品格があった。吉屋信子のご隠居然とした母親に会うたびに、芙美子はいつでもキクの美しさを自慢したくなる。

■高松棟一郎

政子と話しながら、芙美子は高松棟一郎との再会を思い出していた。

芙美子が疎開先から引き上げてきたのは一九四五（昭和二〇）年一〇月だったが、高松から連絡があったのは翌年に入ってからだった。毎日新聞社会部副部長として忙しく動き回っていることは耳にしていた。英語力を生かしての、GHQとの交渉がおもな仕事らしかった。ところが、五月初めから始まった「東京裁判」のBC級戦犯の審理に立ち会っている、という噂が聞えてきて、芙美子は息を呑んだ。署名入りの記事も多くなった。

棟一郎が姿をあらわしたのはそれからまもなくだった。仕立てのいい濃紺のスーツを着こなし、自信に満ち充ちていた。復員してきた時の服を着て、焼け跡で黙々と動き回る男たちを見慣れた目に新鮮だった。

「おたがいに無事でよかった」としみじみとした口調で棟一郎が言った。芙美子は目を潤ませた。ハムの塊やチーズ、チョコレートやビスケット、コンビーフの缶詰、バーボンウイスキーまで、彼は大きな袋に入れて土産にと持ってきた。

「すごいのね、景気がよくてけっこうだわ。でもお宅に持って行きなさいよ。奥さんだって喜ぶでしょうに」

「いくらでも手に入るさ。必要だったら言って。そのうちあなたにはうちの新聞でおおいに書いてもらうから。大事にしなくてはね」

さりげなく家庭の様子を聞いたのだが、棟一郎は話題を変えた。何から話したらいいのかわからないほどに、懐かしさがこみ上げていた。

「いよいよ、再出発の時だね、おたがいに。ひどい世の中だったが、林芙美子の時代到来ですよ」

ウイスキーのグラスをあげる目には、かつて芙美子の心を読もうと苛立った翳りは、もうなかった。

芙美子は居住まいを正して棟一郎を見た。

「BC級戦犯の審理に立ち会っているって聞いたけれど。あの人たちのほとんどは、お国のために命がけで前線に出て、そうしてぼろぼろになって帰って来た人たちでしょ。労わってあげてね」

長野から引き揚げてくる途中、名古屋駅にあふれ出た復員兵の群れを芙美子は思い浮べていた。かつて中国戦線でともに漢口まで行った兵士もいたのかもしれない。黙々と歩く兵隊と優しい目をした馬が好きだった。戦場の露と消えた無数の戦士たち。彼らの悲劇はそのまま銃後を守った妻や母、子どもたちの悲劇だった。作家として、芙美子は戦争によって人生を狂わされた人々を、ひたすら描こうと決めていた。そこにしか自分の立ち位置はないはずだった。

「あなたは兵隊さんが好きだったものね。だが、兵隊さんなんていないんだよ。それぞれひとりの人間なんだ。その人間が銃を取り、人を殺し、捕虜を虐待した。毎日毎日、俺はそうした男たちが裁かれるのをみている」

「違うわ、国家の意思で戦争したんじゃないの。たいがいの人たちは大きな渦巻きに巻き込まれていっただけ。あなただって戦争賛美の記事をずいぶん書いたじゃない。あの記事をあなた個人が書いたっていうの。違うでしょ、あなたは会社の命令に逆らえなかったし、会社は国家の方針に逆らえなかった。誰だって命は惜しいし、ぶち込まれるのは怖いもの。中央公論や改造の編集者たちみたいになったらって思うと、今だって震え上がるわ」

芙美子は呷《あお》るようにグラスのウイスキーを飲み干した。棟一郎は髪を掻き上げながらじいっと芙美子を眺めていた。

「君は、この大邸宅で、なに不自由なく暮らしながら、みじめな庶民を書き続ければいいさ。ところで俺、まとまった金が必要なんだ。少し融通してもらえないかな。もちろんきちんと返すから」

「だってあなたは羽振りがいいじゃないの。大新聞のお偉いさんだし、今の時代、人も羨む立場でしょうに」

「君のところと違って、家は焼けてしまった。女房と別れたいんだ。女に子どもができた。それでいろいろ金が必要になってね」

芙美子は溜息をついた。三年ぶりにあった男から、こうした話を聞かされるとは思ってもみなかった。七歳年下の男に、いまさら裏切られたといってみても始まらないのだろう。

「新聞に連載小説書けるようにする。俺のできることは何でもするから、頼むよ。子どもはできないとあきらめていたから、ほっておけなくて」

「若い人なのね」

「池袋の酒場で働いていている。学歴もないし、身寄りもない女なんだ」

「だったら今の奥さんと変らないじゃないの」

「そりゃあ、女の好みは変らないさ。女房にするならおとなしくて従順なのがいい。生意気な女流作家なんて真っ平だ。心こめて送った手紙を、そのまま小説に入れるんだからね、びっくりするよりあきれ果てた。原稿料を請求したいくらいだ」

芙美子は「一人の生涯」を思い出した。一九三九（昭和一四）年一月から一二月まで『婦人之友』に連載したその小説を、芙美子は棟一郎のために書いた。二人の関係が始まって二年経とうとしていた。「あなたのことを全部知りたい」と棟一郎が言い、芙美子は深く頷いた。その年一一月二一日、棟一郎は戦線特派員として中国に発ち、七月二一日に帰国すると、九月二一日にはロンドン特派員となりアメリカ経由でヨーロッパに渡った。

「よくよく二一日に縁があるのね」と言いながら、芙美子は丸の内のプルニエで別れの時をもった。あわただしい年だったが、芙美子は自分自身の生い立ちを、『放浪記』とは異なる手法で、遠く離れた棟一郎にあてて書き続けた。

「おまけに昔の恋人に俺を重ね合わせるんだから、作家にはかなわないよ。言ったはずだよ。俺はあんたが張った蜘蛛の巣にひっかけられるのはごめんだって」

「あなたに読んでほしくて書いたのに。それに今頃になってなによ」

「最近になって読んだんだよ。俺は女流作家のセンチメンタルな作品なんて好かないからね。日本の作家で読めるのは幸田露伴と永井荷風くらいだよ。君の書いたもので残るのは『放浪記』かな。あれは記録文学として意味がある。あとは残らないさ。泡みたいなもんだ。君だけじゃあない。女流作家のものなんてどれも同じだ」

「ふざけないでよ。一五年間、どんな思いで書き続けてきたか。あなた、私の書くものが好きで接近してきたんじゃなかったの」

「冗談じゃない、俺は林芙美子という可愛い女が好きだっただけさ」

「アメリカから帰って変わったのね。坂西志保や鶴見和子、武田清子——あたし知ってるのよ、同じ交換船で帰ってきて、仲良くしているみたいじゃないの。もしかしてアメリカの手先じゃなかったの、あんたたち」

言いながら激して芙美子は台所に立った。女中も緑敏や泰も、キクもいるはずなのに家の中はひっそりとしていた。ふざけないでよと呟き、鼻先で笑ってみたが、涙がにじんだ。

二　紅蓮の焔

高松棟一郎との関係は、一九四四（昭和一九）年二月はじめ、明治座で歌舞伎を見た日が最後だったのだ、と芙美子は今さらに思った。

その前年の一二月に産院から生後四日目の男の子を貰い受け、泰と名づけて育てていたが、粉ミルクの入手も一通りの苦労ではなかった。キクと泰をとにかく安全な場所に連れて行きたかった。疎開前のあわただしい最中だった。毎日新聞社特派員としてアモイに派遣されていた棟一郎が、中国の正月にあわせて一時帰国していた。チケットを入手したからと芝居見物に誘ってきた。

芙美子は朝から台所に立ち、海苔巻き、昆布巻き、椎茸の煮しめ、叩いてゴマをふりかけた牛蒡の白煮、缶詰の鮭を入れた揚げボールと、重箱を色とりどりの料理で埋めた。

「女流作家の会もこれが最後だから」と、芙美子は聞かれもしないのに緑敏に言って、割り箸を何膳も入れた。泰を貰って以来、芙美子をいぶかしそうに見る緑敏は、今日も不快な顔を隠さない。芙美子は同じ重箱を緑敏に渡した。

「あなたの分もちゃんと作りましたよ。お母さんとみんなで食べて下さい。こんな贅沢も最後かな」

緑敏が台所から出て行ったのを確かめると、魔法瓶に日本酒を詰めた。棟一郎とも、これが最後の食事になるのかもしれない。モンペの上に黒味がかった深紅色のビロードのコートを着た。

「空襲警報が出ている中で、なんで行かなくちゃならんのだ。泰はどうするんだ。何かあってもお母さんと赤ん坊の両方なんて守れんぞ。それにいつもは目が疲れるといって芝居なんか観んじゃないか」

玄関で草履を履いていると、背中で緑敏が怒鳴った。

「そげんでも、どうしても行くと言うんだから、よくよくのことなんでしょ。泰はあたしが見るけん大丈夫じゃからね」

キクの声が重なった。家を出ると芙美子は路地に入って、薄暗い中で新しい足袋に履き替えた。このまま戻ることのない旅にでるような逼迫した思いに胸がふさがった。緑敏のいうように、今の時代、泰を引き取ったことは無謀だったのかもしれない。

■明治座

明治座には新生新派を旗揚げした喜多村緑郎が特別出演していた。二階の奥の席だったが、まもなく芝居小屋が閉鎖になるという噂もあって満席だった。棟一郎はまだ来ていない。空席に芙美子は重箱、魔法瓶、双眼鏡、防空頭巾が入った風呂敷を置いた。

泉鏡花「婦系図」は、喜多村の小芳、花柳章太郎のお蔦、森赫子の妙子と、役者が揃っていたが、双眼鏡に映し出された女形の顔は、醜悪で不気味だった。でも双眼鏡を置くと、芙美子の弱い視力には、舞台は光の靄に覆われて、役者は黒い影にしか見えない。まもなく戸外の寒さを全身に纏って棟一郎が入ってきた。戦闘帽を目深にかぶり、ゲートルを巻き、厚地のオーバーコートの襟を立てていた。

さっそく魔法瓶をあけ、ニッケルのふたに熱い日本酒を注いで手渡した。棟一郎はまっすぐ舞台を見たまま、一気に飲み干す。

遠くでサイレンが鳴ると同時に、場内のベルもけたたましく鳴り、照明が落ちた。静まり返った客席に喜多村のふくみのある艶っぽいせりふが流れた。誰も席を立たなかったが、芙美子は震えが止まらなかった。まもなく警報は解除され、舞台は息を吹き返したように華やいだ。観客と舞台が一体化した濃密な時間が流れ、「喜多村はうまいね、いいねえ」と棟一郎が繰り返した。

幕間に二人は重箱を広げた。「やあ、豪勢だな、このご時世に」と棟一郎が言い、そのあまりの軽さに芙美子は腹を立てた。材料を手に入れるところから、どのような思いをしてこの重箱をつくったことか。中肉中背で目立たない容貌をした棟一郎に、なぜこんなに夢中になったのか、と芙美子は会うたびに思う。

■帝国ホテル

はじめて出会ったのは、一九三六（昭和一一）年晩秋、北海道、山形を杉山平助、尾崎士郎らと講演旅行をした時だった。宴席で作家たちに酌をしながらも、無愛想な顔を崩さない『東京日日新聞』の札幌支局に勤める記者を、芙美子がからかったのが始まりだった。「あなた、女の作家なんかに先生といってお酌するのいやなんでしょ」と芙美子は言い、楝一郎は、受け流すこともできないままに顔を紅潮させて席を立った。あまりに素朴な対応に芙美子は面食らった。

「お芙美さん、駄目だよ、若者は可愛がって育ててやらなくちゃあ」

尾崎士郎が、おだやかに言った。少しどもる尾崎の口調は独特の魅力があり、宴席にはほっとした空気が流れた。

「そうね、あとから煙草でももっていこう」

芙美子は肩をすくめ、売店で煙草をカートンで求めると、楝一郎に届けるように頼んだ。翌朝、食堂で芙美子は彼から手紙を渡された。煙草の礼と席を立った非礼を詫びたものだったが、思った以上に素直でナイーブな文面だった。芙美子はふと白井晟一《せいいち》の顔を浮かべた。晟一は京都の旧家に生まれ、ベルリン大学で哲学と建築を学んでいた。義兄の日本画家・近藤浩一路《こういちろ》の個展開催の準備でパリに滞在していたとき、芙美子と出会った。芙美子がパリから帰ってから一年余りして、晟一もベルリン、ソビエトを経て帰ってきたのだが、彼が婚約者と結婚して二人の関係は終った。パリでの恋が、日本の現実生活の中で継続できるとは思っていなかったが、芙美子の心の傷は深かった。

パリで、芙美子は晟一から薔薇の花束やコンパクトを贈られた。芙美子にとって初めての恋人からのプレゼントだった。恋が甘美であり、情熱が苦い涙を伴うことを、この時に知った。はじめて抱かれた時、芙美子は晟一の目の中に映る自分をみた。同時に、憂愁をたたえた黒くて大きな目が、これまで何人もの女たちを映し出してきたことを悟った。やさしさと酷薄さが、晟一の中に同居していた。貴公子のような風貌にそれはよく似合い、絶望とひとつになった情熱に芙美子は身を委ねて過ごした。

だからこそ、棟一郎の鉛筆で書かれた素朴な手紙が嬉しかった。なにもかも晟一とは正反対の男なのかもしれない。東京帝大の独文科を出た棟一郎は、日本の近代の小説を心のどこかで軽蔑しているらしく、芙美子の書くものに対しても遠慮がなかった。「生意気だね」と言いながらも芙美子は、若いのに古武士を思わせる男っぽさとどこか斜《はす》に構えた風情が気に入っていた。

作家と新聞記者の関係を越えたのは、出会った翌年、棟一郎が東京本社に戻って間もない頃だった。当時、芙美子は帝国ホテルの東側一六号室を仕事場にしていた。一日中陽の射さない、トイレットもバスルームもない一番安い部屋だった。ベッドも固かったが、そこには隔離された快さがあり、落着いていくらでも筆を走らせることができた。

やがて棟一郎が通うようになった。飲み物や食事を頼んでおいて、ノックの音を待つ間、芙美子はいつも息苦しくなる。動悸がたかまり、永久に来ないのではないかと不安でいっぱいになる。だからノックと同時にドアをあけ、体ごと棟一郎の胸に飛びこむ。

どの部屋にもバイブルが置かれていた。「バイブルでも読みますか」というのが二人の合図だった。

「なんだか教会にいるみたいだね」

激しく交わったあと、ベッド横の机からバイブルをとると、棟一郎はいつも同じことを言った。廊下の向こう側には木々の緑に囲まれたテラスが広がり、蔓薔薇が垣根を作っていた。時に食事に出かけることもあったが、知人に会うこともなく、二人の関係はひそやかに続いた。一度だけ緑敏が訪ねてきたが、バスもトイレットもない狭い部屋では、疑いの目を向けようもなかった。

それでももう少し落着いた部屋がほしくなり、自宅近くのグリーン・ハウスを仕事場に借りた。かつて志賀直哉も住んでいたという台所付きのアパートだったが、借りた同じ月に棟一郎は中国に発った。その後ロンドン特派員になり、真珠湾開戦の直前にニューヨーク特派員になった。第一次交換船で帰国したのは、一九四二年八月の終りだった。一〇月には芙美子が南方に徴用され、マレーシア、ジャワ、スマトラ、ボルネオに翌年五月まで八ヶ月間滞在した。棟一郎もまた南方に赴き、アモイ支局、上海支局に勤務した。ほとんどすれ違う中でのあわただしい逢瀬は、どのようにはげしくても、燃焼しきれるはずもなかった。しかもどちらにも家庭があった。

「満州に移住しようといったり、北海道の奥地に逃げようといったり。それなのに結局あなたはこんな大邸宅を建ててしまったじゃないか」

アメリカから帰国後、新築間もない中井の家を訪れた棟一郎が、腹立だしげに言ったのを、芙美子は思い出していた。

■「ゲンコウオクッタ」

一幕を残して二人は劇場を出た。木枯らしが鳴る浜町公園の石の手すりに寄りかかって、魔法瓶の日本酒を交互に飲んだ。頭のほうから幾条ものサーチライトが放射され、暗い空に交差しながら弧を描いた。

「もう戦争がいやになった。ほんとうに何もかも捨てて満州の奥地にでも行ってしまいたいわ」

溜息をつきながら言ったが、棟一郎は戦闘帽を目深にかぶったまま答えなかった。このまま別れてしまったら、またいつ会えるかわからない。

「行きましょうか。帝国ホテルなら何とか部屋が取れるわ」

「ひさしぶりにバイブルでも読みますか」

棟一郎が笑った。が、突然に空襲警報のサイレンが響いた。

「無理だ。帰った方がいいな。命さえあればまた会える。それにこの戦争、そう長くは続かない」

棟一郎が声を低めていった。

「僕はまもなく発つが、向こうからあなたに会いたくなったら電報打つよ。『ゲンコウオクッタ』ってね」

「じゃあ、私は『ゲンコウオクレ』にするわ」

しみじみと話したこれが最後の会話だったような気がする。あわただしく帰ってきた芙美子に緑敏が

「今日は泊まってくるのかと思ったよ」と厭味を言った。帯だけ解くと、お茶も飲まずに泰のおしめを取替え、ミルクを飲ませて、添い寝した。なぜか棟一郎が遠くに去った気がした。

間もなく疎開先を信州上林温泉に決めた。出発間際の一九四四（昭和一九）年三月二八日、新宿区役所に行き、緑敏を林家に入籍し、二日後には泰の出生届を出して嗣子とした。緑敏は手伝いの女や絵を

描く女と絶えず小さな浮気を繰り返していた。たいがいはキクから告げられて、芙美子の知るところとなったが、棟一郎との関係を続けている芙美子には責める資格はなかったし、嫉妬もなかった。長年の家庭内別居に慣れてしまえば、それなりに居心地がよかった。

芙美子の原稿整理、雑誌・新聞掲載のスクラップ、写真・手紙の整理のすべてを、緑敏が引き受けていた。編集者とのやり取りも、芙美子のスケジュール調整も原稿料・印税から財産管理まで一任していた。その意味で徹底した裏方として彼は芙美子を支え、同時に芙美子に依存していた。家を建てるにあたって、広さに制限があったので、緑敏のための広いアトリエのある家族棟と母屋を並べて建てた。

アトリエで絵を描くよりも、緑敏は花作りが好きだった。中井の土地は島津製作所が所有していた。西洋館の立ち退きを要求され、芙美子は八王子方面を探したが、母親のキクは、すっかり親しんだ下落合から離れることを嫌がった。キクの知人のひとりが、二代目島津源蔵の娘で、彼女の紹介で譲り受けたものだった。坂道を削って整地した四五〇坪の土地に、二棟の家屋と庭園を造り、後方の小高い三五〇坪の松林を一部整地して、土蔵と東屋を造った。緑敏は一角を野菜畑と花壇に変えた。ほんとは薔薇園にしたいけれどね、と言いながら、葉ものや葱、大根を植え、菊やダリア、コスモス、と次々に草花を植えた。

■東京大空襲

一九四五（昭和二〇）年三月一〇日、東京大空襲の夜、たまたま疎開先から戻っていた芙美子は轟音に飛び上がった。鉄棒を束ねて思いきり地べたに叩きつけるような断続音が続いた。緑敏に引きずられて庭の防空壕に入った。赤や青の光の海と化した夜空に、鉛銀の腹を見せてＢ29が飛び交い、その中を火が舞い、稲妻のような閃光が壕の入口を照らした。かび臭い壕に蹲りながら、芙美子はひたすら泰を思った。キクのことはほとんど浮かんでこない。あの子は私しか頼るものがいないのに、なぜ山に置いてきたのか。山梨の古い下駄屋の娘と東大生の間に生まれた子どもだと聞かされた。生後四日のやわらかな命を抱きしめた瞬間から、芙美子は自分のうちにこみ上げてくる不思議な愛情に驚かされていた。

頭を半分外に出して様子を見ていた緑敏が、鉄兜を脱ぐと穴の中に投げた。

「被っていた方がいいぞ」

「私は頭巾があるから大丈夫。あなたこそ被っていてよ。それより早く中に入って」

芙美子は兜を手繰り寄せ、緑敏に差し上げながら叫んだ。庭石や樹木を弾く高射砲の破片が庭に降ってくる。炎の中で樹木が陰画のように光っては消えた。

「大丈夫だ、こっちには来ないな」

緑敏が配給されたばかりの葡萄酒の瓶を抱えて降りてきた。前歯で栓を抜き、音を立てて呑んだ。「私も」と、芙美子も瓶口からごくごくと呑んでむせた。葡萄酒が首から胸にまで入ってからだを濡らした。澱を呑んだような苦味が胸にこみ上げてきて吐き出した。

「もういやだ、いやだ。こんな地獄のような生活。勝ったってしょうがないじゃないの、何もかも滅びてしまって」

「誰だって同じことを思っているさ。でもめったなこと口にしちゃいけないよ」

防空壕の土壁を叩きながら、芙美子はしゃくりあげていた。

「旦那、外に出てみませんか。一面の火ですぜ」

壕の外で留守居の男が呼んでいる。

空の下には、激しい夕映えのような火照りがあった。ゴーゴーと唸る突風につれて、炎が夜空一面に揺れる。かすかに焦げ付く臭いがする。下町と山の手の境いで、炎は真二つに裁断されていた。松林までのぼって、芙美子は呆然と見詰めた。戦火を免れた安堵感にまざって、恐怖と怒りが体の中で吹き荒れた。

二日後、緑敏のとめるのも聞かずに、芙美子は下町に出かけていった。どうしても目に留めておかなくてはならないと思った。錦糸堀から深川、駒形、かつてのなつかしい町並みは、空気までが焦げ付いた瓦礫の荒野と化し、なぜか白くなった煙突ばかりが目立った。人の焼ける臭いがし、埴輪のような泥色の死骸があちこちの空地に積み上げられていた。どの道も焼け跡を片付ける兵隊とよろよろと歩む人の群れであふれ返っていた。芙美子は放心状態で、ただ街を歩き続けた。

鐘撞堂裏の寿司屋も、二天門近くの鶏料理屋も、駒形のどぜう屋も、その近くの教会もすべて、狭いコンクリートの土台枠だけを残して灰になった。焼け跡の金庫の前に女の枯葉色の髪がふわふわと風に舞っていた。隅田川添いの凄惨な情景を、芙美子は見詰めることができなかった。無数の狼の遠吠えにも似た咆哮が体内でこだまし、底ではマグマが沸きかえっていた。いつの間にか発した自分の悲鳴に芙美子はたじろいだ。が、気付くと街は、叫び声と慟哭、悲鳴に覆われていた。

その夜、芙美子は背負えるだけの家財を背負って、車窓をよじ登って長野行の汽車に乗った。北信州の山々は雪に光っていたが、芙美子の目には、異世界に迷い込んだような虚しさでしかなかった。水気の濃い雪が幕のように降りこめる山道を芙美子は歩き続けた。耐えられない淋しさだった。自分は東京にいるべきなのだ、どのように危険であっても、その中にいるべきなのだ、という思いがこみあげていた。キクや泰がいなかったら、疎開などしなかった。

芙美子は先祖代々のわずかな土地や家を守って暮らす田舎の人たちが嫌いだった。素朴な顔をした村人は、よそ者を徹底的に排除する人たちであり、おそろしく計算高くて狡猾な人たちでもあった。約束していた旅館は、割のいい疎開客が増えてくると、いとも簡単に芙美子一家を追い出した。ようやく見つけた村はずれの家の納屋は、畳もないのに、二部屋続きということで法外な家賃を要求された。

灯油も食料の配給も、さんざんに誤魔化された。「放浪記」「女優記」「泣き虫小僧」と、作品は次々と発売禁止になり、新作を書いても発表の場がなかった。切売りが出来なくなったら山に入って死のう、と芙美子は泰を抱きながら思っていた。

家の前のこんこんと湧き出る共同温泉に入る以外は、芙美子は子どものための童話を書き、本を読んで日を送った。二年間に六回、「ゲンコウオクッタ」の電報が届いた。芙美子もまた二回「ゲンコウオクレ」の返信をしたが、電報を待つためにだけ生きているような切羽詰った気持だった。棟一郎の面影はすでに遠いのに、電報を手にしたときのこみ上げてくる歓喜に、芙美子は支えられていた。

敗戦を告げる天皇の声を、芙美子は家のラジオで聞いた。ふしぎな抑揚の、こごもった声は不明瞭だったが、「たえがたきを耐え、しのびがたきを忍び」てポツダム宣言を受諾したことは伝わった。母も手伝いの若い娘も、生徒を連れて疎開してきた小学校の教員も、しばらくは声を発さなかった。降るような蟬の声が聞こえた。

「天子様はそれでなんと言っておられるのか。あたしにはさっぱりわからん」

キクが聞いた。

「戦争が終ったのよ、終ったの。ついに終ったのよ」

芙美子は息を吐くように答えた。ああ、何という長い戦いの日々だったのか。もう怯えなくてすむ。天皇は退位するのだろう。そうして小さな皇太子が位につき、新しい時代がやって来るのだ。そういえば天皇は、奉書をクルクル巻いて遠眼鏡にしたという「狂った人」の子どもだったはずだ。「狂った人」の詩を書いたら、編集者からとんでもないとつき返された。媾合し、女に子を生ませる現人神《あらひとがみ》が、なぜこれほどの悲劇の幕を今日まで降ろさなかったのか。あまりに浮世離れした声だった。

「さあ、東京に引き揚げるわよ」

言いながら、芙美子は泰を抱きしめた。なにが嬉しいのか手足をバタバタさせて、声をたてて笑っている。芙美子はいとおしくてたまらない。

三　敗戦

家の修理や片付けは緑敏に任せて、芙美子は書斎を整理した。欅《けやき》の一枚板を使った机の上に原稿用紙を広げる。いくら書いても間に合わないほどに、書きたいこと、書かなくてはならないことが、言葉になってあふれかえっていた。編集者が次々と訪ねて来て、芙美子に雑誌の復刊や創刊を告げ、原稿を依頼した。それでも暇を見つけては街に出た。

巷には復員兵や浮浪児があふれ、混乱は続いていたが、確実に復興にむかっていた。新宿、銀座、浅草——街はどこも猥雑な活気にあふれ、闇市に行けば驚くほどに高かったが、たいがいのものが手に入った。占領軍の白人も黒人も、慣れてしまえば違和感はなかった。町中を歩くたびに、芙美子は関東大震災後の光景を思い出した。あの時は住む場所も食べるものもなかったが、カフェには女給募集の張り紙があり、どこでも若いというだけで歓迎された。ひもじさに死にたくなることはあっても、自分の境遇をみじめだとか不幸だとか思ったことはなかった。

■戦争の傷跡

「鹿児島に帰らなくてもいいじゃないの。家《うち》は人手がいるし、あんたが秘書してくれたら助かるんだけどね」

横を歩いている姪の俊子に、芙美子は昨夜からの話を繰り返した。鹿児島の姉ヒデの次女だった。長女の正子とともに、芙美子が引き取り昭和女子大附属高等女学校に通わせた。東大生の恋人と卒業してすぐに婚約したが、サイパンで玉砕の報が届いた。小柄で無邪気な少女だったのに笑うこともなくなり、苛々して尖った顔になった。姉の正子と中学生の甥と暮らしていたが、鹿児島に戻って母親と住むという。長女の正子も「戦争未亡人」だった。女学校を卒業すると、タイピストとして満州にわたった。帰国後、結婚し長男も生まれたのに、夫は出征してまもなくスマトラ沖で戦死した。

「おばさま、あたし悔しくてしょうがないのよ。駐留軍の男と腕組んでいる女たちを見たり、にぎやかな町の人混みを見たりすると、腹が立ってたまらないの。だってこれじゃあ死に損じゃあないの。負けるってわかっているところに追い込んで、偉い人はのうのうと生きている。民衆のあらゆる能力や努力を酷使した揚句の果てが、これなのよ。死んだものを呼びかえして来いって叫びたい。でもどこにむかって叫んだらいいのかわからないの」

まっすぐに前を向いたまま言う俊子の頬に涙が流れていた。芙美子は俊子の背中に手をあてた。若い娘の悲しみと怒りが波のように伝わってきた。学徒出陣した緑敏の甥も、老人のような風貌になって復員してきた。「おおぜい死んでね、だけど自分だって幽霊みたいなものだ」と言い、「余生は郷里で百姓をする」と呟く彼に、励ます言葉を持たなかった。生きている若い人たちにも戦争の傷は深かった。

敗戦直後の九月、GHQが新聞・雑誌・書籍の事前検閲を定めたプレス・コードを公布したが、同時にこれまでの言論制限に関する法令は全廃された。治安維持法・国防保安法も廃止され、政治犯が釈放された。天皇は現人神から人間に戻り、批判さえもが自由となった。『文藝春秋』『新潮』『中央公論』『改造』『婦人公論』『女性改造』と復刊が続き、『世界』『人間』『展望』が創刊された。

芙美子の家には編集者が詰め掛けるようになり、幼いときから可愛がっていた大泉黒石の娘・淵が同居した。異国の血が混じった美しい淵は、編集者に人気があったし、何よりも忙しい芙美子に代わって泰の面倒をよく見た。泰は先天性の小児麻痺だったが、それに気付いたのも淵だった。

「吹雪」(『人間』一月)「雨」(『新潮』二月)を始めとして、一九四六(昭和二一)年、芙美子が雑誌に発表した短篇は一二篇にのぼる。「吹雪」は、谷間の小さな村に住む二七歳のかねを主人公にした。かねは、夫の出征後、姑と四人の子供の世話に追われていたが、三年後に戦死の報が入る。悲しみながらも途方にくれるかねを隣の勝さんが手助けするようになり、二人は結ばれた。

しかし、戦死したはずの夫が、生きて宇都宮の病院にいることがわかる。二人は病院に行き、男たちはそれぞれが身を引くことを決意する。病院からの帰り道、威嚇するような風の唸りと吹雪に包まれながら、手をつないで歩く勝さんとかねを描いて芙美子はペンを擱いた。破れ障子一枚の窓から吹き込んでくる雪に夜具の襟を濡らし、髪を凍らせて眠る子どもの描写は、疎開先での光景だった。戦死の誤報によって起こる悲劇も日常茶飯事だった。

「雨」は、芙美子が東京に引き揚げる時に、名古屋駅の構内で隣り合わせた復員兵から聞いた話だった。中国からやっとの思いで帰ってくると駅には妻ではなく、父親が待っていた。戦死の報が届いて、まもなく、妻を弟と結婚させたという。友人を頼って名古屋に来たが、家のあった場所は焼け野原だった。とつとつと語る中年の男は、死んでしまったほうがどれだけましだったかと繰り返した。「そんなことはないわ。生きてさえいれば、かならずいいことがありますよ」と励ましながら、芙美子は自分の言葉のむなしさを思った。

長野の駅前に、ときどき立ち寄っていた食堂があった。戸が閉じられていたが裏に回ると初老の主人が酒を飲んでいた。「あら、おじさん、無事だったのね。悪いけどお湯もらえるかしら」と声をかけると、やかんといっしょにどぶろくを茶碗に注いで差し出してくれた。泰を背中から下し、おしめを取替え、重湯を飲ませ、畳に寝かせると、芙美子はどぶろくを飲んだ。

「おかみさんはどうしているの。元気？」

「いいや、かわいそうに、あいつは気が変になってね。長男は戦死するし、実家は焼かれるし、娘の亭主も中国へ行ってどうなったかわかんねえ。次男も岡崎の工場で怪我して腕一本なくしてしまった——。気もおかしくなるだよ。おらぁ、この戦争は、はなからただでは済まないと考えていたのよ。天子さんもえらい不始末をしでかしたものさねえ、むこうみずにおっ始めたンだから」

深い溜息をついて、自分と芙美子の茶碗に、またどぶろくを注いだ。

■「作家の手帳」

書くしかないのだ、と芙美子は改めて思った。戦争に痛めつけられた言葉をもたない人たちや、死んでしまった人たちに代わって書き、この戦争がどのようなものだったのかを後世に伝えていかなくてはならない。一切の私小説など書かないと芙美子は決意していたが、高松棟一郎の「君の書いたものなど残らない」という言葉が脳裡から消えなかった。

酔うと毒舌をはく癖があったが、その口調には一片の甘さもなかった。なにがわかるのよ、エリートの男のあんたなんかに。生意気を言うんじゃないよ、と芙美子は心の中で切り捨てたが、自分自身が歩いてきた日々、作家としての日々と一度きちんとむかい合わなくてはならない、と思っていた。

『女の日記』『稲妻』『風琴と魚の町』等、絶版になっていた本も次々に再刊された。『紺青』創刊号に連載を依頼されたのは、棟一郎が訪ねて来て間もなかった。かつての『令女界』が、詩人の春山行夫らの手で「新しい日本を担う若い女性のため」の雑誌に生まれ変わったという。「お書きになりたいように」という依頼にこたえて、芙美子は題名を「作家の手帳」とした。

昭和二一年現在、日本の混乱を生きる女性作家を主人公に、疎開の日々、敗戦、帰京、作家としての再出発を、幾つもの過去を手繰り寄せ、過去と今とを自在に往還させながら描き切る覚悟を決めた。

「昭和二十一年五月十七日、この日の或る新聞を私は何気なく見てゐました。裾模様を着た婦人の代議士が五人ばかり、議会の廊下を歩いてゐる姿のスナップです。その写真をぢつと見てゐるうちに、私の瞼に、昨日品川駅で見たぼろぼろの服を着た四名ばかりの復員の兵士の姿がふつと浮んで来ました。さうです。私たちの国は戦争に敗れ、あらゆる都市が何も彼も滅茶苦茶になり、人達は本能的に、北から南へ、西から東へ、食糧を求めて漂流してゐる国になつてゐるのです。

この戦争は十年もつゞきました。

私はこの戦争を忘れることが出来ないのです。私にかぎらず、誰だつてこの戦争は忘れてはならないと思ひます。裾模様といふものを一度も着たことない人の多い世の中に、時代ばなれのした、かうした議会の表情が、どんな思ひで敗戦国の婦人の心に暗くひゞいてくることでせう。私は裾模様を着る着ないといふことよりも、心づかひのない、婦人代議士の毛羽立つた荒い神経に驚きを持つたのです。」

芙美子は一息に書きだした。四月に行なわれた第二二回総選挙で、三九名の女性議員が誕生した。明治三〇年代、女性の政治参加を禁じた治安警察法第五条改正請願運動からはじまった女性参政権への夢と闘いがまさに結実した瞬間だった。それなりの覚悟と決意の表明として、正装である裾模様を着たのかもしれない。が、芙美子には我慢できなかった。

「私はこの戦争の悲劇を忘れてはならないと思ふのです。この戦争は何といふ長い月日をかけてゐたのでせう。私と同じやうに想ひを共にしてゐる女性の人たちに、日本にとって最大の悲劇であったこの戦争のかもしだしてゐた、様々な人間生活の弑《し》せられてゐた暗黒な時代を書いてみたいと思ってゐるのです。自由も希望もない灰色な戦争！　考へただけでも、もう戦争は沢山です。希望や憧憬を見すててゐた長い戦争を、戦争が終つたからといつて、すぐけろりと忘れてしまふといふことはあり得てはならないのです」と続けた。

日本はすべてが変ろうとしていた。GHQの方針に沿って女たちの立ち上がりはすばやかった。戦争終結の詔書から一〇日後、市川房枝、山高しげり、赤松常子、河崎なつ、山室民子、久布白落実《くぶしろおちみ》らが中心となって「戦後対策婦人委員会」が組織された。一一月三日には、婦人の政治意識と地位向上を目指し、市川房枝を会長に「新日本婦人同盟」が作られ婦人民主クラブが結成された。

一二月一七日に開かれた「婦選実現記念各党の政策を聞く会」には二〇〇〇人の女性たちが参加した。疎開先から戻ってきた女性作家も続々と参加し、新しい時代の到来を歓迎した。芙美子は、あらゆる会への参加を拒んだ。そんなに簡単に立ち上がっていいのだろうか。その前に戦争に真正面から向き合わなくてはならないはずだ。

「私は作家として生きていきたいのよ。宮本百合子さん、窪川稲子さん、これまでもやってこられた方たちはいいですよ。でも私は今さら何を言ったらいいの。女の権利にしたって、私も母親も、男とわたり合って堂々と生きてきましたよ」

婦人民主クラブ発足に名を連ねない理由を新聞記者に聞かれて、芙美子は答えた。作家がなぜ、時代に右往左往して生きなくてはならないのか。自分が目にし、体験し、感じたことを、芙美子は書きたかった。茫漠とした思想や運動に自分を置くことはできなかった。

「作家の手帳」を書き続けながら、芙美子はさらに踏み込みたくなっていた。若い女性を対象とした雑誌に書くことは躊躇《ためら》われたが、高松棟一郎を避けて通るわけにはいかなかった。「夢一夜」と芙美子は呟いた。それ以外の題名は考えられなかった。最後の夕映えのような時間だった。でも心に刻み込まれているのは、なぜか棟一郎が旅立つ光景ばかりだった。夜空に燃えていた野火は、幻だったのか。

■「戦争責任」

棟一郎が芙美子に毎日新聞渉外部副部長の肩書きの入った名刺を差し出したのは、秋に入ってからだった。

「少し痩せたんじゃないの。忙しすぎるんでしょ。GHQと親しくしたり、戦犯を裁いたり」

「疲れているんだ。皮肉は言わないでくれよ。GHQと上手くやらないと新聞出せなくなるからね。どこも必死だ。GHQも一枚岩じゃあないし。それより公職追放の範囲が広がるよ。軍国主義者や政治団体だけじゃなくて、財界、政界、官界、言論界にも飛ぶ。GHQのリストは二〇万人を超すというからすごい。作家の名前ももちろんあがっている」

棟一郎は言葉を切って芙美子を見た。一瞬、沈黙が広がった。

「あなたの名前もあがっている。吉屋信子、真杉静枝、大田洋子、窪川稲子、生田花世――でも、まあ、女流作家は免れると思うけれどね。男の作家は危ないな。菊池寛、久米正雄、川端康成、高村光太郎、火野葦平、尾崎士郎、武者小路実篤、岸田國士、徳富蘇峰、林房雄、小林秀雄、吉川英治、佐藤春夫――ほとんど全員だ。それに石川達三の名前も入ってるって話だぜ」

「なんなのよそれ、変じゃないの。石川さんは『生きてゐる兵隊』でひどい目にあっているのに。私だってペン部隊で従軍して『戦線』や『北岸部隊』を書いただけだわ。『放浪記』が出版禁止になったり、さんざんだったのよ」

「『戦線』や漢口一番乗りが問題なんだけどね。だけど、なにを言ったところで、林芙美子にはわからないだろう。あなたは目の前に見えるものにしか反応しない人だからね」

昨年一二月末に大会を開いた「新日本文学会」が、窪川稲子の入会を拒んだことに芙美子は心を痛めていた。「帝国主義戦争に協力せずにこれに抵抗した文学者のみ」にしか入会資格がないという。稲子の入会を認めるようにと宮本百合子のもとに説得に出かけた壺井栄が、帰り道に芙美子の家に立ち寄った。

「百合子さんは聞く耳を持たなかったわ。私、稲子さんが気の毒で見ていられないの。あの家は夫婦で捕まったでしょ。アカだって隣近所から白い目で見られて、従軍だって、徴用だって断るわけにはいかなかったのよ。それに窪川さんともうまくいってなかったし」

世話好きで善良ながら、見るべきものをきちんと見て書く壺井栄に、芙美子は好感をもっていた。大地に根を張りながらも颪に撓う強さは、宮本百合子にも窪川稲子にも、まして芙美子にもないものだった。

「百合子さんにはわからないわよ。あの人はお嬢さんだからね」

芙美子ははじめて百合子と会った時のことを思い出した。『女人藝術』の終りごろ、湯浅芳子とともにソビエットから帰国した百合子の歓迎会の席だった。挨拶に立つ前、彼女はハンドバックからコンパクトをだして、顔をなおした。薔薇の花束に顔を埋めたような、馥郁とした香りが周囲にまで流れた。「コティね」と、佐々木房が囁いた。芙美子はパリで同じコンパクトを買った。信じがたいほどに高価で美しかった。

長いこと会うこともなかったが、これから宮本百合子の時代が始まるのだろう。それにしても「戦争に協力せずに抵抗した文学者」なんていったいどこにいるのだろう。いるとしたら、よほど恵まれた人たちなのだ。果てしなく続く戦争の間も、家族を守り、食べていかなくてはならなかったのだから。

「あなたのことは守るよ。書いてもらわなくちゃならないしね。公職追放になった作家を使うわけにいかないから、これからは女流作家の時代になるよ」

棟一郎はゆっくりと煙草の煙を吐いて言った。痩せて尖って見える顔は精悍で、中年にさしかかった男の自信と色気があった。

「お酒、用意しましょうか。あなたから貰ったバーボンやチーズがあるわ」

「あなたから買ったって言いたいんだろ。おかげさまで助かったよ。女房も田舎に戻したし、小さな家も買えた。借金だらけだけどね」

「お子さんも生まれたの」

「ああ、男の子だ。あなたのところの泰君、四つでしょ。可愛い盛りだね」

「そう、可愛くてたまらない。あなたの子どもだったらいいのにね」

笑って言いながら、芙美子の胸がうずいた。子どもがほしいと願った唯ひとりの男だった。棟一郎の子どもができたら、躊躇うことなく緑敏と別れて、新たな出発をしたことだろう。

が、感傷よりも戦争責任云々が芙美子の気持を占めていた。新聞は連日、東京裁判の様子を伝え、BC級戦犯に対する判決が報じられた。芙美子はそのたびに、東京大空襲の直後に歩いた下町の光景を思い出す。家族の名を呼びながら黒焦げになった遺体にすがる人たち。積み上げられた無数の焼死体。アメリカによってなされた無差別の殺戮は裁かれることはないのか。

「戦争に負けるということはそういうことなんだよ。正義はいつだって勝者にしかないんだ。ドイツに比べたら日本ではまだていねいに裁判が進められている。だけど、広島、長崎への原爆投下も結局は裁かれないで終るんだろうね」

「惨い話ね。——それにしてもなんで女性は追放をまぬがれるの。軍部のお先棒かついだ人たち、いっぱいいるじゃあないの。同じ人が、今じゃあ先頭で民主主義の旗を振っている。それに比べたら作家なんて可愛いもんだわ」

「まあ、戦争は男の世界のことだからね。女は男についていったってところでしょ。日本の男尊女卑とアメリカのフェミニズムが上手く女を守るってわけさ。それでも市川房枝はまぬがれないな。大日本報国言論会の理事だったからね。あれだけ情報局や軍部の庇護を受けて、戦争遂行キャンペーンを繰り広げたんだから。それと『輝ク部隊』を組織していた長谷川時雨、いい時に死んだのかもしれない」

棟一郎の言葉に、芙美子は応えなかった。

■長谷川時雨の死

一九四一（昭和一六）年八月、長谷川時雨は六一歳で他界した。死因は白血球の異常だったが、つもり積もった疲労が原因だったといわれている。その年の初めには「輝ク部隊」で文芸慰問団を組み、海南島をはじめ「中・南支」の戦線を一ヶ月まわり、帰国後も講演会、日本女流文学者会の設立、新案慰問袋の募集、三上於菟吉の介護、『輝ク』の編集と多忙を極めていた。入院したと聞いて芙美子が見舞いに行こうとした矢先の訃報だった。芝の青松寺で営まれた葬儀に、弔辞を読むように依頼されていたのだが結局、欠席した。迷信深いキクが、友引だからと言い張って止めたこともあったが、どうしても弔辞を書くことができなかった。憑かれたように走り続ける晩年の時雨に、芙美子は違和感を持ち続けていた。

葬儀後、夕方五時から、芝白金の水交社で開かれた長谷川家主宰の慰労会には芙美子も駈けつけた。「輝ク部隊」と赤で染め抜いた襷をかけた喪服姿の女性や編集者、作家が集っていた。水交社は海軍将校のための贅沢な施設だったが、時雨気に入りの庭園を臨む部屋が会場となった。中央の遺影を囲む人の多くは、芙美子の知らない顔だった。吉川英治に支えられて三上於菟吉が座っていた。すっかり小さくなった三上の姿に、芙美子は胸を衝かれた。

「先に逝っちまうんだから、それはないやね」

三上は縺れる舌で言い、不自由な手をあげて顔を覆った。かねてから企画されていた時雨全集の出版の話が、その場で菊池寛、吉川英治から改めてだされて、芙美子は編集委員を引き受けた。熱田優子が涙ではれあがった目をしていた。

「さんざん泣いたんでしょ。あんた可愛がられていたものね」

芙美子はいたわりをこめて言ったのだが、

「ひどいじゃないの。弔辞お願いしていたのに。友引かなんか知らないけれど、忘恩の徒って言われても仕方ないわね。あんなにお世話になったのに」

熱田は芙美子を睨んだ。周囲のざわめきが消えて、一瞬、芙美子はたじろいだ。

「まあまあ、いいじゃないの。村岡花子さんが読んでくれたし、こうして芙美子さん、来てくれたんだから。姉さん、喜んでいるわよ。あなたの活躍が自慢だったのだから」

時雨の末妹、画家の長谷川春子がとりなした。春子は緑敏とも親しかったし、芙美子は春子の描く絵が好きだった。大胆なのに繊細、暗い色調なのにほのかな光があふれていた。西洋館に住んでいた頃、中二階奥のアトリエにしばらく滞在して、芙美子の小説の挿絵を描いたこともあった。

数日後、若林つやが、時雨追悼号の『輝ク』に載せる原稿を受け取りに来た。断るわけにもいかないだろうと、芙美子は書斎に入った。

「翠燭冷やかに光彩を労す」――李賀の詩の一節が思い浮んだ。まだ時雨の魂が、鬼火となって浮遊しているような気がした。青白い火を放ちながら揺れる時雨の人魂に向って、芙美子は語りかけたくなった。原稿用紙に「翠燈歌」と認《したた》めた。「翠燭」を「翠燈」に変えた。

最後の昏れがたには、
もう庭も部屋もなく森閑として、

たゞ燈火《あかり》がひとつ……。

長谷川さん　そうではありませんか。
いさぎよく清浄空白に還えられた佛様、
おつかれでせう……。
あんなに伸びをして、
いまは何処へ飛んでゆかれたのでせう。
勇ましくたいこを鳴らし笛を吹き、
長谷川さんは何処へゆかれたのでせうか。

私は生きて巷のなかでかぼちゃやを食べてゐます。

書きながら芙美子は嗚咽した。生田花世につれられて、はじめて訪ねたのは左内町の家だった。ゆるやかに着こなした着物姿も、艶のある低い声も、伝法な物言いも、何もかもがなつかしかった。漢口従軍の際も、行く先々に時雨の電報が待っていた。どれだけ嬉しく励まされたことだろう。最後に会ったのは、亡くなる半年前だった。三月八日、まだ寒風の吹く銀座コロンバンの店頭に、作家の署名本や色紙を並べて、時雨自ら売っていた。売上金で白扇を求め、そこに作家や画家たちが一筆書き入れて、「遺児の日」に靖国神社に集う子どもたちへ贈ろうという、時雨の企画だった。

「嬉しいわね、来てくれたのね。さあ、書いてちょうだい」

奥の喫茶室で、白扇を広げて、時雨が促した。寒さもあってか、時雨の顔は蒼白かった。

「虹よひらけ　幸福の橋のごとく七彩に光り輝け」

と芙美子は書いた。引っ切りなしに人びとが出入りし、時雨はだれかれに愛想よく応対していた。

「ご無理なすっちゃ駄目ですよ」

「今は死ねないわ。戦争に勝たなくてはね。こんなに大勢の遺児を出したんだから」

時雨が呟くように言った。時雨とかわした最後の言葉だった。


死んでしまってはおしまいなのに、と芙美子は目をぬぐって立ち上がった。若林つやは、出されたおむすびにもゆで卵にも手をつけずに待っていた。

「あら、召し上がればいいのに。はい、これでいいかしら」

原稿を目にした若林の顔色が変わった。

「先生がお気の毒じゃありませんか。それにかぼちゃを食べているなんて」

「お気の毒なのは、だれひとり、時雨さんの体を気遣ってあげる人がいなかったことですよ。おだてて働かせて、いいように走らせて、今さら泣いたってしょうがないでしょ。引退させるべきだったのに」

芙美子は腹を立てていた。若林はしばらく芙美子を見ていたが、原稿を鞄にしまうと、お辞儀をして出て行った。また悪口を言われるのだろう、と芙美子は苦笑した。時雨への心をこめた挽歌だったが、誰も気がつかないだろう。李賀の詩は紫匂う美女に去られた恋の歌だった。

■「凍れる大地」

芙美子の中で戦争への興奮と熱狂は、一九三八（昭和一三）年のペン部隊漢口陥落一番乗りをもって終っていた。帰国後のあわただしさが過ぎたあと、芙美子はマラリアの後遺症とともに、中国兵の遺体の残像に苦しめられた。寒さに震え、ろくな食料もなく死の恐怖のなかを進軍する日本兵の姿はあまりにもみじめだった。『戦線』と『北岸部隊』を出版した。続いて『朝日新聞』に連載した「波濤」の登場人物に、芙美子は「――私このごろ、新聞を読んで、日本が勝ってゐると云っても、妙に不安で仕方がないの――」といわせ、単行本の「序」の最後を詩で結んだ。

私は馬銜《はみ》を噛んでつゝ立ってゐる孤独な馬だ。
はらわたをきしませて千里を歩まうとはしてはゐるけれど、
すばらしい騎手がないためか馬は哀しみの首を垂れてたゝづんでゐる。
風が吹いてゆく、
うすら寒い風が吹いてゆく。

騎手は、いうまでもなく司令部であり、国家そのものだった。担当の記者は危ぶんだが、漢口一番乗りを果した芙美子に、表立っての圧力は、この時はなかった。

一九四〇（昭和一五）年一月五日から二月三日まで、芙美子は北満州（中国東北部）をひとりで旅した。

スケジュールをつくらず、紹介状もなく、一冊の案内書も持たず、ただ満州地図一枚もっての旅だった。日本国際観光局（ジャパン・ツーリスト・ビューロー）の招待を断ったのは、帰国後『観光東亜』への寄稿を条件にしたものだったからだ。当局に期待される観光記を書く気にはなれなかった。行く先々で朝日新聞社の支局員が面倒を見てくれることになった。下関から釜山に渡り、厳冬の朝鮮、満州を行けるところまで行ってみたかった。

安東で知人の家に三日間滞在し、新京ではかつて漢口一番乗りを共に果たした、朝日新聞社の渡辺正男記者に世話になり、満州鉄道の寮母をしている旧知の八木秋子に会った。ハルピンを経て牡丹江で一泊し、青年義勇軍で有名な勃利《ぼつり》、彌栄村《いやさかむら》を通過し佳木斯《ヂャムス》についた。佳木斯をベースにして、飛行機で宝清《ボウチン》に行き、協和会主催の座談会に出席した。憲兵隊、女事務員、郵便局の人たちから聞く率直な話が楽しかった。料理店や旅館で働く女たちとの懇談も企画されていた。

氷結した松花江を幌自動車で渡り、蓮江口《レンジャンコウ》を通って茨城村の開拓民を訪ねた。オンドルは通っていたが、内地の吹晒しの家よりも寒さは厳しかった。茶葉が高くてといいながら、主婦がぬるい白湯を出してくれた。追分村の青年義勇隊訓練所には、三〇〇人からの少年が住んでいるのに、年取った寮母がひとりいるだけで、一ヶ所しかない井戸は凍りつき、医者もいなかった。

彌栄村についたのは夜だった。入植から一〇年を経て、それなりに落ち着いた村人の様子にはじめてほっとしたが、満人を罵り殴りつける日本人の横暴に呆然とさせられた。満州の広大な土地は、どこも荒涼として凍りつき、芙美子には孤独と焦燥だけの暗い生活にしか見えなかった。何かが根本的にまちがっている。隣の馬にでも乗り移るような気楽な宣伝文句で、素朴で貧しい人たちをこの残忍な牙を剥く、寒冷の地に送り込んで、何をさせようとしているのだろう。しかもそこは先祖代々から住み慣れた満州人の農民が丹精込めて耕してきた土地のはずだった。

　帰国後、芙美子は感じたすべてをルポルタージュに書き、『新女苑』に渡した。旅行中から目の中に黒い煤のような幕が下りていた。こじらせた風邪も抜けなかった。それでも植民地経営や開拓民、少年志願兵が置かれた現実にたいする、激しい怒りに突き動かされたルポルタージュとなった。題名は「凍れる大地」しか思いつかなかった。が、満州開拓を国策として進める陸軍報道部からの圧力は強く、大幅な削除訂正を求められて、ようやく四月号に掲載された。それでも五〇頁にわたるルポは圧巻だった。

　時雨が主宰する『輝ク』への違和感は、深まっていく一方だった。戦争への嫌悪と倦怠に芙美子は辛うじて耐えていたが、「凍れる大地」が軍の禁忌に触れたことの意味を、芙美子は間もなく知ることになる。翌年、『放浪記』『泣虫小僧』『女優記』が発売禁止となった。

終章　蠟燭はまだ燃えてゐる

一　夢一夜

芙美子が『毎日新聞』朝刊に「うず潮」を連載したのは、一九四七（昭和二二）年八月からだった。芙美子の活躍は目覚しかったから、たとえ棟一郎の後押しがなくても、連載の起用に反対する声はなかったであろう。「河沙魚《かわはぜ》」「ボナールの黄昏」「夢一夜」「麗しき脊髄」「滝沢馬琴」――書くものすべてが評判になった。革命思想や不敬罪を恐れて、これまで「放浪記」から省かれていた部分が、第三部として『日本小説』に連載された。

「うず潮」は、幼い子どもを抱えて料理屋で働く戦争未亡人高浜千代子とジャワから復員した杉本晃吉とが出会い、惹かれあい、苦悩し、いくつもの問題を乗り越えながら、やがて家族としてともに生きることを決意する物語だった。戦争に痛めつけられたすべての人々を、芙美子は励ましたかった。因習に囚われ、世間の好奇の目に怯える戦争未亡人に、新たな愛情に飛び込み、再度人生を築く勇気を与えたかった。

高松棟一郎は一九四八(昭和二三)年七月に『サンデー毎日』の編集長になった。臨時戦犯本部員の肩書きは外されたが、東京裁判法廷記者として、一一月一二日、A級戦犯二五名に判決が下り、一二月二三日午前零時に七人の死刑が執行されたあとも、署名入りで『毎日新聞』や『中央公論』に書いていた。

■恋文

棟一郎の編集長就任にあわせて、芙美子は「人生の河」を『サンデー毎日』に連載した。九月終り、毎日新聞社から出版されるにあたって、芙美子は「あとがき」に、戦中も戦後も「群集的な狂気な世界」が続き、それが「獰猛な一種の世相」をつくっていることへの危惧を書いた。そして自分は、いかに孤独でも、自らの意志で、知恵で歩いていける人間、「全き個人主義者でありたい」と書き、「自分の眼を持ち、自分の本音をきけるたしかな耳と、それを行動出来る勇気を持つた一人の人間でありたいと念じます」と記した。芙美子の強い想いだった。

だからこそ、「別れて旅立つ時」「野火の果て」(『人間』)を書きつぎ、前年に発表した「夢一夜」(『改造』)とあわせて三部作とした。主人公・菊子を通して、芙美子は信州での疎開生活、敗戦、戦時下の女性作家の生をつぶさに書き込んだ。小説としての虚構は施していたが、菊子は芙美子自身だった。「作家の手帳」では書かなかった恋愛を、作品の支柱とした。

棟一郎を怒らせたのは、彼からの二通の手紙をそのまま使ったことだった。

「女の友だちはあなただけのやうな気がします。いつも、心をふみにじられるやうな過去ばかり持つてゐた男には、心を拾ひ出してなぐさめてくれる人は忘れ難く有難い。」

「それから、何処か、野つ原の木の下のやうな所で、あなたが病気をしてえらく咳きこむので、私はとても慌てて駈けつけやうとするのだが、走れども走れどもあなたの所へ駈けつけられぬといふやうな夢をみた。」

「あなたよりも更に深く私はこの別れを悲しむ。燃えつかぬ火を燃えさせて、やつと燃え上つたら去つて行くのがあなただ。」

「私は妻を貰つてから平静になるやうに努めるし、実際平静にまともになつて来た。女のことでこんなに胸をかきまはされるのは初めてである。自分がやぶれかぶれになる頃と少しも変らぬ。――あなたが、もし、自分のために、私を詩のテーマに選んだのなら罪は深すぎる。あなたはさう云ふ人ではないと私は信じる。ものを書く女なぞ大した事はない。どうでもいゝ事である。私は琴線に触れさされただけである。その琴線に触れさしてやらうと、あなたが芝居をたくらむ女でない事は知つてゐる。私の場合、(私の立場)からだけでいへば、平和に眠つてゐる昆蟲が、く<u>も</u>の巣につかまつたみたいな情景である。」

恋のはじめにもらった二通の手紙は、全文を諳んじるほどに芙美子の心にしみた。飢えてしぼんでいたその日暮しの生が、突然、烈風になぎ倒されたような衝撃を受けた。歓喜よりも、敬虔な感謝の気持に震えた。棟一郎との恋に向き合うのなら、これらの手紙をそのまま出すしかなかった。すべてはそこから始まったのだから。戦時下の芙美子を支え、厭戦の思想を注ぎ込み、時代に対する批判精神を、棟一郎は芙美子に教えた。底辺を生きる人びとへのそれまでの素朴な視線と情緒に、明確な言葉の輪郭を与えてくれたのも棟一郎だった。

「野火の果て」が発表されてまもなく、芙美子を訪ねてきた棟一郎は、俺にだって著作権はあるのだからと、手紙の返却を要求した。それでもあなたが作家として使わずにいられないのだったら、『廿世紀の手紙』とでも題して、往復書簡集を作ろうと提案してきた。そんなことが実現できるなどとは思わなかった。大切に保管していた手紙はかなりの量にのぼっていた。早く返してしまわないと、最後の一通までも作品に使いたくなりそうな気がした。といって焼却する決心もつかなかった。それらの恋文はもはや遠い過去の思い出でしかなかったが、作家としての芙美子の中では、ずっと揺曳していた。

■「浮雲」

芙美子が体調に不安を感じるようになったのは、「晩菊」を書いて間もない頃だった。駅から自宅までの一〇分にも満たない距離が辛くなった。「庭にこんなに咲いてるのに」とキクはぶつぶつ言ったが、途中の花屋に立ち寄って季節の花を買ってくるのは、息を整えるためだった。

朝、目が覚めるとあゝ生きているとほっとした。大きく息を吐き、神様、もう少し書きたいのですと祈った。戦争はどんどん遠くなり、荒廃した空気が日本全体を覆い、そこから発する荒れた活気が人々の精神や日常を煽っていた。土地も物価も高騰し、餓死者や一家心中、良家の子女の麻薬中毒事件や猟奇殺人が新聞をにぎわせていた。ＧＨＱの支配下にあるにしても、政府はあいかわらず無能だった。

「どうなるんだろうね、日本は」

新聞を手に、芙美子は暗澹たる思いで呟くのだが、キクも緑敏も、まったく関心を示さない。毎月入る多額の原稿料と印税は、林家を別世界にしていた。日本女子大附属の幼稚園に通うようになった泰は、小児麻痺もあって病弱だった。泰を長野の上林温泉に転地させ、芙美子も熱海の桃山荘を別荘代わりに使った。熱海駅の真上にある古い小さな温泉宿だったが、一〇〇〇坪の日本庭園の向こうに熱海の海が光っていた。二間続きの日本間で、芙美子は執筆を続けた。

「夜の蝙蝠傘」「太閤さん」「盲目の詩」「別れて旅立つ時」「第二の結婚」「暗い花」「野火の果て」「晩菊」「茶色の目」「槿」「骨」「水仙」「牛肉」「下町」「松葉牡丹」「クロイツェル・ソナタ」──その間に次々に出版される単行本や『林芙美子文庫』（新潮社）の序文を書き、新聞・雑誌にエッセイを書いた。

「晩菊」の評判は高く、一九四九（昭和二四）年第三回女流文学賞を受賞した。

芙美子の中で「浮雲」の構想が具体的な形をみせてきたのはその頃だった。大長編になるはずだった。戦争をはさんで、時代に翻弄される男と女を描きたかった。六興出版社の文芸誌『風雪』に、一一月号から連載することが決まった。

ハノイからの引き揚げ船で帰国した女主人公・幸田ゆき子が、敦賀で数日を過ごし、東京に戻る場面から芙美子は書き始めた。

ゆき子をダラットとドユランの間にあるパスツール研究所の栽培試験所のタイピストにし、富岡兼吾を農林技師にしたのは、明永久次郎の『佛印林業紀行』を読んだからだった。明永を芙美子に紹介してくれたのは、松下文子の夫で林学博士の真孝だった。一九三四（昭和九）年の初夏、芙美子は樺太に行く途中、旭川の松下邸を訪ねた。いたるところで無残に伐採された森林が気になっていた芙美子に、当時北海道大学にいた真孝は、農林技師の明永を引き合わせた。

東大で林学を専攻し林業試験所に勤めていた明永は、戦時下の一九四一（昭和一六）年末、林業調査団の一員として仏印（仏領インドシナ。現・ラオス、ヴェトナム、カンボジア）に渡り、ハノイからビン、ユエ、ヘイホ、ダラット、プノンペン、そこからさらに奥地に入り、全地域の密林・山林を踏査してまわった。車の走行距離は九千キロメートルにも及んだ。『日本農林新聞』に一部を連載した後、一九四三（昭和一八）年、『佛印林業紀行』としてまとめられた明永の本を、芙美子は疎開先で読んだ。

松下文子はどうしているだろうか。旭川の家で二人の男の子を育てているはずだ。夫の真孝が結核で療養しているという手紙を貰って気になっていた。松下文子の顔に尾崎翠が重なった。尾崎は鳥取に帰ったまま音信不通になっていた。文子に聞いたらわかるかも知れない。青春をともにした翠は、芙美子がかなわないと思った唯一の同時代の作家だった。

机の上に『佛印林業紀行』と並べて、同じ年に出版された森三千代の『晴れ渡る佛印』も置いた。芙美子が南方に徴用された同じ年の初め、三千代は文化使節団の一員として仏印に渡り、ハノイからユエ、ダラット、アンコールワットと三ヶ月にわたって旅をしていた。病院船で運ばれ、マレーシア、ジャワ、スマトラ、ボルネオを八ヶ月間、軍部の言うがままにまわった芙美子とは、なんという違いなのかと溜息をついた。金子光晴の妻というだけでも羨ましいのに。

「浮雲」は、『風雪』が休刊となったために、一九五〇（昭和二五）年九月から『文学界』の連載となり、五一年四月に完結した。

タイピストを夢見て上京したゆき子は、姉の義弟伊庭に犯され、その関係から逃れるように仏印ダラットに渡る。農林技師富岡との夢のような恋の日々が過ぎ、敗戦をむかえる。命からがら帰国したゆき子は、アメリカ兵のオンリーや伊庭の情婦になるが、ダラットでの日々が忘れられなかった。

どのように裏切られ疎まれても富岡を求め続け、ともに九州の屋久島に渡る。再び農林技師として出発した富岡のかたわらでゆき子は死の床にいた。雨の降りしきる中、富岡の留守にゆき子は大量の血を吐き、洞窟の中に生き埋めにされるような恐怖と孤独に襲われながら息絶える。

「富岡は、まるで、浮雲のやうな、己れの姿を考へてゐた。それは、何時、何処かで、消えるともなく消えてゆく、浮雲である。」

最後の点を打つと、もう「完」と入れる気力もなく、芙美子は机に突っ伏した。ああ、なんとか命が持ったと芙美子は大きく息を吐いた。タイピストを夢見て上京してきた娘をどうしてここまで無残に突き放してしまったのか、芙美子自身にもわからなかった。

ゆき子も富岡も芙美子自身だった。一筋の光りも見えないし、絶望の向こうに芽生えるものなど何もない。だれもが「浮雲」のように、いつ消えるかわからない生を、戦争に翻弄されて生きて来たのだ。心の中に空洞が広がっていく。黒くて重いかたまりが、その空洞を埋めようとしている。芙美子は身震いして、机から立ち上がろうとした。

「おばさま、編集者の方が待っていられます」

控えめな声が襖の向こうでした。上京して間もない姪の福江だった。

「入っていいよ。ようやく書き終わったところ」

福江が顔を出し、芙美子のからだを支えながら立ち上がらせた。やさしい動作だった。

■芳賀檀

鹿児島のバス会社で事務員をしていた福江は、屋久島の取材で鹿児島を訪れた芙美子に、上京したいと頼み込んだ。

「いやだよ、あんたたち姉妹は。ようやく慣れたかと思うと、ぷいっと帰ってしまうんだから。福江は何回あたしのところに居たのよ。うちの子にしたかったのに、おばあさんと喧嘩しては出て行ってしまう」

ポンポン言いながらも芙美子は姪を可愛いがった。それに淵が結核だとわかって慌てていた。泰にうつされでもしたら大事だった。福江に手伝って貰うしかないだろう。間もなく上京してきた福江は、すぐに泰と親しんだ。芙美子と同じ背丈の素直で明るい娘だった。

その日は、ドイツ文学者の芳《は》賀《が》檀《まゆみ》と銀座の資生堂で食事の約束をしていた。夕方、眠りから覚めた芙美子は、風呂に入り、着物を選んだ。出入りの呉服屋・藤三から届いたばかりの、黒地に臙脂の唐草模様を描いた明石を着ることにした。「浮雲」が完成したのだもの、お祝いだわ、と芙美子は芳賀の顔を浮かべて、姿見をのぞいた。顔が少し浮腫《むく》んでいたが、華やかだった。

「おきれいだわ」と後ろから淵と福江が手を叩いた。若い娘がいるのはいいものだね、と笑って言いながら、ふと数日前に届いた若林つやの手紙を思い出した。

「突然にお許しくださいませ。ご活躍をお喜び申し上げ、失礼を省みずにお手紙を差し上げます。戦時下、私が東京にとどまりましたのは、あの方の薔薇園を守るためでした。まだ二〇代から、あの方は私のゲーテでございました。名門同士の約束でご結婚なさいましたが、奥様は誇り高く、あたたかな生活など無縁のあの方を、私はお守りし続けてまいりました。私の青春であり、人生のすべてです。最近、あなたさまがお親しくなさっていられることを知り呆然としております――」

原稿用紙一〇枚に綴られた若林の手紙は、芙美子を驚かせた。時雨への追悼詩を渡して以来会っていないから、もう一〇年近くになる。来合せた長谷川春子に手紙を見せた。春子との交友は続いていた。

一九四四（昭和一九）年二月、疎開していた郷里の埼玉県春日部で、三上於菟吉は五三歳の生を閉じた。報を受けて、芙美子は春子宛に悔やみの手紙を書き香典を送った。愛人も去り、春子が献身的に世話をしていると聞いていた。戦後になって時々訪ねて来る春子に、芙美子は泰の絵の家庭教師を頼んだ。

「若林さんらしいね。芙美子さん知らなかったんでしょ。ずっと昔から、あの人、芳賀檀一筋だったのよ。結婚するつもりだったのに裏切られたんだって。一時あきらめたのに、芳賀さんがドイツから戻って、また始まったのね。あの人は怖いよ、気をつけないと」

「気をつけろっていわれても、私たち、何もないわよ。ただ時々食事するだけ。だけど知らなかったわ。若林さんて、およそ色気なんてない人だったものね」

「『女人藝術』の終わりごろ、姉さん、こぼしてた。小池みどりは山内義雄、川瀬美子は佐々元十、熱田優子は義理のお兄さん、みんな不倫の真っただ中。その上どんどんアカくなって。でも、まさに青春だったね、あたしも芙美子さんもパリに行ったし」

「ずいぶん遠い昔の話ね。でもしょっちゅう顔出していたのに、私は何も気付かなかった。それにしても、ああ、パリにもう一度行きたいな。ドイツにも行きたくてたまらない」

言いながら芙美子は芳賀檀の顔を浮かべた。そういえばゲーテに似ているかもしれない。一ツ橋の岩波書店の玄関先で、すれ違った芳賀に思わず声をかけたのは去年の秋だった。芳賀が訳したヘルマン・ヘッセの『郷愁』『漂泊の人』を読んでいたこともあったが、太い大理石の円柱を両側に配した重厚な建物にぴったりと溶け込んでいる芳賀に、心惹かれたのだ。

近くの喫茶店で芳賀と向い合い、芙美子は時間の経つのも忘れた。偶然にも同じ年齢だった。芙美子がパリにいたころ芳賀はドイツに留学していた。「あなたにパリでお会いしていたらよかったが、僕はただ夢中で勉強していた」と芳賀が笑った。京都の三高から東大独文科に進んだ芳賀は、高松棟一郎の先輩だったし、その頃、白井晟一もベルリン大学にいたはずだ。松下文子の夫真孝もドイツの大学に留学して林学の博士号をとった。ドイツは芙美子にとって特別な想いのある国だった。

フライブルグ大学でハイデッガーに学び、後にケルン大学でベルトラム教授にニーチェを学んだ芳賀の留学時代の話は興味深かった。ケルン大学ではヘルマン・ヘッセやハンス・カロッサとも親しんだという。

「フライブルグはフランスとスイスの国境近くの小さな町で、シュヴァルツヴァルト、黒い森の入口にある。ハイデッガーの先生のフッサールが、もう退官していたのだけど、薔薇園のある美しい邸宅に住んでいてね、そのサロンは楽しかった。外国からの留学生が多くて、サルトルも常連でした」

出会ってまもなく、芳賀はキルケゴールの『愛について』とゲーテ『若きウェルテルの悩み』を抱えて、芙美子の家を訪ねてきた。「僕の訳は少々古いかもしれないが」と言いながら本を差し出す芳賀に、芙美子はひさしぶりに心を弾ませた。それ以来、ときどき食事をしていた。芳賀はフッサール家のサロンが忘れられなくて、大塚の自宅の庭を薔薇園にしたのだろう。戦時下、母屋は焼失したが、薔薇園はどうやら若林つやが守ったようだ、と芙美子はおもわず微笑んだ。

ずいぶん年下だと思っていたが、芙美子と二歳しか違わないと春子が教えてくれた。かなわない恋に生涯かけるのも、それはそれでいいのだろう。でも私は恋に人生はかけられない。いつだって書くことしかなかった。これからも芳賀とはときどき食事し、文学やドイツの話を聞くつもりだった。それに、昭和一〇年代、『日本浪曼派』に参加し、「古典の親衛隊」等々を書いていた芳賀に、戦後のマスコミは冷たかった。芙美子との時間は、芳賀にとっても楽しいひとときだった。若林が何を思おうと芙美子には関係のないことだった。

口紅をひき、帯の後ろをぽんと叩いて、芙美子は迎えの車に乗った。

二　蠟燭

一九五一（昭和二六）年六月二〇日の夜九時、築地の割烹料理屋「錦水」からタクシーに乗り、自宅横の四坂の石段上で芙美子は車を降りた。いつもなら運転手に自宅まで支えてもらうのだが、林芙美子の名も知らない無愛想な運転手に頼むのも億劫だった。石段を十数段下りるくらいは大丈夫だろう。

この夜の『婦人公論』主宰〈女流作家座談会〉の集まりは楽しかった。食事も日本酒も美味しかった。宇野千代は所用で来られなかったが、平林たい子、吉屋信子、佐多稲子とひさしぶりにこころゆくまで語り合った気がする。

「ほんとうならここでお芙美さんのどじょう掬いがでるところね」

平林が盃を手に笑った。

「踊りたいわねえ、アラ、ェッサッサ。でもだめ、いまは息が切れてしまう」

「それなのにそんなに煙草呑んじゃ、駄目じゃないの」

吉屋信子がたしなめるように言った。

「でも一服があるから、やっていけるのよね」

佐多稲子のしみじみとした口調に芙美子は頷いた。窪川鶴次郎との離婚が成立し、佐多稲子の名に戻っていた。夫の不倫を知って揺れる妻の心情を、「くれなひ」に書いてから一〇数年の歳月が経っていた。

ともに南方に徴用され、同じ病院船でクアラルンプールに着き、軍の車でマレーシアを一周した。

「それにしても、百合子さん、驚いたわね。突然だったもの」

芙美子が稲子の方を向いて言った。その年の一月二一日、宮本百合子が五二歳の誕生日を前に急逝した。電撃性髄膜炎菌敗血症と発表されたが、拘留中にかかった熱中症が原因だった。

「『歌声よ、おこれ』って、ようやく百合子さんの時代が来たのにね。無理しすぎたのよ」

稲子は黙ったまま頷いた。

「百合子さん、飛ぶ鳥落とす勢いだったからね。だけど、私たちは長生きしなくちゃ。与謝野晶子、岡本かの子、時雨さん、矢田津世子、辻村もと子、田村俊子さん――ずいぶんいなくなってしまった。淋しいわね、ほんとうに」

吉屋信子が芙美子の盃に酒を注ぎながら、しんみりと言った。

■「居郷留《オルゴール》」

石段に沿って芙美子の家の石塀が続いている。芙美子は塀に手をかけて石段を下りた。三段下りただけで心臓が苦しく息が切れた。飲みすぎたのかもしれない、と塀に寄りかかって動悸を静めてから、石段に腰を下ろした。梅雨の合間、塀の上から竹藪が勢いよく伸び、大きな黒いかたまりにみえる。音を立てて揺れる竹の葉の隙間に、冴えた半月が覗いた。そのうち、誰かが通りかかるだろう。そしたら家に声をかけてもらおう。夏大島の着物を通して、大谷石の冷たさが気持よかった。平林たい子の顔が浮んだ。

車に乗り込もうとする芙美子に、たい子が声をひそめて囁いた。

「ねえ、泰ちゃんが高松さんの子どもだってほんとなの。まさかと思うけど、あなたが産んだって噂もあるみたいよ。でもね、あたし嬉しかったのよ、あなたが子どもに泰って名前付けてくれて」

芙美子はたい子の手を握って笑った。泰と命名した時、たい子の名前はまったく思い浮んでいなかった。〈林芙美子〉の名と同じように、左右対称の名をつけたかっただけだ。ひそやかにこの世に生まれてきた男の子に、芙美子は幸運で強い名前を与えたかった。でも、真、実、貴、豊、幸、圭、薫――半紙に並べて書いたいくつもの漢字から「泰」を選んだのは、もしかして無意識のうちに「たい子」が心の奥にあったのかもしれない。それにしても高松棟一郎の子とは、と芙美子は苦笑した。

棟一郎はすでに毎日新聞社をやめて、東京大学新聞研究所の教授になっていた。三週間前の五月末、芙美子は電話で呼び出された。

「今、学生を連れて池袋の東口で飲んでます。来ませんか。あなたの『浮雲』が評判になっている」

酔いのまわった声だった。どうせ呑み代が足りなくなったのだろうと思ったが、久しぶりの電話は嬉しかった。

行くことにして、タクシーを呼んだ。淵が乗り込もうとしたが、「昔の編集者と会うのだから」と拒んだ。明治通りを走り、豊島区役所を右に折れると、バーや飲み屋が立ち並び、中に「居郷留《オルゴール》」の看板があった。カウンターだけの狭く細長い店は煙草と酒、男たちの体臭までが混じって強烈だった。一瞬、芙美子は着物の袖で顔を覆った。カウンターの一番奥に陣取って、棟一郎は三人の学生と飲んでいた。ネクタイをはずし、シャツをはだけていたが、新聞社時代よりも生き生きと見えた。隣の席の学生があわてて芙美子に席を譲った。

「いい店でしょ。ママと女の子、それに賄いのおばさんと三人だけ。だから客も一〇人ってところかな。それにしても今をときめく林芙美子先生が来てくださって、俺も鼻が高いよ」

「ご機嫌なのね、楽しそうじゃないの。学生さんに囲まれて」

芙美子が言うと、カウンターから出てきた中年の着物の女性が、芙美子の前におしぼりとグラスを置いた。

「ほんとうにようこそいらして下さいました。先生のお作、私、ずいぶん拝読しています。『放浪記』も『浮雲』も。高松先生にはお世話になっています」

「僕がお世話になっているんだよ。ここは大学の先生や画家、詩人の溜まり場でにぎやかだ。この間は山之口貘さんが、あんたの『めし』を褒めていた」

『晩菊』の田部や、『浮雲』の富岡が、高松先生がモデルだって文学部の連中は噂してますが、ほんとうですか。僕たちには信じられないな」

工学部の二年生だという学生が、話の続きのように聞いた。棟一郎は笑って酒を飲んでいる。こうしてくつろいだ彼を、芙美子は初めてみたような気がした。

「そんなことを聞きたくて私を呼んだの？　まさかね。モデルを詮索されるんじゃあ、かなわないわ。作家はいろんな人たちを合わせて登場人物をつくるのよ。その時代を生きる典型が書けたらいいのだけど。でもね、どんな登場人物もどこかに自分が投影されているの。主人公のゆき子も富岡も、結局は私自身。それに、高松先生、あんなに格好よくないでしょ」

「ひどいな、たしかに俺はいい男じゃないし、野暮ったいけどね。でもおかげで、あそこまで女に残酷じゃあないし、ニヒルにもなれん」

棟一郎が声を立てて笑った。柔らかな表情だった。

「それもそうですね、先生のイメージじゃないですね。なにしろ山中湖にある大学の合宿所や谷川岳の保養所で、率先して規則破りするんだから。真夜中に裸でドンちゃん騒ぎなんですよ。高松ゼミは面白くて評判ですが、大学は困っているらしいです」

「まあ、そのおかげでいろんな学生が入ってきたじゃないか。こうして呑んだくれることもできる」

「アルバイトを紹介してもらったり、新聞社に就職させてもらったり。みんな先生のお世話になっています。それにこうして飲ませていただいて、感謝です」

『サンデー毎日』からしばらくアメリカに派遣されていた棟一郎が、帰国後まもなくＧＨＱの肝いりで設置された東大の新聞研究所に移ったことを、芙美子は毎日新聞の記者から聞いていた。

「華麗なる転身ってところね。すごいじゃないの東大教授なんて」

芙美子の言葉に、記者は声をひそめて言った。

「でも給料は半分くらいになるみたいですよ。二人目のお子さんができたし、大変じゃあないですか。それに、これだけGHQと関わっていると、やっぱりスパイだったって噂、ほんとだったのかなって。社にはいづらくなっていたようです」

■東大新聞研

「新聞研究所って東大でも特別なんですよ。『朝日新聞』と『毎日新聞』と、二つの新聞社の花形記者が教授ですからね、とにかく面白いんです。どの学部からも参加できる。単位は出ないのにすごいですよ、五〇人の定員に三倍も集まるんだから。新しい日本に民主主義を根づかせるには、やはりマスコミが問題なんでしょうね」

敗戦から六年経っていた。学徒動員も特攻隊も、いつの間にか遠のいていた。いい時代に生まれ合わせた幸福な若者なのだろう、と芙美子はまぶしそうに学生を見た。

「そうよ。鬼畜米英、聖戦、神風、欲しがりません勝つまでは――そういって国民を煽ったのは新聞だからね。もちろん軍部に逆らっていたら潰されちゃったでしょうけど。でもあなたたち、無念な想いで死んだ若者たちの分もしっかり頑張ってね。二度と戦争は駄目ですよ。まだ占領下だっていうのに、戦争の記憶はどんどん遠くになっていくのだから」

黙って飲んでいた棟一郎の眼に、一瞬、暗い影が走ったように見えた。

「すみません、僕はそろそろ失礼します。先生このごろ飲みすぎですよ。体が持ちませんよ」

学生の一人が立ち上がって、芙美子に挨拶をした。つられて芙美子も席を立った。棟一郎ともう少し語りたかったが、翌日は朝から取材が入っていた。これからいくらでも機会があるのだろう。

伝票を握って、入口で「これまでの分もお払いするわ」と小さな声で言った。「助かります、だいぶ溜まっていて」と女は言い、分厚い伝票を芙美子に渡した。

毎晩、学生を連れて来ている様子だった。二人の子どもを抱えて、どうやっているのだろうか、と一度だけ家を訪ねた時に会った棟一郎の妻を思い出した。無造作に後ろで髪を束ね、化粧気もなかったが、清潔な雰囲気の若い女だった。大きな目をした幼い男の子が母親のスカートをつかんでいた。今度生まれたのは女の子だという。

翌日、芙美子は淵に目黒川沿いの高松の家に、単行本『浮雲』と「お嬢様お誕生　御祝い」と記した白い封筒を届けさせた。かなりの金額を入れた。東京裁判を傍聴し、第一線の記者として奔走する棟一郎より、学生に囲まれた今のほうが芙美子には嬉しかった。交換船で帰ってからの棟一郎が、アメリカ側の諜報員だったとしても、生きるためには、それで仕方のないことだった、と芙美子は思った。だからこそ新しい時代を、彼は学生に託しているのだろう。

■石段

誰も通る人はいなかった。月がときどき竹藪の陰に隠れる。棟一郎に会えてよかった、ともう一度芙美子は心の底から思った。勝手口の戸が開いた。緑敏と福江が顔を出した。

「遅いね、まさか電車で帰るなんてないと思うけど、駅まで行ってみるか」

緑敏が福江に言っている声が聞えた。「ここよ」と芙美子は二人に声をかけて手を振った。立ち上がろうとしたが、手すりのない階段は、不安定で転びそうだった。もう一度「ここよ」と言ったのに、声が届かない。ふたりは黒い影になって、階段を下りて左に曲がっていった。

声をだしたせいか、息が苦しくなった。芙美子はあえぎながら、ボルネオのバリドの大河とその支流をなす、マルタプウラのデルタの町バンジャルマシンの景色をみていた。自然も人もカンポンと呼ばれる村落の光景も、すべてはひとつに溶け合って太古の昔から続いているようだった。芙美子はオランダの植民地政策に目を見張った。耕地の要所要所に運河をつくり、道路を敷き、建物を造り、それから移民を呼んだ。耕地もなければ、道も家もない荒涼とした地に、無造作に人を送り込んでよしとする、日本の満州開拓事業となんという違いなのか。

飛行機から見下した果てしない密林の拡がりがみえている。一面の燃え立つような濃緑の大地の間を、魚骨のような河が流れているだけ、人間がどこにいるのかと不安になるほどの大自然なのだ。もう一度、行くことがあるだろうか。地上に楽園があるとしたら、それはパリとジャワ。パリには私の青春があった。ジャワには祈るしかない自然があった。

風が出てきた。息苦しさがましていた。早く戻ってくればいいのに、と芙美子は緑敏と福江に少し腹を立てていた。まったく気が利かないのだから、二人とも。でも平林たい子も佐多稲子も、なぜ同じようなことを聞くのだろう。芙美子さん、ダラットにいついらしたの？　泰ちゃんは誰の子なの？

なんとばかげた問いなのだろう。私は作家なのよ。泰は誰の子でもない、私の子なのよ。

それ以上、何を答えなくてはならないのだろう。芙美子はハンドバックからハンカチを取り出して、首に巻いた。風が笹の葉を音立てて揺らす。これから書きたい作品の断片が次々と湧き上がってくる。

ふとかすかに、蠟燭の火が揺れたような気がした。石段をバタバタと駆け上ってくるサンダルの音がする。ようやく階段に蹲っている芙美子に気付いたようだ。何か叫んでいる。芙美子は二人を必死で見ているのに、揺れる蠟燭の火しか見えない。でもまだ消えてはいない。

完

あとがき

自分を落ちつかせようと
幾度となく廻つた円周
自分に打ち克つ何ものもない
恥ぢも名誉も　そして後悔も
棺のなかに持つてゆく人生
厳しい微笑
執拗に力まかせに生きる
自分の前を見詰めて
とゞろき降る激しい雨
蝋燭はまだ燃えてゐる　かすかに。

（昭和二五年八月　下落合にて　林芙美子）

その死の一〇ヶ月前に出版された『夜猿　林芙美子文庫』（新潮社）あとがきを、芙美子はこの詩で結んだ。「執拗に力まかせに生きる」とは、小説を書きつづける、と同義語だった。「生きた、書いた」、そして「愛した」生涯だった。フランスの小説家の墓碑銘に似ていないこともないが、しかしどこか悲壮感が漂う。

「この世の中に何一つ自由はない。底なしの空虚が時々私の心におそつて来る。小説を書くと云ふ事、人の心にふれる小説を書くと云ふ事が私のよるべであり、私の生きてゆく力であらう。」

（「暗い花」あとがき）

「私は、このごろ、小説を書く以外に何の興味もない。私に生きよと云ふ事は小説を書くと云ふ事だ。」

（「牛肉」あとがき）

言葉を持たない人たちの代弁者として、芙美子はひたすらに書き続け、四八歳の生を閉じた。戦後を六年しか生きなかった。その早すぎた死は、戦時下の自分の言動を覆い隠したい女性作家にとって僥倖だった。彼女たちは芙美子を、戦争協力のスケープゴートとして差し出し、自らは無傷で新しい時代を生きた。このことが、長い間、芙美子が正当に扱われることを阻んできた。芙美子の文学に流れる豊かな詩精神は「エレジイ」（宮本百合子）に限定され、「一管の草笛の綿々として尽きざる哀調」（亀井勝一郎）として、「純文学」の範疇から遠ざけられた。

講談社刊「日本現代文学全集」別巻、久保田正文による『昭和文学史論』には、林芙美子の名さえなく、「新潮現代文学」全八〇巻には、林芙美子の巻はない。研究はほとんどなされていないに等しかった。代表作「放浪記」でさえ、『現代文学大辞典』（一九六五年　明治書院）はその初出を、「昭和三・八月から数回『女人藝術』に連載」と記し、『日本近代文学大辞典』（一九八四年　講談社）は『『女人藝術』昭和三・八〜四・一〇』、フェミニズムの機運の中で編まれたはずの『現代女性文学辞典』（一九九〇年　東京堂出版）も『『女人藝術』昭三・八〜四・一〇』と『日本近代文学大辞典』を踏襲して終わる。原典に当たれば一九二八（昭和三）年一〇月から一九三〇（昭和五）年一〇月まで、二〇回にわたって『女人藝術』に連載されたことが確認できたはずである。孫引きで済ませてきた研究者・評論家に、林芙美子という作家への敬意はない。

二〇〇〇年代に入って、林芙美子に関する研究論文、評伝、戯曲、小説などが次々に書かれ、再評価の時をようやく迎えた。フェミニズムの視点からの文学史の読み直しと同時に、尾道はじめゆかりの地で、あるいは林芙美子記念館で、林芙美子とその文学をこよなく愛し、守り続けてきた人たちの情熱が実を結んだといえる。

「私の死後、私の作品が末永く残るとは信じられないが、たゞ、仄かな暖かいものを私の作品のなかから汲みとってもらへれば私は嬉しいのだ」（「暗い花」あとがき）

芙美子の葬儀の日には、二千人を超す人びとが参列した。その多くは愛読者だった。芙美子と読者の「仄かな暖かい」関係は、文学史にかかわりなく、いまなお続いている。

本書は、もとより研究書ではなく、といって評伝でも小説でもない。というよりそれらの枠組から自由に、林芙美子というひとりの作家を、同時代の女性作家たちのなかに、あるいは今は滅びた文壇という男社会のなかに、さらには「昭和」という激動の時代に置いて、その「執拗」と「力まかせ」の軌跡を、現在の混乱の世相に投射してみたかった。

執筆にあたって、たくさんの方々のお世話になった。

ベースになったのは、一九七〇年代末から八〇年代にかけて、長谷川時雨主宰の『女人藝術』『輝ク』を研究するにあたってお目にかかった、熱田優子、宇野千代、円地文子、川瀬美子、佐多稲子、佐藤さち子、城夏子、辻山春子、中島幸子、中本たか子、平林英子、松田解子、望月百合子、素川絹子、八木秋子、山内（小池）みどり、横田文子、若林つや――かつての『女人藝術』の方々からの聞き取りである。

文学史や歴史の中でしか知らなかった世界が、生き生きと動き出してくることの魅力に夢中になって過ごした数年間だった。そこで語られた林芙美子像のなんと鮮やかだったことか。ひとりひとりのお顔が浮かび、声が聞こえてくる。『女人藝術』と長谷川時雨は、研究者としての私自身の原点でもあった。序章、一章、二章の記述は、その方々の証言に依っている。

〈三章〉一九九九年冬、京都大学で住居空間を教えていられた建築家の故外山義《ただし》氏にお会いした。外山五郎氏のご長男だった。長身で魅力的な風貌の義氏に向かい合いながら、芙美子が五郎氏に魅せられた気持ちが分るような気がした。その折にパリから帰国後の五郎氏の消息を伺った。岡部伊都子さんの紹介だった。同年三月末から一〇月初めまで、パリに滞在した折に、芙美子の跡を探して辿った。パリでは西間木真、大木下幸子、磯川まどかさんに、ロンドンでは千葉俊二氏に協力していただいた。六〇余年の時を経ていても、アパートも街並みもそのままに残っていた。

〈四章〉芙美子の漢口従軍には、朝日新聞社特派員の渡辺正男氏が大きな役割を果たした。渡辺氏は私の学生時代からの友人高橋一清氏の叔父上にあたる。高橋さんを通して貴重な資料をお借りすることができた。

〈五章・終章〉平林たい子の評伝「林芙美子」が基になって流布している高松棟一郎像に、長年違和感があった。彼に関する、毎日新聞社の社内資料はこれまでにも使われていて、新たな事実がでてくるとは思われなかった。それで東大新聞研究所の歴史を調べているうちに、高松ゼミの学生がマスコミに散っている可能性に思いあたった。長年の友人である朝日新聞出版の田島正夫氏にお願いした。早速、天野勝文氏（毎日新聞社）、柴田鉄治氏（朝日新聞社）、坂巻由従繁氏（共同通信）をご紹介いただいた。

三氏ともに、すでに現役を退いておられるが、高松先生に学んだ日々を、懐かしみながらお話しくださった。口々に語られる「インテリヤクザ」の風貌は、若い日の恋人外山五郎や白井晟一とはだいぶ異なる。交換船で帰国し、戦後はアメリカの手の中で動かざるを得なかった、ひとりのジャーナリストの苦悩が、ドラマとして感じられた。

芳賀檀についての記述は、若林つやさんの若い日からの友人堀辰雄夫人多恵子さんによる。

中国文学研究者の久保卓也氏、漢詩文に造詣の深い学友神野藤昭夫氏、また共同通信記者の小池新氏、林芙美子記念館ボランティアの浦野利喜子さん、「女人藝術研究会」（NPO現代女性文化研究所）の加藤誠一氏に資料その他で多大なお世話になった。林芙美子の姪で芙美子の没後、緑敏さんと結婚された林福江さん。芙美子とその一族を語る記憶の確かさに、いつも時間を忘れさせられた。どこか芙美子やキクさんの面影が重なる。

写真・資料は林福江さんと新宿歴史博物館のご厚意による。

連載中、多くの方々から励ましていただいたことが嬉しかった。ありがとうございました。藤原書店の藤原良雄社長、編集担当の山崎優子さんには、言葉に尽くせないほど感謝しています。

尾形明子

二〇一二年九月

林芙美子　年譜（一九〇三—五一）

一九〇三年（明治三六）　〇歳

出生地については、下関、門司説があったが、現在は「新緑の頃」福岡県門司市大字小森江生まれとされる。しかし芙美子自身は、下関生れと信じていた。『放浪記』にも下関生れと記している。本名フミコ。母キクは鹿児島市内の漢方薬業「紅屋」の長女。弟久吉が営む櫻島古里の温泉宿を手伝ううちに、愛媛県周桑郡出身の行商人宮田麻太郎と出会い、出奔して芙美子を生む。キクにはすでに長女ヒデ、長男、次男の三人の、それぞれ父親の異なる子どもがいた。麻太郎が認知しなかったので、鹿児島県東桜島古里二五六番地、林久吉姪、キク私生児として一二月三一日に入籍。誕生日は五月、六月の両説がある。

一九〇四年（明治三七）　一歳

麻太郎は日露戦争景気に沸く下関で質流品を扱う店「軍人屋」を出して繁盛する。若松、長崎、熊本に支店を出す。

一九〇七年（明治四〇）　四歳

「軍人屋」本店を石炭景気でにぎわう若松本町に移す。使用人も多く、一家は裕福だった。

一九一〇年（明治四三）年　七歳

麻太郎が、芸者を家に入れたために、キクは旧正月の夜、芙美子を連れて、岡山出身の店員沢井喜三郎と家を出て長崎に行く。四月、長崎市勝山尋常小学校入学、後、佐世保市八幡女児尋常小学校に転校。

一九一一年（明治四四）　八歳

一月、下関市名池《めいち》尋常小学校へ転校。沢井は下関で古着商店を営み生活は安定。

一九一四年（大正三）　一一歳

沢井の店が倒産。キクも行商に出るようになったために芙美子は鹿児島の祖母のもとに預けられ、一〇月、鹿児島市山下小学校五年に編入。

一九一五年（大正四）　一二歳

鹿児島から戻り、沢井、キクとともに直方の木賃宿に住んで炭鉱町を中心に行商していたと思われる。「九州炭鉱放浪記」に詳しい。

一九一六年（大正五）　一三歳

五月、広島県尾道市に転居。六月、第二尾道尋常小学校五年に編入。教師小林正雄が、芙美子の文学・絵の才能を見出し、進学を勧める。因島から忠海中学校に通学していた岡野軍一と親しくなる。『放浪記』の「島の男」のモデル。

一九一八年（大正七）　一五歳
四月、尾道市立高等女学校入学。学費を得るために夜は帆布工場で働き、夏休みには神戸に女中奉公に出た。読書に熱中し、国語教師森要人の指導で校友会雑誌に作文が載る。

一九一九年（大正一〇）年　一六歳
直方に住む実父宮田麻太郎に会いに行く。国語教師今井篤三郎が森要人の後任として赴任。芙美子の文学的才能を育て、強い影響を与えた。

一九二一年（大正一〇）　一八歳
秋沼陽子の筆名で『山陽日日新聞』『備後時事新報』に詩や短歌が載る。

一九二二年（大正一一）　一九歳
三月、女学校卒業。明治大学に通う岡野を頼り上京。小石川区雑司ヶ谷に住む。風呂屋の下足番や帯封書き、株屋の事務員などの職につく。七月、尾道に帰り、八月、両親とともに上京。東中野に住み、母と道玄坂や神楽坂で衣類や雑貨の露店を出した。

一九二三年（大正一二）　二〇歳
三月、大学を出た岡野は家族の反対で芙美子との婚約を解消し、郷里因島の造船所に就職。芙美子は職を転々とした。九月一日、関東大震災時、芙美子は本郷・根津権現に下宿し、両親は新宿十二社に間借りしていた。灘の酒荷船に便乗し大阪に行き、尾道に帰る。因島に行き男の裏切りを確認し、高松に引き上げた両親のもとでしばらく暮らす。再び上京し、近松秋江宅で女中をしたり、下町の町工場の女工になる。暮には尾道に帰る。この頃から「歌日記」と題する日記を書き始め、後の『放浪記』の原型となった。

一九二四年（大正一三）二一歳
三月、俳優で詩人の田辺若男と同棲。田辺の紹介で本郷肴町の書店南天堂二階の喫茶室に集まる萩原恭次郎、壺井繁治、岡本潤、高橋新吉、平林たい子ら、詩人、アナーキストたちと親しむ。六月、田辺と別れ、七月、友谷静栄とリーフレットの詩誌『二人』創刊（三号まで）「オシャカ様」が賞賛される。宇野浩二を訪ね小説の書き方を聞き、徳田秋声に親しんだ。一二月、詩人野村吉哉と同棲。

一九二五年（大正一四）二二歳
四月、野村と世田谷太子堂の二軒長屋に住む。隣は壺井繁治・栄夫婦。付近には平林たい子・飯田徳太郎が同棲し、黒島伝治、萩原恭次郎一家も住み、貧しい生活を支え合う。たい子とともにカフェの女給をしながら、詩、童話を雑誌社に売り歩く。世田谷勢田に引っ越す。

一九二六年（大正一五・昭和元年）二三歳
一月末、野村との同棲を解消し、新宿のカフェの住み込み女給となる。一二月、本郷三丁目の平林たい子の下宿に同居。たい子が小堀甚二と結婚することになり、尾道の両親のもとに戻った。「風琴と魚の町」を書く。「黍畑」もこの頃の詩。上京し下谷茅町に住みながら女給をする。本郷駒込蓬莱町の大和館に下宿していた長野県出身の画学生手塚緑敏を知り、同棲。

一九二七年（昭和二）　二四歳

一月、高円寺（現在杉並区）に転居、五月、和田堀（現在杉並区）の妙法寺境内浅加園の一棟に移る。「清貧の書」はこの頃の生活を描いている。緑敏とともに因島に岡野軍一を訪ねた後、高松に住んでいた両親に緑敏を紹介し、三週間滞在。

一九二八年（昭和三）　二五歳

七月、長谷川時雨主宰『女人藝術』創刊。八月、二号に詩「黍畑」掲載。一〇月、四号に三上於菟吉の推薦で「秋が来たんだ―放浪記」（初出・「秋の日記」の題で『太平洋詩人』一九二六年一一月）を発表、一九三〇年一〇月まで二〇回連載。

一九二九年（昭和四）　二六歳

六月、松下文子の援助で第一詩集『蒼馬を見たり』（南宋書院）刊行。七月七日、浅草駒形橋のうなぎや「前川」で出版記念会。同月一三日から三〇日まで、早稲田稲門会主催の九州講演会に、八木秋子と同行。途中、八幡で実父宮田麻太郎を訪ねる。八月、「アブノーマルな手紙二通」（女人藝術）一〇月、「九州炭坑街放浪記」（改造）

一九三〇年（昭和五）　二七歳

一月、台湾総督府からの招待で生田花世、望月百合子らと台湾旅行。五月、豊多摩郡落合町上落合（現・新宿区上落合）のかつて松下文子と尾崎翠が住んでいた家に転居。七月、『放浪記』（新鋭文学叢書・改造社）刊行、ベストセラーとなる。八月中旬から九月二五日まで中国、満州、上海を旅行。内山完造の紹介で魯迅に会い、中国の詩人・作家と交流。一一月、『続放浪記』（第二次新鋭文学叢書・改造社刊）「愉

快なる地図──大陸への一人旅」（女人藝術）

一九三一年（昭和六）　二八歳

一月から「春浅譜」を『東京朝日新聞』に連載。流行作家として忙しくなる。二月、母、祖母（義父の母）を連れて、京都、奈良、伊勢旅行。四月、「風琴と魚の町」（改造）一一月、「清貧の書」（同）。六月、浅草カジノフォーリーで「放浪記」上演。一一月四日、下関から釜山、長春を通り、シベリア鉄道でパリに行く。モンパルナスに近いダゲールに住み、美術館、芝居、映画、オペラを楽しみながら、随筆、旅行記を書き送って、日本の留守家族を支えた。画家の外山五郎、別府貫一郎、考古学者森本六爾らと交流。

一九三二年（昭和七）　二九歳

一月、ロンドンに渡りケンジントン、ホーランド通りの下宿に一ヶ月滞在。大阪毎日新聞のロンドン特派員・楠山義太郎、実業家・茂木惣兵衛夫妻と親しむ。再びパリに戻り、ダンフェール＝ロシュロー広場のオテル・フロリドールやダゲール二二番地オテル・リオンに滞在。四月、パリに来ていたベルリン大学で哲学を学ぶ白井晟一と出会い、恋に落ちる。円の大暴落で生活は苦しく、夜盲症になる。改造社の山本実彦社長から送金を受け、六月、マルセーユから日本郵船榛名丸で帰国。途中上海に立ち寄り、魯迅に会う。八月、下落合の西洋館に転居。「下駄で歩いた巴里」（婦人サロン九月）「巴里の小遣ひ帖」（婦人世界九月）「巴里まで晴天」（改造一〇月）「屋根裏の椅子」（改造一二月）等々のエッセイ、旅行記、小説を発表。

一九三三年（昭和八）　三〇歳

三月、両親上京、近くに住む。四月から八月まで伊豆湯ヶ島、大島、伊香保、戸隠と緑敏と旅行する。

五月、改造社文庫『放浪記・続放浪記』出版。パリの思い出を五月、『三等旅行記』（改造社刊）、八月、第二詩集『面影　ボクの素描』（文学クオタリイ社刊）にまとめて刊行。九月四日から一二日まで、共産党への資金寄付をめぐって中野警察署に留置される。「朝顔」（文学界八月）に書く。一一月三日、義父沢井喜三郎急性肺炎で死去。「鶯」（改造九年一月）に詳しい。母をひきとり同居。「耳輪のついた馬」（改造一月）

一九三四（昭和九）　三一歳

五月二二日から七月上旬まで北海道、樺太旅行。旭川で松下文子夫妻を訪ねる。「摩周湖紀行」（改造八月）「樺太への旅」（文藝八月）発表。『厨女雑記』（岡倉書房刊三月）『散文家の日記』（改造社刊四月）

一九三五（昭和一〇）　三二歳

五月、「放浪記」映画化（監督・木村荘十二、主演・夏川静枝）一〇月、短編集『牡蠣』（改造社刊九月）一一月一四日、出版記念会が、丸の内生命の地階マーブル・レインボー・グリルで開催。「野麦の唄」（婦人公論一―六月）「文学的自叙伝」（新潮八月）「仏蘭西の秋」（輝ク九月）

一九三六（昭和一一）　三三歳

六月、コクトー来日、再会。文芸家協会を代表して花束贈呈。コクトーは芙美子の横顔をデッサンして贈った。九月、大阪毎日新聞・東京日日新聞主催〈国立公園早回り〉に参加し山陰・瀬戸内海を回る。香川県坂出町の宿に宮田麻太郎が妻と訪ねてくる。一〇月、満州、山海関、北平に遊び、写生旅行中の緑敏と合流。帰国後、北海道、山形に杉山平助、尾崎士郎らと講演旅行。一二月三一日、原節子とＮＨＫから「銀座歳末風景」を対談放送。連載、短編の執筆、単行本の刊行が増える。「稲妻」（文藝一月）「市立

女学校」（改造二月）『愛情』（改造社刊一一月）

一九三七年（昭和一二）　三四歳

六月から『林芙美子選集』全七巻（改造社、一二月完結）刊行。第一巻は『放浪記』。一一月、緑敏が召集、衛生兵として宇都宮師団入隊。一二月、南京陥落。『東京日日新聞』特派員として上海からトラックで、三〇日、南京一番乗りを果たした。『田舎がえり』（改造社刊四月）「南風」（婦人公論六月―翌年一〇月）「女性神髄」（現代九月―翌年五月）「応召前後」（婦人公論一一月）「山川草木」（文學界一二月）

一九三八年（昭和一三）　三五歳

一月、中支従軍から帰国。五月、「泣き虫小僧」が豊田四郎監督で映画化。七月、『林芙美子長編小説集』全八巻、中央公論社から刊行が始まる。九月、内閣情報部による「ペン部隊」陸軍班の一員として上海に発つ。上海から単独行動をとり、朝日新聞社のトラック・アジア号に乗り、あるいは兵隊とともに歩き、一〇月二二日、漢口一番乗りを果たした。帰国後、大阪・東京を始め日本全国で従軍報告講演。一二月『戦線』（朝日新聞社刊）。「北岸部隊」（婦人公論翌年一月）執筆後、湯ヶ島で静養する。一二月二三日から翌年五月一八日まで「波濤」（朝日新聞）連載。

一九三九年（昭和一四）　三六歳

一月、自宅近くのグリーン・ハウスに仕事場を持つ。三月、「南風」が田中絹代主演により松竹から映画化。「波濤」取材で釜石精錬所に行く。七月、緑敏除隊。一二月、下落合四丁目二〇九六番地二四号の土地を購入。家屋新築工事に着手。「一人の生涯」（婦人之友一―一二月まで六月除き連載）「魚の合唱」（改造七月）「輝かしき追憶」（文藝八月）『放浪記―決定版』（新潮社刊一一月）

一九四〇年（昭和一五）　三七歳

一月五日から二月三日まで、北満旅行、「凍れる大地」（新女苑四月）にまとめる。一一月、小林秀雄らと朝鮮講演旅行。「十年間」（婦人公論一―一二月）「厭世」（文藝春秋九月）「魚介」（改造一二月）『女優記』（新潮社刊八月）

一九四一年（昭和一六）　三八歳

二月一日から九月一日まで、『都新聞』に「川歌」連載。五月中旬から六月上旬にかけて『婦人公論』の「扁舟紀行」（九月―翌年一月）取材で四国を回る。八月、新居に引っ越す。二二日、長谷川時雨死去。『輝ク』追悼号に「翠燈歌」を載せる。九月、佐多稲子、大佛次郎らと朝日新聞社の飛行機で満州国境慰問。「雨」（新女苑七―翌年三月）

文壇統制が厳しくなり『放浪記』『泣虫小僧』『女優記』が、発売禁止を受けた。

一九四二（昭和一七）　三九歳

八月、文芸銃後運動のために、北海道へ講演旅行。一〇月、報道班員として、南方へ派遣され、マレーシア、仏印、スマトラ、ジャワ、ボルネオなどに八ヶ月間滞在。スラバヤでは現地の村長宅で暮らした。「浮雲」の背景となった。戦争激化のため文筆活動は制約された。「滝沢馬琴」（文藝一・四・六月）「感情演習（フローベルの恋・皮膚・蟬）」（文藝一一月）、『日記（Ⅱ）』（東峰書房刊六月）『雨』（実業之日本社刊一二月）『田園日記』（新潮社刊一二月）

一九四三年（昭和一八）　四〇歳

五月、南方から帰国。各地で報告講演。一二月、生後四日目の男の子を養子にして泰と命名する。「南方初だより」（婦人朝日一月六日）「南の雨」（同二月一〇日）「スラバヤの蛍」（同三月一〇日）「スマトラ—西南の島」（改造六・七月）「南の田園」（婦人公論九月）等。

一九四四年（昭和一九）　四一歳

三月二八日、緑敏の林家への入籍届を淀橋（現在新宿）区役所に出す。翌日、泰の出生届を出し、嗣子として入籍。四月二七日、母キク、泰、手伝いの女性の四人で長野県上林温泉「塵表閣」に疎開、八月同県角間温泉に移る。疎開中は農耕、読書を中心に詩、短編、童話を書いた。この頃のことは「夢一夜」に詳しい。

一九四五年（昭和二〇）　四二歳

一〇月、疎開地から引揚げる。「船橋の魚」（別冊文藝春秋二月）

一九四六年（昭和二一）　四三歳

ジャーナリズムの復活に伴い、活発な執筆活動を再開する。「吹雪」（人間一月）「雨」（新潮二月）「ボルネオダイア」（改造六月）「作家の手帳」（紺青七—一一月）「狐物語」（赤とんぼ八月）「あいびき」（別冊文藝春秋一二月）等一二編を発表。発禁にされていた『泣虫小僧』（あづみ書房刊九月）『放浪記前編』（改造社刊一〇月）『続放浪記』（同一一月）等も復刊された。

一九四七年（昭和二二）　四四歳

五月、これまで不敬罪を怖れて未発表だった「放浪記」第三部を『日本小説』に連載。『毎日新聞』が戦後初めての連載小説を芙美子に依頼。八月一日から一一月二四日まで「うず潮」連載。「河沙魚」（人間一月）「ボナールの黄昏」（新女苑四月）「夢一夜」（改造六月）「麗しき脊髄」（別冊文藝春秋六月）、『一粒の葡萄』『淪落』『林芙美子創作ノート』等、次々と刊行。

一九四八年（昭和二三） 四五歳

熱海の「桃山荘」に滞在し執筆することが多くなる。「夜の蝙蝠傘」（新潮一月）「直角の糸」（人間一月）「太閤さん」（小説新潮二月）「盲目の詩」（サンデー毎日四月）「第二の結婚」（主婦と生活五―一二月）「別れて旅立つ時」（人間五月）「野火の果て」（人間九月）「晩菊」（別冊文藝春秋一一月）、『暗い花』『女の日記』『川歌』『三等旅行記』『人生の河』等々刊行。

一二月、『林芙美子文庫』全一〇巻が新潮社から刊行。第一回は『清貧の書』

一九四九年（昭和二四） 四六歳

一月、『放浪記―第三部』が留女書店から出版。四月、泰、日本女子大附属豊明幼稚園入園。「晩菊」により第三回女流文学者賞受賞。一一月から『風雪』に「浮雲」連載。「茶色の目」（婦人朝日一月―翌年九月）「槿花」（中部日本新聞一月一八日―六月二二日）「骨」（中央公論二月）「水仙」（小説新潮二月）「牛肉」（別冊風雪四月）「白鷺」（文芸季刊四月）「下町」（別冊新潮四月）「ボルネオの河」（女性改造六月）「松葉牡丹」（改造文芸七月）「クロイツェル・ソナタ」（婦人公論八―一一月）「鴉」（文學界一二月）「匂ひ菫」（別冊文藝春秋一二月）、『女性神髄』『人形聖書』『牛肉』『家なき子』『或る女の半生』など多数刊行。『現代長篇小説全集第七巻』（春陽堂）に収録。

一九五〇年（昭和二五）　四七歳

四月、泰、学習院初等科入学。四月一三日から五月五日にかけて『主婦之友』特派員として、屋久島に行く。帰路、長崎、天草に立ち寄り、被爆地、キリシタン遺跡を見る。「女流文学者の会」を林家で催す。『風雪』休刊のため、「浮雲」を九月から翌年四月まで『文學界』に連載。持病の心臓弁膜症が悪化する。一一月、熱海で志賀直哉、横山大観と『改造』新春特別増刊号のために鼎談。「夜猿」（改造一月）「冬のりんご」（小説新潮一―一二月）「新淀君」（月刊読売一―一〇月）「軍歌」（新潮二月）「上田秋成」（芸術新潮三月）「天草灘」（別冊文藝春秋五月）「絵本猿飛佐助」（夕刊中外新聞六月一一日―翌年一月二七日）「折れ蘆」（新潮一〇月）、『魚介』『槿花』『フランダースの犬』『茶色の目』『あはれ人妻』等多数刊行。

一九五一年（昭和二六）　四八歳

一月、「熱海閑談」（改造）、「めし」執筆のための取材旅行に千葉県白浜や大阪に行く。四月に刊行された『浮雲』（六興出版）は林芙美子文学の頂点となった。同月長野県上林に選挙応援。五月一八日、毎日新聞社東紅会主催で「女流文学者の会」のメンバーと千葉県木更津へ簀立遊びに行く。六月二〇日、築地「錦水」で婦人公論主催「女流作家座談会」。二四日NHK「若い女性の集まり」に出席。二七日、『主婦之友』連載「名物食べ歩き」取材のために銀座「いわしや」、さらに深川のうなぎや「宮川」にいく。九時帰宅。一一時過ぎに苦悶、医師が駆けつけるが翌二八日午前一時に永眠。死因は心臓麻痺。

七月一日、川端康成が葬儀委員長となり自宅で告別式。落合火葬場で荼毘に付す。戒名「純徳院芙蓉清美大姉」。八月一五日、養父沢井喜三郎の遺骨を預けている萬昌院功運寺に納骨。一〇月五日、功運寺境内の墓地に、川端康成の銘で石碑「林芙美子墓」が建てられた。

「浮州」（文藝春秋一月）「漣」（中央公論一―七月）「女家族」（婦人公論一―八月）「真珠母」（主婦之友一―八月）「童話」（新潮二月）「房州白浜海岸」（文藝春秋三月）「めし」（朝日新聞四月一日―七月六日）

「御室の桜樹」（別冊文藝春秋五月）「雷鳥」（別冊文藝春秋七月）他多数。

※本年譜は『林芙美子全集』第一六巻年譜（今川英子作成）を基に、『近代文学研究叢書六九』（昭和女子大学）「林芙美子全集未収録の作品について」（浦野利喜子・久保卓三『福山大学人間文化部紀要』第一二巻）、その他の文献及びこれまでに取材した資料を加えて作成した。

（尾形明子）

参考文献

■林芙美子の著作

『林芙美子全集』全一六巻　一九七七年　文泉堂出版
『作家の自伝　林芙美子』一九九四年　日本図書センター
『田園日記』『彼女の履歴』（近代女性作家精選集Ⅱ）二〇〇〇年
『波濤』（戦時下の女性文学）二〇〇二年
『人生の河』（戦後の出発と女性文学）二〇〇三年
　その他、ゆまに書房復刻版

■林芙美子について書かれた著作

◎序章—三章

井上隆晴『二人の生涯』一九七四年　光風社書店
尾形明子『女人芸術の時代』一九八〇年　ドメス出版
尾形明子『女人芸術の人びと』一九八一年　ドメス出版
竹本千万吉『人間・林芙美子』一九八五年　筑摩書房
深川賢郎『フミさんのこと——林芙美子の尾道時代』一九九五年　渓水社
川本三郎『林芙美子の昭和』二〇〇三年　新書館

宇治土公三津子「走馬燈、廻れ廻れ――友谷静栄と林芙美子」『驢馬』二〇〇六年
『文学者の手紙5　近代の女性文学者たち』日本近代文学館編　二〇〇七年　博文館新社
清水英子『林芙美子、初恋・尾道』二〇〇八年　東京図書出版

◎第四章

陣内秀信「帰国された別府貫一郎画伯にきく」『SPAZIO』四一号　一九九〇年　日本オリベッティ
今川英子編著『林芙美子　巴里の恋』二〇〇一年　中央公論社
和田博文・真銅正宏・竹松良明・宮内淳子・和田桂子『言語都市・パリ』二〇〇二年　藤原書店
和田博文・真銅正宏・竹松良明・宮内淳子・和田桂子『パリ・日本人の心象地図』二〇〇四年　藤原書店
尾形明子『林芙美子　パリ放浪記』二〇〇五年　現代女性文化研究所
『白井晟一　精神と空間』二〇一〇年　青幻舎

◎第五章

尾形明子『「輝ク」の時代』一九九三年　ドメス出版
渡辺正男「上海・南京・漢口　五十五年目の真実」『別冊文藝春秋』二〇二号　一九九三年
井上ひさし『太鼓たたいて笛ふいて』二〇〇二年　新潮社
「特集　林芙美子の生涯」『the 座』四八号　二〇〇二年
「特集　従軍作家・林芙美子」『the 座』五四号　二〇〇四年
尾形明子「戦時下の女性文学――『輝ク』と長谷川時雨」『東京女学館大学紀要』二〇〇四年
尾形明子「『輝ク』と戦争　林芙美子「北岸部隊」『戦線』論のためのノート――「漢口従軍日記」及び『朝日新聞』関連記事を中心に」『東京女学館大学紀要』二〇〇七年
『新聞と戦争』朝日新聞「新聞と戦争」取材班　二〇〇八年　朝日新聞出版

◎第六章・終章
明永久次郎『佛印林業紀行』一九四二年　成美堂書店
森三千代『晴れ渡る佛印』一九四二年　室戸書房
高松棟一郎「裁かれる西と東」一九四七年『中央公論』一二月
黒田秀俊『軍政』一九五二年　学風書院
辻一平『文芸記者三十年』一九五七年　毎日新聞社
E・O・ライシャワー著　高松棟一郎訳『太平洋の彼岸』一九五八年　日本外政学出版局
『文藝春秋　臨時増刊　太平洋戦争　日本陸軍戦記』一九七一年　文藝春秋
『文藝春秋　臨時増刊　目で見る太平洋戦争史』一九七三年　文藝春秋
藤田洋『明治座評判記』一九八八年　明治座
神谷忠孝・木村一信『南方徴用作家　戦争と文学』一九九六年　世界思想社
『林芙美子　北方への旅』二〇〇三年　北海道文学館
木村一信『昭和作家の〈南洋行〉』二〇〇四年　世界思想社
加藤麻子「南方徴用作家　林芙美子の足取り」『武蔵大学人文学会雑誌』二〇〇五年
鶴見俊輔・加藤典洋・黒川創『日米交換船』二〇〇六年　新潮社
望月雅彦編著『林芙美子とボルネオ島　南方従軍と『浮雲』をめぐって』二〇〇八年　ヤシの実ブックス
尾形明子「厭戦から反戦への道――林芙美子「作家の手帳」を読む」『東京女学館大学紀要』二〇〇八年
尾形明子「林芙美子論の試み　厭戦から平和への意思――「雨」「吹雪」「河沙魚」を中心に」『東京女学館大学紀要』二〇〇九年
桐野夏生『ナニカアル』二〇一〇年　新潮社

◎林芙美子の生涯について（単行本）
有吉佐和子『花のいのち――小説・林芙美子』一九五八年　中央公論社
板垣直子『林芙美子の生涯　うず潮の人生』一九六五年　大和書房

古谷綱武『青春の伝記　林芙美子』一九六七年　鶴書房
吉屋信子『自伝的女流文壇史　林芙美子と私』一九六九年　新潮社
平林たい子『林芙美子』一九六九年　新潮社
森山隆平『林芙美子詩がたみ　女人流転』一九七〇年　宝文館出版
『近代文学研究叢書六九　林芙美子』一九九五年　昭和女子大学
斎藤富一『私の林芙美子』一九九七年　崙書房
清水英子『林芙美子・ゆきゆきて「放浪記」』一九九八年　新人物往来社
池田康子『フミコと芙美子』二〇〇三年　市井社
清水英子『林芙美子・恋の作家道』二〇〇七年　文芸社
太田治子『石の花　林芙美子の真実』二〇〇八年　筑摩書房
高山京子『林芙美子とその時代』二〇一〇年　論創社

◎特集・読本・図録・アルバム・新聞など

『日本文学アルバム二〇　林芙美子』一九五六年　筑摩書房
『文藝・林芙美子読本』一九五七年　河出書房
『現代のエスプリ　林芙美子』一九六五年　至文堂
『朝日新聞の九十年』朝日新聞社社史編修室編　一九六九年　朝日新聞社
『毎日新聞百年史』一九七二年　毎日新聞社
『現代日本文学アルバム一三　林芙美子』一九七四年　学習研究社
『林芙美子』一九八一年　鹿児島市立改新小学校
『尾道と林芙美子・アルバム』一九八四年　尾道読書会林芙美子研究会
『新潮日本文学アルバム三四　林芙美子』一九八六年　新潮社
『女性作家十三人展』一九八八年　日本近代文学館
『朝日新聞社史　大正・昭和戦前編』一九九一年　朝日新聞社

『昭和を切り開いた女たち――長谷川時雨と「女人芸術」展』一九九三年　朝日新聞社
『林芙美子記念館図録』一九九三年　新宿区生涯学習財団
『林芙美子　放浪記アルバム』一九九六年　芳賀書店
「林芙美子の世界」『国文学　解釈と鑑賞』一九九八年
『生誕一〇〇年記念　林芙美子展』二〇〇三年　アートプランニング　レイ
『林芙美子』文藝別冊　河出書房新社　二〇〇四年
『いま輝く林芙美子――没後六〇年記念展』二〇一一年　神奈川近代文学館
『林芙美子の芸術――没後六〇周年記念』二〇一一年　日本大学芸術学部図書館
「特集林芙美子　没後六〇年」『江古田文学』七七号　二〇一一年　日本大学芸術学部
『朝日新聞』『東京日日新聞』『毎日新聞』『サンデー毎日』

＊この他、『女人藝術』『輝ク』（不二出版）復刻、石川達三、火野葦平、尾崎翠、平林たい子、壺井栄、佐多稲子、宇野千代、北原武夫、川端康成等を始めとした近代日本文学の作家たちの全集、作品集、近代日本文学史及び林芙美子について書かれた多くの論文、文学全集・文庫本解説、同時代の作家によるエッセイ、追悼特集号、芙美子が生きた時代の新聞・雑誌等々を参考にしたが、あまりに煩雑なので省いた。

（尾形明子）

ら　行

わ　行

ま 行

や 行

な　行

は　行

さ 行

た 行

か　行

人名索引

＊林芙美子以外の登場人物を，あとがき，
年譜，参考文献を除く本文より挙げた

あ 行

著者紹介

尾形明子（おがた・あきこ）

東京に生れる。早稲田大学大学院博士課程修了。近代日本文学，特に自然主義文学と女性文学を専門とし，長谷川時雨主宰「女人芸術」「輝ク」を発掘・研究した。東京女学館大学教授を経て，現在，文芸評論家。早稲田大学，フェリス女子大学大学院非常勤講師。

おもな著書に『女人芸術の世界——長谷川時雨とその周辺』（1980）『「輝ク」の時代——長谷川時雨とその周辺』（1993，以上ドメス出版）『田山花袋というカオス』（1999，沖積社）『自らを欺かず——泡鳴と清子の愛』（2001，筑摩書房）他。編著に『長谷川時雨作品集』（2009，藤原書店）他。

華《はな》やかな孤独《こどく》・作家《さっか》 林芙美子《はやしふみこ》

2012年10月20日　初版第1刷発行©

著　者　尾　形　明　子

発行者　藤　原　良　雄

発行所　株式会社　藤　原　書　店

〒162-0041　東京都新宿区早稲田鶴巻町523

電　話　03（5272）0301

FAX　03（5272）0450

振　替　00160－4－17013

info@fujiwara-shoten.co.jp

印刷・製本　音羽印刷

落丁本・乱丁本はお取替えいたします　　Printed in Japan

定価はカバーに表示してあります　　ISBN978-4-89434-878-3

日本女性史のバイブル

恋と革命の歴史

永畑道子

〝恋愛〟の視点から、幕末から明治、大正、昭和にかけての百五十年の近代日本社会、そして同時代の世界を鮮烈に描く。晶子と鉄幹／野枝と大杉／須磨子と抱月／スガと秋水／らいてうと博史／白蓮と竜介／時雨と於莵吉／秋子と武郎／ローザとヨギヘスほか、まっすぐに歴史を駆け抜けた女と男三百余名の情熱の群像。

四六上製　三六〇頁　二八〇〇円
（一九九三年一二月／九七年九月刊）
◇978-4-89434-078-7

三井家を創ったのは女だった

三井家の女たち

〈殊法と鈍翁〉

永畑道子

三井家が商の道に踏みだした草創期に、夫・高俊を支え、三井の商家としての思想の根本を形づくった、〝三井家の母〟殊法。彼女の思想を忠実に受け継ぎ、維新後の三井家を担った鈍翁・益田孝。江戸・明治から現代に至る激動の時代に、三井を支えてきた女たち男たちの姿を描く。

四六上製　二二四頁　一八〇〇円
（一九九九年二月刊）
◇978-4-89434-124-1

愛に生き、自らを生きぬいた女

恋の華・白蓮事件

永畑道子

解説＝尾形明子

一九二一年、『大阪朝日新聞』トップに、夫である炭鉱王・伊藤伝右衛門への絶縁状が掲載され、世間は瞠目。その張本人が、大正天皇のいとこたる歌人・柳原白蓮であった。白蓮と伝右衛門の関係を、つぶさな取材・調査で描いた、真実の白蓮事件。

四六上製　二七二頁　口絵四頁　一八〇〇円
（二〇〇八年一〇月刊）
◇978-4-89434-655-0

長谷川時雨、初の全体像

長谷川時雨作品集

尾形明子編＝解説

日本初の〈女性歌舞伎作家〉にして〈現代女性文学の母〉、長谷川時雨。七冊の〈美人伝〉の著者にして、雑誌「女人芸術」を主宰、林芙美子・円地文子・尾崎翠……数々の才能を世に送り出した女性がいた。

四六上製特装貼函入　五四四頁　口絵八頁　六八〇〇円
（二〇〇九年一一月刊）
◇978-4-89434-717-5

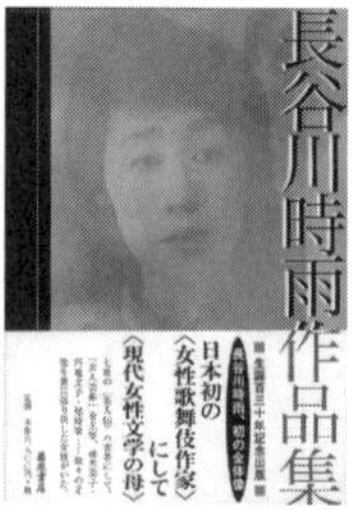

この十年に綴った最新の「新生」詩論

生光《せいこう》

辻井喬

「昭和史」を長篇詩で書きえた『わたつみ 三部作』（一九九二～九九年）を自ら解説する「詩が滅びる時」。二〇〇五年、韓国の大詩人・高銀との出会いの衝撃を受けて、自身の詩・詩論が変わってゆく実感を綴る「高銀問題の重み」。近・現代詩、俳句・短歌をめぐってのエッセイ――詩人・辻井喬の詩作の道程、最新詩論の画期的集成。

四六上製　二八八頁　**二〇〇〇円**
（二〇一一年二月刊）
◇978-4-89434-787-8

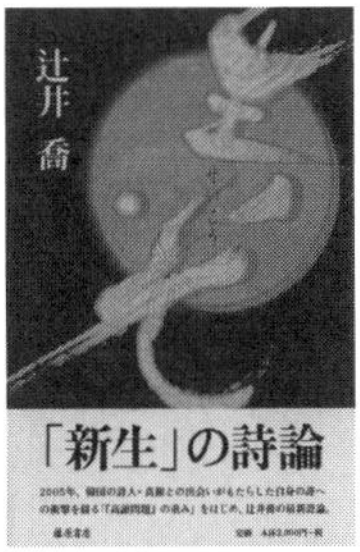

最高の俳句／短歌 入門

語る 俳句 短歌

金子兜太＋佐佐木幸綱

黒田杏子編　推薦＝鶴見俊輔

「大政翼賛会の気分は日本に残っている。頭をさげていれば戦後は通りすぎるという共通の理解である。戦中もかかわりなく自分のもの言いを守った短詩型の健在を示したのが金子兜太、佐佐木幸綱である。二人の作風が若い世代を揺すぶる力となることを。」

四六上製　二七二頁　**二四〇〇円**
（二〇一〇年六月刊）
◇978-4-89434-746-5

半島と列島をつなぐ「言葉の架け橋」

「アジア」の渚で

（日韓詩人の対話）

高銀・吉増剛造

序＝姜尚中

民主化と統一に生涯を懸け、半島の運命を全身に背負う「韓国最高の詩人」、高銀。日本語の臨界で、現代における詩の運命を孤高に背負う「詩人の中の詩人」、吉増剛造。「海の広場」に描かれる「東北アジア」の未来。

四六変上製　二四八頁　**二二〇〇円**
（二〇〇五年五月刊）
◇978-4-89434-452-5

失われゆく「朝鮮」に殉教した詩人

空と風と星の詩人 尹東柱《ユンドンジュ》評伝

宋友恵　愛沢革訳

一九四五年二月一六日、福岡刑務所で（おそらく人体実験によって）二十七歳の若さで獄死した朝鮮人・学徒詩人、尹東柱。日本植民地支配下、失われゆく「朝鮮」に毅然として殉教し、死後、奇跡的に遺された手稿によって、その存在自体が朝鮮民族の「詩」となった詩人の生涯。

四六上製　六〇八頁　**六五〇〇円**
（二〇〇九年二月刊）
◇978-4-89434-671-0

江戸女流文学の発見
門 玲子
新版
第52回毎日出版文化賞受賞
日本文学史の空白を埋める!!
藤原書店

門 玲子
わが真葛物語
江戸の女流思索者探訪
滝沢馬琴を驚かせた「独考」、その著者の生涯とは。
藤原書店

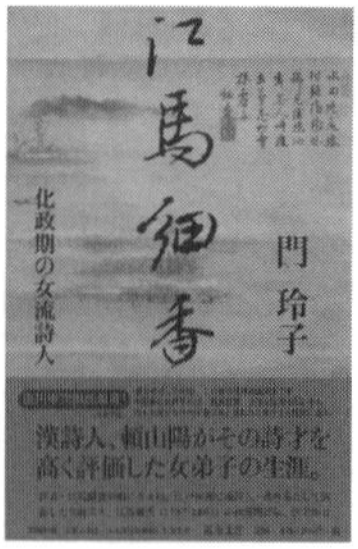
江馬細香
化政期の女流詩人
門 玲子
漢詩人、頼山陽がその詩才を高く評価した女弟子の生涯。

バルバラ・吉田＝クラフト
吉田秀和編
日本文学の光と影
日本文学の核心に届く細やかな視線
藤原書店

明治・大正・昭和の時代の証言

蘇峰への手紙
（中江兆民から松岡洋右まで）

高野静子

近代日本のジャーナリズムの巨頭、徳富蘇峰が約一万二千人と交わした膨大な書簡の中から、中江兆民、釈宗演、鈴木大拙、森次太郎、国木田独歩、柳田國男、正力松太郎、松岡洋右の書簡を精選。書簡に吐露された時代の証言を甦らせる。

四六上製　四一六頁　**四六〇〇円**
（二〇一〇年七月刊）
◇978-4-89434-753-3

二人の関係に肉薄する衝撃の書

蘆花の妻、愛子
（阿修羅のごとき夫《つま》なれど）

本田節子

偉大なる言論人・徳富蘇峰の弟、徳冨蘆花。公開されるや否や一大センセーションを巻き起こした蘆花の日記に遺された、妻愛子との凄絶な夫婦関係や、愛子の日記などの数少ない資料から、愛子の視点で蘆花を描く初の試み。

四六上製　三八四頁　**二八〇〇円**
（二〇〇七年一〇月刊）
◇978-4-89434-598-0

伝説的快男児の真実に迫る

「バロン・サツマ」と呼ばれた男
（薩摩治郎八とその時代）

村上紀史郎

富豪の御曹司として六百億円を蕩尽し、二十世紀前半の欧州社交界を風靡した快男児、薩摩治郎八。虚実ない交ぜの「自伝」を徹底検証し、ジョイス、ヘミングウェイ、藤田嗣治ら、めくるめく日欧文化人群像のうちに日仏交流のキーパーソン〈バロン・サツマ〉を活き活きと甦らせた画期的労作。**口絵四頁**

四六上製　四〇八頁　**三八〇〇円**
（二〇〇九年二月刊）
◇978-4-89434-672-7

真の国際人、初の評伝

松本重治伝
（最後のリベラリスト）

開米潤

「友人関係が私の情報網です」――一九三六年西安事件の世界的スクープ、日中和平運動の推進など、戦前・戦中の激動の時代、国内外にわたる信頼関係に基づいて活躍、戦後は、国際文化会館の創立・運営者として「日本人」の国際的な信頼回復のために身を捧げた真の国際人の初の評伝。**口絵四頁**

四六上製　四四八頁　**三八〇〇円**
（二〇〇九年九月刊）
◇978-4-89434-704-5